JN307350

真夜中の構図

西村京太郎

角川文庫
16276

第一章　五人の女

順子《じゅんこ》の身体が燃えてくるにつれて、早川《はやかわ》の眼は、逆に、冷たく、サディスティックになっていく。

いつもだった。

「おい。うつぶせになれよ」

「また？」

「早くしろよ」

「ねえ。優しくして」

「わかってるさ」

早川は、順子の乳房をつかんでいた指先に力をこめた。

「あッ」

と、順子は、小さくうめいてから、あきらめたように、のろのろと、ベッドの上で、うつぶせになった。

「もっと尻《しり》を持ち上げるんだ」

早川は、わざと乱暴にいい、片手で、ぴしゃりと、順子の尻をたたいた。

「ぶたないで――」

と、小さい声で嘆願しながら、順子は、顔をシーツに押しつけ、大きく尻を持ち上げていく。それが、どんなに恥かしい格好か、よくわかるだけに、順子は、頬を赤く染めて、

「お願い。明かりを消して」

「駄目だ」

「なぜ?」

「お前の身体をよく見たいからさ」

早川は、ニヤッと笑ってから、眼の前で小きざみに揺れている女の腰を、そっと両手で撫《な》でた。

「最近、一人前の女らしく、ふっくらとしてきたじゃないか」

「それは、あなたが――」

「おれのせいか」

「…………」

「え? うれしいんだろう?」

早川は、背後から、順子の身体におおいかぶさっていき、彼女の耳元にささやきかけた。

「おれに女にされたのを喜んでいるんだろう？」

「でも、恥かしいわ。こんな格好で――」

「恥かしいといいながら、身体の方は、結構うれしがってるじゃないか」

早川の指先が、巧妙に、順子の身体の快感を高めていく。左手の指が、彼女の乳首をもみしだき、右手の指は、柔らかな彼女の股間《こかん》を滑ってゆき、草むらに分けいってゆく。早川の指が触れた時には、すでに、彼の愛撫《あいぶ》を期待して、しとどにぬれていた。

早川は、あせらない。それは、順子に対するいたわりというよりは、自分のテクニックで、次第に乱れてくる彼女の姿を楽しむためだった。

早川の指の愛撫につれて、順子の肉体は、敏感に反応してくる。それを確かめるのが楽しいのだ。

わき出てくる愛液が、早川の指先をぬらし、やがて、それは、彼の指の動きにつれて、喜びの音を立て始めた。

この時、奇妙なことに、早川の顔には、明らかに、ある鬱積した暗い感情が表われていた。

早川は、高校しか出ていない。貧しい彼の家が、高校を終えた彼の働きを必要としていたからである。学歴無用論が叫ばれていても、高校だけでは、大会社のエリート社員になれないことだけは、厳然たる事実だった。

早川は、生来の負けずぎらいと、頭の働きで、三十八歳になった今、大きな製薬会社社長でもあり、参議院議員でもある人物の個人秘書におさまることが出来た。満足のいく地位だが、それでも、大学出に対するコンプレックスを感じる時があった。

大学を出たばかりの順子に対して、常に加虐的になるのも、早川自身は意識していなくても、そのせいかも知れなかった。

早川の、指先の愛撫が続く。

順子の息が、次第に荒くなってきて、ひとりでに、両足が大きく広がっていく。頭の上の両手が、ぎゅっとにぎり合わさって、

「お願い。何とかして」

さいそくするように、腰を前後にゆすった。

「じゃあ、おれのいうことは何でも聞くか?」

「聞きます。聞きます」

「おれが好きか?」

「好きです。好きです」

順子は、眼を閉じて、おうむ返しに繰り返す。語尾がはね上がる。

「よし」

と、早川はいい、順子の腰を両手で抱える形で、ゆっくりと、自分のものをインサートさせた。

「あッ」

　と、順子が、声をあげた。

　やがて、順子の全身が、小きざみにけいれんし、絶頂に登りつめていく。早川が身体を離しても、順子の身体は、うつぶせのまま、ぴくぴくふるえている。

　早川は、彼女のむき出しの尻を、ぴしゃりとたたいてから、枕元の煙草を手に取って、火をつけた。

　その時、電話が鳴った。

　早川は、ちらりと壁時計に眼をやった。午前零時に近い。

（こんな時間に、誰が？）

　と、舌打ちしながら、早川は、裸のままベッドをおり、くわえ煙草で受話器をつかんだ。

「わたしだ」

　と、相手は、何の前置きもなしに、いきなりいった。早川に対して、こんないい方をする人間は、一人しかいない。彼の上司である、城西製薬社長の太田垣《おおたがき》忠成《ただなり》である。

「すぐ、わたしの自宅へ来てくれ」

「今からですか？」

　太田垣は、いつものせかせかしたいい方でいった。

「当たり前だ」

　がちゃんと、電話は切れた。

早川は、苦笑しながら、煙草をもみ消すと、バスルームに入って、シャワーを浴びた。

城西製薬は、五指に入る製薬会社だが、社長の太田垣の完全なワンマン会社だといわれている。それだけに、太田垣の命令は、絶対だった。

タオルを腰に巻きつけて、寝室にもどると、順子は、毛布にもぐり込んでいて、恥かしそうに、眼だけのぞかせていた。

「出かけるの？」

「社長に呼ばれてね」

早川は、手早く服を着ながら、順子を初めて抱いた時のことを思い出していた。彼女も、今年の四月に、入社した城西製薬の社員だった。早川はどこか、まだ少女らしさの残っている順子が気に入って、強引にものにしてしまったのだが。

「あたしは、どうしたらいいの？」

相変わらず、毛布から眼だけ出した格好で、順子がきいた。

「好きにしたらいいさ。おれを待っていてくれてもいいし、帰ってもいい。帰る時は、カギをかけてくれよ」

それだけいい残して、早川は、自宅のマンションを出た。

買い代えたばかりのスカイラインGTに乗り、太田垣の邸《やしき》のある本郷《ほんごう》へ急いだ。

敷地約一千坪。そこに、フランス風の大きな邸が建っている。近くには、M工業の社長や、三村《みむら》首相の邸もある。

早川は、すぐ、奥の書斎に通された。太田垣は、でっぷりとふとった身体を、ゆったりとしたガウンに包んで、早川を待っていた。若い時は、左翼運動に走ったこともあるといわれているが、今の太田垣には、その片鱗《へんりん》も見出《みいだ》すことは出来なかった。

コーヒーを運んで来た女性が退《さ》がるのを待ってから、

「これからわたしが話すことは、絶対に口外してはならん」

と、早川にいった。

「わかりました」

「実は、さっき、三村総理から電話があったのだ」

太田垣は、誇らしげに、肉付きのいいアゴのあたりを手で撫でてから、

「近く内閣改造がある。その時、わたしに、厚生大臣をやってもらえないかと、打診してきたんだ」

「おめでとうございます」

と、早川は、微笑した。太田垣が、常々、入閣の希望を持っていたことを、知っていたからである。

「おい、おい。わたしは、まだ、総理に、お受けするとも何ともいってないんだぞ」

「入閣されるべきです」

と、早川はいった。太田垣が、心にもないことをいっているのはわかっていたし、彼が

厚生大臣の椅子につけば、自分は、大臣秘書になれるだろうし、そこから、政界入りが可能かも知れないと、とっさに計算したからだった。

「君もそう思うかね」

太田垣は、ニッと笑ってから、「わたしも、一度は入閣して、国民のため、国家のために働いてみたいと思っていたのだ」

「そうされるべきです」

「ただ、入閣に際して、三つのことを誓約しなければならないことになっている。誓約書を総理に提出するのが、しきたりなのだ」

「といいますと？」

「第一は、国民の誤解をさけるために他のすべての職を退くことだ。これは簡単だ。会社は一時弟にまかせればいいし、他の肩書きは、文字どおり、ただの肩書きだからな。第二は、国家のため、国民のために奉仕することだが、これは常識だから、別にどうということはない。困ったのは、第三の項目だ。第三は、身辺をきれいにしておくことなのだ。近ごろのように、政界の汚職事件が続発すると、特に、その点が問題になる。ところで、わたしは、家内を亡くしてから、さびしさをまぎらわせるために、何人かの女と親しくなった」

精力的な太田垣が、数人の女を囲っていることは、週刊誌に書かれたことがある。その時は、自分の若々しさの証拠と考えたらしく、書き立てた週刊誌に文句もいわなかったのだが、大臣の椅子がちらつくと、そうもいかなくなったらしい。

「わたしには、今、五人の女がいる。この五人を、至急、整理しなければならんのだ」

「至急といいますと？」

「内閣改造は、一週間後に予定されている。だから、一週間以内に、五人の女に身を引かせてもらいたいのだ。それも、あとくされのないようにだ。それを、君にやってもらいたい」

「私にですか？」

「そうだ。ここに、五枚の小切手がある。金額は、すべて五百万円だ。五人の女に対する手切金だ。その他、今、女たちの住んでいるマンションなどは、すべて、彼女たちにくれてやる。その条件で、一週間以内に、五人の女を整理してくれ」

「わかりました。やってみましょう」

早川は、テーブルの上の五枚の小切手をポケットにおさめてから、

「その代わりに、成功した時に、お願いしたいことがあります」

「ボーナスでもくれというのかね？」

「いいえ。そんなものはいりません。ただ、社長が大臣になられた時に、私を、大臣秘書として使っていただきたいのです」

「いいだろう」

「ありがとうございます」

「まだ、礼をいうのは早いぞ。それは、五人の女を、君が整理できてからだ。ここに、五人の名前と住所が書いてある」

太田垣の書いたメモを受け取って、早川は、彼の広大な邸をあとにした。

車に乗り込んでから、メモされた五人の名前に眼を通した。

浅井美代子《あさいみよこ》
小池麻里《こいけまり》
野々村《ののむら》ふみ代《よ》
高沢弘子《たかざわひろこ》
大竹康江《おおたけやすえ》

この五人は、前に週刊誌に、書かれたことがあったし、ファッションモデルだった小池麻里には、太田垣の命令で、彼女のマンションに金をとどけたことがある。

(一週間以内か)

五人が、愛情から太田垣の愛人になったのだとしたら、かえって、あっさりと、身を引いてくれるかも知れない。

だが、そうは思えなかった。太田垣は、すでに六十五歳だ。精力的で、製薬会社の社長だとはいっても、女たちの目的は、金に違いない。そうだとして、五百万円で、おとなしく引き退がるだろうか。

彼女たちが、社長夫人の椅子をねらっていたら、一層、むずかしくなる。今度は、社長夫人の上に、大臣夫人の肩書きが加わるのだから、おいそれとは、切れてはくれまい。

（むずかしそうだが、やりとげなければ――）

と、早川は、自分にいい聞かせた。若い代議士の中には、代議士秘書や大臣秘書から育った者が多い。将来は、政界へ入りたいと思っていた早川にとって、絶好のチャンスが訪れたのだ。このチャンスを、みすみす逃す手はない。

早川は、腕時計を見た。午前一時五分。愛人の女というのは、何時ごろまで起きているのか見当がつかなかったが、一週間という制限がある以上、これから自宅に帰るというのも、もったいない気がして、早川は、最初に名前の出ている浅井美代子を訪ねてみることにした。

メモにあった原宿《はらじゅく》のマンションに向かって、車をスタートさせた。もし、彼女が、若い男を引っ張り込んでいてくれたら、それを理由に、太田垣と手を切らせられるのだが。

その十一階建ての白いマンションは、深く広い神宮の森の近くにあった。

各部屋のベランダには、色とりどりの鉢植えの花が並べられ、それが、イギリス風のスタイルによくマッチしていて、いかにも、若い女性の好みそうな建物だった。

しゃれたマンションと、一ヵ月最低二十万円の手当てが最近の愛人の相場だと、早川は、聞いたことがある。

エレベーターでは、ボーイフレンドらしい若い男に、スポーツ・カーで送られて来た若い女と一緒になった。

こんな時、早川は、品定めをするように、相手の全身をねめまわす。順子は、品が悪いというが、くせだから仕方がない。どうせ、おれは品性下劣なのさと、早川は笑う。生まれつきお上品に出来てはいないのだ。

二十歳ぐらいに見える女だった。酔っているらしく、身体がふらついている。水商売の女には見えないが、といって、OLや女子大生にも見えない。最近は、こういう得体の知れない女が多くなった。

浅井美代子に会う用がなければ、ちょっと声をかけたくなる女だったが、一週間という時間が限られていては、道草もくってはいられない。五階でおりた女に、軽くウインクしてから、早川は、十階まで上がった。

十階の角部屋が浅井美代子の部屋だった。

ベルを押したが応答がない。念のために、もう一度押してみると、今度は、かすかに足音が聞こえて、ドアが開いた。

紫色のナイトガウン姿で、美代子は、チェーン・ロックをかけたまま、早川を見て、

「だれ？」

と、きいた。低く、ちょっと荒れた声だった。若い時には、ミス東北になったこともあ

ると聞いていたが、化粧を落とした顔には、三十歳の半ばを過ぎた年齢が、隠しようもなくあらわれていた。城西製薬のビタミン剤を愛用しているらしいが、やはり、年齢には勝てないらしい。

早川が名乗ると、美代子は、「ふーん。あなたが社長のね」と、うなずいてから、チェーン・ロックをはずして、部屋に招じ入れた。

分厚い花模様のじゅうたんを敷きつめた居間に通された。マントルピースの上の大理石で作られた虎の置物は台湾に旅行した太田垣が買い与えたものだ。同行した早川は、台北《タイペイ》から、五人の女たちに郵送する仕事をやらされたものである。その虎の顔が、なんとなく太田垣に似ていておかしかった。

「こんな遅くうかがって、申しわけありません」

相手が社長の女だから、早川は、ていねいにいった。

「いいわよ。遅いのはなれてるから。ところで、何の用なの？」

「それが、あまりいい話じゃありません」

「それなら、だいたい想像がつくわ」

美代子は、ふふふと含み笑いをし、ソファに腰を下ろしたまま、脚を組んだ。ガウンのすそが割れて、太ももまでむき出しになった。

東北の生まれだけに、色白で、まだ十分に張りがある肌をしているのは、子供を産んでいないせいだろう。

日本人にしては唇の厚いのが好色な感じである。同時に気も強そうだ。早川は六十五歳の太田垣がどんな顔をして、この女を抱いていたのだろうかと、そんなことを考えながら、

「おわかりになっているのなら話しやすいんですが」

「別れ話なんでしょう？」

「ええ」

「ご苦労さまね。社長は、なんていってるの？　あたしにあきたから別れたいって？　それとも、六人目の女が出来たから、一人整理したいって？」

「六人目？」

「とぼけてもだめ。社長に、あたしを入れて五人決まった女がいることは知ってるのよ。名前だって知ってるわよ。いいましょうか？」

「いや、結構です。本当のことを話しましょう」

早川は、煙草を取り出して火をつけた。美代子は、立ち上がって、居間のすみに設けたホームバーに行き、水割りを作って、一口飲んでから、

「ぜひ、本当のことを話してもらいたいわね」

「どうせわかることだから言いますが、社長は、近く、厚生大臣に就任される予定です」

「へえ、あの社長が大臣にね」

「問題は、大臣に就任するに際しては、身辺をきれいにすることが要求されることです。市民の監視の強い時代ですからね。五人も女がいる厚生大臣では、世の批判を浴びること

になります」

「それで、あたしと別れたいってわけ？」

「あなただけじゃありません。五人の女性全員とです。もし、了解して、きれいに身を引いていただければ、このマンションは、もちろんあなたのものだし、他に、五百万円の小切手を差しあげます。この条件で、いかがですか？」

「マンションも、お金もいらないわ」

「え？」

早川は、驚いて、美代子を見た。

「問題は簡単よ」

と、美代子は、水割りのグラスを片手に持ったまま、強い眼で、じっと早川を見返した。

「社長はやもめなんだから、この際、再婚したらいいのよ。ちゃんとした奥さんがいた方が、大臣に就任するにはいいんじゃないの」

「…………」

「ねえ、早川さん。あたしは、大臣夫人にふさわしくはないかしら？」

美代子は、胸を張り、自信満々の顔で、早川を見た。

早川は、内心苦笑しながら、

「私にはわかりませんね」

「あたしは頭も悪くないし、器量だって十人並み以上だと思ってるわ。それにホステス上がりが、大臣夫人になっちゃいけないってことはないはずだわ。だれだったかしら？　芸者を奥さんにした明治の政治家がいたじゃないの」

「木戸孝允《たかよし》ですか」

「その人よ、総理大臣がいいんなら、厚生大臣ならなおさらでしょう？　あたしはね、大臣夫人と呼ばれるのが夢だったのよ」

美代子の眼は、明らかに、野心でギラギラ光っていた。彼女は、もともと、社長夫人の椅子をねらっていたのだろう。それが、エスカレートしたのだ。早川は、不安が的中したのを感じた。男は野心に生き、女は愛に生きるというのは、嘘っぱちだ。女だって野心満々なのだ。

美代子は、グラスを置いて、ゆっくりと早川の横に腰を下ろすと、彼の首に手を回した。中年の女の熟れた肉体の感触が、じんわりと伝わってきた。

「ね。あたしに力を貸してくれれば、それだけのお礼はするわ」

「ありがたいが、そうもいきません」

早川は、笑って、美代子のそばを離れて立ち上がった。

「なぜなの？　あなたにだって、損な取り引きじゃないはずよ。あたしが、大臣夫人になれたら、あなたを、部長ぐらいに昇進させるように、社長に頼んであげるわ」

「私が社長に命令されたのは、あなたを含めて、五人の女性に身を引かせることなのでしてね」

「馬鹿ね。他の四人が、おとなしく身を引くと思ってるの？」

「だめですか？」

「だめもいいとこだわ。みんな、社長夫人の椅子をねらって虎視眈眈よ。その上、大臣夫人にもなれるとわかったら、だれが身を引くもんですか」

自分のことはたなにあげて、美代子は、大きく肩をすくめて見せた。

「他の四人のことを、よくご存じですね」

「私立探偵に頼んで調べさせたことがあるのよ。いってみれば、みんな、競争相手ですものね。一番若い小池麻里って女だって、おとなしそうな顔をしてるけど、どうしてどうして、一筋縄じゃいかない女狐よ」

美代子は口をゆがめていい、手を伸ばして、テーブルからケントを一本抜き取った。

早川は、ライターで火をつけてやってから、

「そんなものですか」

「そうよ。ただ、美容師の高沢弘子だけは、あの大女は、どう考えても、大臣夫人にはふさわしくないわ。調査報告書を見ればわかるけど」

と、美代子は奥から報告書を持って来てぽんと早川の前に投げ出した。

早川は、美代子から、四通の調査報告書を借りて、自分のマンションに帰った。

順子は、何時間待ったという置き手紙を残して、帰ってしまっていた。女は、どうして

こう置き手紙が好きなのだろうかと、早川は、不思議な気がすることがある。それだけ、女の方が男よりセンチメンタルなのか。それとも、逆に、何か形にしておかないと、女というのは男を信じられないのか。

早川は、まだ順子のにおいの残っているベッドに、裸になって寝転がり、調査報告書に眼を通した。私立探偵社の調査報告書を見るのは初めてだった。薄い紙に、邦文タイプで打ってある。その一字一字に、美代子の、欲望の強さがあらわれているような気がした。

美代子がこわい女なのか、それとも、女というものがこわい生きものなのか、早川にも、まだわからない。とにかく、美代子は、他の四人を追い落としたいと思って、私立探偵に調べさせ、早川は、それを利用して、彼女たちに身を引かせようとして、調査報告書を借りてきた。

ただ、利害が一致していないのは、美代子が、自分は社長夫人、大臣夫人の椅子につくつもりでいるが、早川は、彼女にも身を引かせるつもりだということである。

太田垣は、自分の愛人と結婚するような男ではない。再婚するとしたら、家柄のいい女か、もっと新鮮な若い娘とするだろう。

くわえ煙草で、まず、四人の中の一人、高沢弘子の調査報告書を読むことにした。美代子が、この女だけは大臣夫人にふさわしくないと自信ありげにいった。その理由を知りたかったからである。

高沢弘子が、どこで、いつ生まれたかというところは、飛ばして読んだ。肝心な箇所は、後半に出ていた。

――なお、当方の調査によれば、高沢弘子は、高校時代より同性愛の傾向が強く、美容師になってからも、その傾向は続いていた。特に、二年前には、同じ美容師で年下の山口多恵子《やまぐちたえこ》（当時十八歳）が、弘子との同性愛のもつれから、カミソリで左手首を切り自殺を図った。

幸い、発見が早く、多恵子は一命を取り止めたが、この事件は、一部の新聞に、小さくではあったが報道された。現在も、同性愛的傾向があるかどうかは不明である。山口多恵子は、現在、国分寺《こくぶんじ》市内の二葉美容院で働いている。


「レズか」

早川は、報告書から眼を離して思案した。

今も、同性愛にふけっているとすれば、それを理由に身を引かせることは可能だろう。だが、今は、同性愛は卒業してしまっているかも知れない。だからこそ、太田垣の女になったのではないのか。

（しかし――）

高沢弘子を罠《わな》にはめることは出来ないだろうか？

翌日、早川は、念のために、他の四人の女に電話をかけてみた。一人か二人は、おとなしく五百万円の手切金で身を引いてくれるかと期待したのだが、美代子のいう通り、どの女も、イエスとはいわなかった。

どうやら、美代子と同じで、彼女たちが欲しいのは、城西製薬社長夫人の地位であり、厚生大臣夫人の椅子のようだった。

五人が、太田垣の女になったのは、もともと、愛からではなく、彼の財産と地位のためだったのだ。

これでは、非常手段に訴えてでも、強引に彼女たちに、あきらめさせるより仕方がない。それも、太田垣が大臣に就任したあとに、ごたごたを起こさせてはならないから、彼女たちの一人一人に、自分は、大臣夫人にふさわしくないと納得させて、身を引かせなければならないのだ。それも、一週間以内にである。

早川は、一番弱点のありそうな高沢弘子に、まず会ってみることにした。現在でも、太田垣にかくれてレズ行為にふけっているとしたら、それを理由に、身を引かせることが可能だと考えたからである。

新宿西口の小田急デパート新館に近い三階建てのビルの一角に、『高沢弘子美容室』の看板が出ていた。

従業員は三人だけだが、ゆったりとした広さを持ち、フランス製のシャンデリアや、スペイン製のじゅうたんが、ゴージャスな雰囲気を作っている。

早川は、革張りのソファに腰を下ろし、仕事中の弘子の手があくのを待ちながら、それとなく、彼女を観察した。

年齢は確か二十九歳。高校時代バレーボールのエースアタッカーだったというだけに背の高い女である。一七五センチぐらいはあるだろうか。髪を短くしているので、中性的な感じがする。

いつだったか、太田垣が、運動選手だった女は、しまりがあっていいといったことがあるが、あれは、この女のことだったのだろうか。レズでいえば、絶対にタチ（男役）だろう。

三人の従業員は、いずれも小柄で、可愛らしい娘である。

そんなところにも、昔レズっていた名残りが現われているのかも知れない。

それとも、あの三人の娘の一人と、今でも、レズ行為をしているだろうか。早川は、三人の娘の弘子を見る眼に注意した。

弘子は、時々、三人の従業員に注意する。そのうち、一人の娘に近づいて、小声でアドバイスしながら、指先で、そっと、その娘のうなじをなでるのを見た。

それは、まさしく、愛撫《あいぶ》と呼べるものだった。

（やはり、この女は、レズのくせを持ち続けているのだ）

二年前に別れたという女をけしかければ、弘子は、また、甘美なレズの世界におぼれていくかも知れない。そうなれば、この女は、五人の中から、いち早く脱落するだろう。

第二章　レズの罠

窓が閉め切ってあるので、パネルヒーターがつけっ放しになった部屋は、むっとする暖かさだった。暖かいというよりも、暑いくらいだ。

厚いカーテンを引き、ベッドの枕元には、ピンク色の小さな電球だけが、ついている。昼間なのか、夜なのかもわからなかったし、ベッドでもつれ合う多恵子とめぐみは、時間の観念を失っていた。

男と女のセックスは、男が放出することで終わる。後戯があったとしても、行為の瞬間、終わったという意識が支配してしまう。男が若ければ、一休みして、またセックスが可能になるだろうが、中断することに変わりはない。

その点、女同士のレズの場合は、片方が疲れ果てるまで、えんえんと続く。三時間でも、四時間でも。

多恵子とめぐみの肌は、汗でぬれていた。したたり落ちた汗が、シーツに、小さなしみをつくっている。

多恵子は、めぐみの身体を押し広げ、指先で、まさぐった。もともと毛の薄いめぐみだから、ピンク色の可愛らしい肉のひだは、すぐ、むき出しになった。先刻からの多恵子の絶え間のない愛撫で、しっとりとぬれている。

多恵子は、指先で、十分に押し広げてから、舌をはわせていった。彼女の舌が、めぐみの最も敏感な箇所を、下から上に、こすりあげるたびに、めぐみは、小さな叫び声をあげた。

多恵子は、汗をしたたらせながら、舌の愛撫を続けていく。

十八歳の若いめぐみの身体は、敏感に、それに反応する。あえぎが次第に激しくなり、シーツをつかんだ指に力が入っていく。スレンダーな肉体が、弓なりにそり返り、太ももが、ぶるぶるとふるえだした。ベッドが、ぎしぎしと鳴った。

「あッ、あッ」

というめぐみのあえぎが、多恵子をも興奮させていく。眼を閉じ、髪を振り乱し、舌の愛撫に没入していくのだ。

ふいに、弓なりにそっていためぐみの身体が、がくッと、ベッドに落ちた。何度めかのエクスタシーに達したのだ。

多恵子は、めぐみの身体に埋めていた顔をあげた。

めぐみは、大きく広げた両足を閉じようともせず、ぼんやりと、焦点を失った眼を天井に投げている。その半開きのくちびるに、多恵子は、そっと、自分のくちびるを押しつけた。

「堪能したかい?」

多恵子は、めぐみの耳元でささやく。

めぐみは、コクンとうなずいてから、

「今度はお姉さんのを……」

「ああ」

と、答えながら、多恵子は、自分に、こんなレズの喜びを教えた高沢弘子のことを、ふと、思い出していた。

多恵子は、十八歳の時、初めて男を知った。美容師のタマゴだったころである。

相手は大学生だった。若いだけに、不器用で、乱暴に彼女を押し倒すと、前戯もなく、いきなり、押しつけてきた。

痛さしか感じなかった。

二人目の男も同じだった。自分が満足すれば、女も満足したはずだと思い込むようなヤボな男だった。

多恵子は、男たちが、身勝手で、女の身体の微妙さに無知なことに、驚くと同時に失望した。男のオナニーは一つの型しかないが、女性のオナニーにはさまざまの型がある。それほど、女性は微妙なのに、多恵子の接した男たちは、セックスとはインサートすることだとしか考えていなかった。

男にとっては、それがセックスのすべてかも知れないが、女にとっては、一部でしかない。それなのに、男たちは、ひたすらインサートだけに熱中し、あげくの果てに、あッという間に達してしまい、多恵子を、取り残してしまったのである。

　そんな時、美容師としては先輩の高沢弘子に、レズの世界にさそわれたのだった。大柄な弘子に抱きしめられ、指と舌によって、身体のすみからすみまで愛撫された時、多恵子は、今まで知らなかった歓喜に打ちふるえた。

　以来、多恵子は、弘子との同性愛におぼれていった。男に興味を失ってしまったのだ。レズにも、嫉妬《しっと》もあれば、失恋もある。気まぐれな弘子が、他の娘に愛を移した時、多恵子は、狂ったように弘子を追いかけたすえに、カミソリで、左手首を切って自殺を図った。

　幸い、血まみれになっているところを発見され救急車で病院に運ばれたが、その時の傷あとは、今でも多恵子の左手首に痛々しく残っている。

　その後、高沢弘子が、どこでどうしているのか、多恵子は知らなかった。多恵子自身は、東京郊外の美容院で働くようになったが、二十歳になった今も、レズのあやしい魔力から逃れられず、めぐみのような若い美容師をさそい込んでは、その快感を楽しんでいるのである。

　それでも、時おり、ふっと、弘子のことを思い出す。いってみれば、多恵子にとって、弘子が初恋の相手に当たるからだった。

　もう一度、あのバレーボールできたえた、浅黒い、なめらかな弘子の身体の中で、とろけるような陶酔にひたりたいと思う。弘子の指先や舌の感触は、今でも、多恵子の肉体が覚えている。

放心状態だっためぐみが、身体を起こし、今度は、多恵子の身体に顔を埋めていった。めぐみの舌戯は、まだ下手だった。

「くすぐったいよ」

と、多恵子が、くッ、くッと、のどの奥で笑った時、突然、ドアがノックされた。

めぐみが、びくッとして顔を上げて、ドアの方を見た。

ノックの音は、二回、三回と続いた。

多恵子は、不粋な訪問者に対して眉《まゆ》をひそめていたが、いつまでたっても、ノックがやまないので、仕方なしにベッドからおりた。

二十歳の彼女の身体は、どこにもぜい肉がついていなくて、しなやかな若さを見せていた。小柄なカモシカを思わせる身体だった。

弘子は、初めて彼女を抱きしめた時、満足そうに、「きれいな身体ね」と、いったものだった。女にしては、いくらか太いその声は、まだ、多恵子の耳に残っている。

素肌の上に、ブルーのネグリジェを羽おって、多恵子は、

「だれなの？」

と、ドアの外に声をかけた。

「美容師協会の者です」

男の声が、もどって来た。

「美容師協会？」

半信半疑ながら、多恵子がドアを開けると、廊下に、三十五、六歳の、がっしりした身体つきの男が立っていた。

男の背後の街は、すでに、とっぷりと夜の闇に包まれ、駅前の商店街のネオンが、ちかちかと、多恵子の眼に光って見えた。

めぐみとベッドに入った時は、まだ明るかったから、いつの間にか、四、五時間たってしまっていたのだ。

男は、多恵子のネグリジェ姿を見て、ニヤッと笑い、「これは――」と、つぶやいた。

「山口多恵子さん――？」

「ええ？　あなた、本当に美容師協会の人？」

「いや」

「違うの？」

と、多恵子が眉をひそめ、ドアを閉めようとすると、男は、手を伸ばして、ドアを押さえた。

「違うが、君にいい話を持って来た。金は欲しくないかね？」

「そりゃあ欲しいけど、あなたは、どこのだれ？」

「名刺をあげよう」

男は、胸のポケットから一枚の名刺を取り出して、差し出した。

「城西製薬の早川さん？　城西製薬は知ってるけど、どんな用かしら？」

多恵子は、ネグリジェの胸のあたりに手をやって、早川という男を見た。

ハンサムでもないし、身体つきもスマートではないが、押しの強さを感じさせる男だった。

「こんな廊下で話せることじゃないな、中に入れてもらえないかね？」

「だめッ」

と、多恵子は、思わず、声高にいってから、

「駅の近くに、『ロン』というバーがあるから、そこで待っていて。すぐ行くわ」

「『ロン』だね」

早川は、確認してから、階段をおりて行ったが、途中で振り返って、

「君にとって、いい話だよ」

と、念を押した。


いかにも、東京のはずれのバーといった、アカ抜けしない店で、早川は、Gパンにセーターというラフな格好に着換えた山口多恵子と、向かい合って腰を下ろした。

多恵子は、ハイボールを頼んでから、

「お金になる話っていったわね？」

と、早川の顔をのぞき込んだ。早川にとって、まずは、歓迎すべき反応だった。金で動く人間なら、利用しやすいからである。

「お金は、欲しいかい？」

「そりゃあ欲しいわ。ね、本当にもらえるの？」

「私の頼みを聞いてくれたらの話だ。百万は払ってもいい」

「ふーん」と、多恵子は、両手をあごにあてがって、鼻を鳴らしたが、

「なぜ、あたしに、そんな大金をくれるの？」

「君じゃなければ、出来ない仕事を頼みたいからだよ」

「あれはだめよ」

「あれ？」

「だれかと寝てくれなんてこと。あなた、城西製薬の人でしょう。お得意さんを呼ぶんで、その人と寝てくれなんていうのはだめ。あたしに、そんな気はないから」

「わかってる」

「変な人ね。ニヤニヤ笑ったりして」

「君のことは、いろいろ知っているからだよ。その手首の傷あとの意味も知っている」

「え？」

多恵子は、顔色を変え、あわてて、左手首を押さえた。

「さっきも、部屋の中に、若い女の子がいるのを、ちらりと見た。女が女を好きでも、別

に悪いことじゃない。どんな生き方をしようと、その人の自由だからね」

「何がいいたいの？」

左手首を押さえたまま、多恵子は、強い眼で早川を見た。

「君は、高沢弘子を知っているね？」

「…………」

「知っているはずだよ。君には、忘れられない人のはずだからね」

「ええ。知ってるわよ」

多恵子は、運ばれて来たハイボールを、ひと息に飲み干し、むせて、苦しげに咳き込んだ。

「彼女は、ある男と結婚したがっている」

「お姉さんが結婚？」

多恵子の眼が、キラリと光った。明らかに、強い嫉妬《しっと》の眼つきだった。

早川は、内心、ニヤッとした。この娘は、今でも、高沢弘子に対して、レズの感情を持ち続けているのだ。

「どうだろうねえ」と、早川は、探るように、多恵子を見て、

「君の力で、その結婚をやめさせられないかな」

「あたしの力で？」

「そう。君の力でだ。いいかい。君がよく知っているように、高沢弘子は、昔、レズにふ

けっていたことがある。君と別れてからも、相変わらず、可愛らしい女の子をかわいがっているらしい。その高沢弘子が、多分、世間体を考えたんだろうな。ある男と結婚しようと考えたんだ。そんな、世間体のためだけに結婚して、うまくいくはずがないだろう？彼女だって不幸になるし、男の方だって不幸だ」

「そうよ。お姉さんが男と一緒になって、うまくいくはずがないわ」

多恵子は、顔をゆがめた。弘子と男とが一緒になることを考えただけで、胸が痛むといった顔つきだった。

「私も、そう思っているんだ。だから、やめさせたいんだ」

「相手の男って、どんな人なの？」

「年齢六十五歳」

「そんなおじいさんなの？」

多恵子は、かん高い声をあげた。早川は、思わず、周囲を見まわしてから、

「老人だが、金持ちだ」

「よけい、不潔だわ」

「そうかも知れないな」

「どうしたらいいの？」

「君と彼女は、愛し合っていたんだろう。君が自殺を図るくらいだから、どんなに激しいものだったか、想像がつく。その状態に、もう一度もどれば、きっと、彼女は、世間体を

作るだけの老人との結婚なんか、やめるはずだ。高沢弘子は、今、新宿西口に店を出していて、同じく西口の西口プラザという十階建てのマンションの三〇六号室に、ひとりで寝起きしている」

「でも、お姉さんは、あたしを、前みたいに受け入れてくれるかしら？」

「大丈夫だよ。彼女だって、君を好きなんだ。どうして、私が、君を見つけ出したと思う？　高沢弘子が、興信所に頼んで、君を探させていたからだ」

「本当なの？」

多恵子の眼が、喜びに輝いた。現金なものだ。

「本当だとも、今夜にでも、彼女のマンションに行ってくれないか。急ぐんだ」

「金持ちのおじいさんとの結婚が迫ってるのね？」

「ああ、つまり彼女の不幸も迫っているということだよ。それを止められるのは君だけだ。うまくいったら、百万円差しあげる」

「お金なんかいらないわ」

「そんなに、彼女が好きなのかい？」

「うん」

多恵子は、子供みたいに、こっくりとうなずいた。

驚いたことに、うっすらと、眼に涙をにじませているのだ。

早川は、十万円を、多恵子の前に置いた。

「これで、きれいなドレスを買って、磨き立てて、行ってくれよ」

と、いってから、

「実は、もう一つだけ頼みがある」

早川は、わざと、多恵子が十万円をしまうのを待ってからつけ加えた。

「なに？」

「今夜、高沢弘子の部屋に入ったら、ドアのカギをあけておいてもらいたいんだ」

「なぜ？」

「君は、二度と彼女を失いたくないはずだ。六十五歳のじいさんなんかに、彼女を奪われたくないはずだ」

早川は、多恵子の肩に右手を置き、彼女の顔をのぞき込むようにして話した。

「もちろんだわ」

と、多恵子は、キラキラ光る眼でうなずいた。

「しかし、彼女は、今夜は君を愛してくれても、また、君を捨てて、じいさんと一緒になってしまうかも知れない」

「いやよ。そんなことはさせないわ」

「いくら君がその気でもだめだ。とにかく、その老人は大金持ちだからね。高沢弘子は、君よりも、金を取るだろう」

「どうしたらいいの？」

「彼女を、君のものにしておく方法が、一つだけある」

「どうするの？」

「今いったように、ドアのカギをあけておいてくれればいい。私が、そっとしのび込んで、君と彼女が愛し合っているところを、ポラロイドカメラで写す」

「そんな——。いやだわ」

「いいか。よく聞くんだ。荒っぽいやり方だというのは、私にだってわかっているさ。だがね。他に方法はないんだ。その写真をじいさんに見せれば、じいさんだって、彼女をあきらめる。一方、君は、その写真があれば、彼女を独占できる」

「その写真で、お姉さんを脅迫しろというの？」

「それは、君の好きにすればいい。とにかく、そんな写真があれば、彼女は、君に弱味を握られたことになる。他に、方法はないんだ。君が、高沢弘子を独占する方法はね」

「でも——」

多恵子は、なかなか決心がつかないようだったが、早川は、押しまくった。

高沢弘子を失ってもいいのかと、多恵子の一番弱い点を突っついた。

こんな時の早川の話し方には、妙な説得力がある。

最後には、多恵子が、「いいわ」と、うなずいた。

「でも、写真を撮る以外、何もしないって誓ってくれるわね？」

「もちろんさ。私の目的は、じいさんに、彼女をあきらめさせることだからね」

「そのおじいさんの家族に頼まれたのね」

「そんなところさ」

早川は、笑ってうなずき、もう一度、多恵子の肩をたたいてから、バーを出た。

その足で、早川は家に帰ると、戸棚から、ポラロイドカメラを取り出した。


時間を見はからって、早川は、ポラロイドカメラをぶら下げて、車に乗り込んだ。

新宿西口にある高沢弘子のマンションに、車を飛ばした。

道路の反対側に車を止め、マンションの入口を注視した。時間は、すでに、十一時を過ぎている。新宿といっても、このあたりは、この時間になると、人通りもまばらである。
五、六分すると、手に、タクシーがマンションの前で止まり、山口多恵子が降りた。ハンドバッグと一緒に、リボンをかけた小さな包みを持っているところをみると、早川の渡した十万円で、弘子への贈り物を買ったのだろう。
多恵子の姿が、マンションに消えた。早川は、時間をはかった。もし、すぐ多恵子が出て来たら、弘子をくどくのに失敗したのだ。その時には、他の方法を考えなければならない。

三十分たった。が、多恵子は出て来なかった。どうやら成功したらしい。

早川は、それでも、慎重に、今しばらく待つことにした。服を着て、二人の女がおしゃべりをしているところを写真に撮ったところで、何の役にも立たないからである。

二人が、裸でからみ合っているところを撮らなければならないのだ。レズ行為は、何時間も続くと聞いたことがある。それならば、早く飛び込んで失敗するより、遅く入った方が成功率は高いはずだ。

早川は、はやる気持ちを抑えて、二時間待った。

午前一時をまわってから、ポラロイドカメラを持って、車を降りた。マンションの入口を入り、エレベーターに乗った。三階に向かって、エレベーターが動いている間に、ポラロイドカメラに、ストロボを取りつける。焦点調節のいらないカメラだから、レンズを被写体に向けて、シャッターを押せばいいのだ。

三階の廊下にも、人影はなかった。足音を殺して、弘子の部屋の前まで歩く。別に、心臓はどきつかなかった。普通の人間にくらべれば、胆《きも》のすわっている方なのだ。

ノブに手をかけてまわした。多恵子が、早川を裏切ることも考えられたが、ドアのカギはかかっていなかった。

ドアを開けて、身体を滑り込ませ、後手に閉めた。

入ってすぐの広い居間には、明かりがつけっ放しだった。細い廊下を、奥へ向かって進む。2LDKのマンションだった。寝室のドアが、二〇センチばかり開いていた。

カーテンを閉めた部屋は淡いブルーのライトがついていた。深海の底のようだった。エンドレステープが、セレナードをかなでている。

窓際に置かれたベッドの上に、真っ裸の女体が二つ、折り重なっているのが、ブルーのライトの中に、白く浮かび上がって見えた。

早川は、その女体に向かって、一度、二度と、シャッターを押した。ストロボの閃光《せんこう》が二度、寝室の中を走った。

早川は、寝室から逃げ出した。

手に持ったポラロイドカメラから、かすかな音をたてて、二枚のフィルムが滑り出てくる。

それをポケットに放り込んだ。三分もすると、自動的に、絵が浮かびあがってくるやつだ。

弘子の悲鳴か怒声が追いかけてくるのを覚悟していた。が、不思議なことに、なんの声も聞こえなかった。

二度もストロボをたいたのだ。あの強烈な閃光が眼に入らなかったはずはない。眼に入れば、弘子が叫び声をあげないはずはないのだ。

(おかしいな)

と、思うと、早川は、逃げるかわりに、もう一度、寝室をのぞき込んだ。

ベッドの上には、相変わらず、二つの裸身が重なり合っている。

(疲れ切って、抱き合ったまま眠っているのか)

そうなら、よほど激しく愛し合ったのだろう。

早川は、ニヤッと笑ったが、その笑いは、突然、凍りついてしまった。

アーモンドのにおいをかいだからだ。そのにおいは、早川の過去に強烈な印象を残していた。

彼が二十歳の時、友人の一人が自殺したのだ。その時、死体は、アーモンドのにおいがしていた。青酸カリのにおいだ。

早川は、あわててベッドにかけ寄った。

近くで見れば、二人の顔は、苦痛がそのまま張りついたように、ゆがんでいる。上になっている多恵子の手首をまずにぎってみたが、すでに脈は止まっていた。

ぐんにゃりとしている多恵子の身体を押しのけて、今度は、弘子の胸に耳を当ててみたが、心臓の鼓動は聞こえなかった。

(死んでいやがる)

と、思ったとき、さすがの早川も、すうっと血の気がひいていくのを感じた。

(多恵子が、無理心中したのか)

と、考えたとき、押しのけた多恵子の身体が、どさッと、大きく音を立てて、ベッドからころがり落ちた。

一瞬、飛びあがりそうになった早川は、蒼《あお》ざめた顔で、落ち着くんだと、自分にいい聞かせた。

大臣秘書になれるかどうかの大事な時なのだ。ここであわてて、それを棒に振る手はない。

早川は、大きく息をして、自分を落ち着かせた。

死んだ二人の女のことなど、もうどうでもいい。むしろ、高沢弘子が片付いたのだから、この無理心中は、歓迎すべきことなのだ。

問題は、この事件から、自分や、太田垣の名前が出ないようにすることだ。

早川は、多恵子のハンドバッグを探り、自分の名刺を見つけてポケットに入れた。

次は、弘子が、太田垣の女だという証拠を、部屋から消すことだ。

早川は、天井の明かりをつけた。深海の世界は、たちまち、明るい現実の世界に変わった。

ベッドの上の弘子は、一層、死体らしくなった。

寝室には、何もなかった。隣りの六畳の和室に入って、明かりをつける。状差しが眼に入った。五通ほどの手紙があったが、太田垣のものはなかった。

社長は用心深い男だから、自分の愛人に手紙は書かないだろうし、一緒に写真も撮っていないに違いない。

それでも、タンスの上に、太田垣の顔写真を入れた小さな額が飾ってあった。どうやら、何かの雑誌にのった太田垣の写真を切り抜いたものらしかった。

死んだ弘子が、本当に太田垣を愛していたから、こんなことをしたのか、それとも、ここを訪れる太田垣に見せるためなのかはわからない。が、早川には、どうでもよいことだった。

早川は、それを、額縁ごと持ち帰ることにした。

居間には、五人の女に太田垣が贈った例の虎の置物が、麗々しく飾ってあった。これも持ち帰る必要があるだろう。

早川は、自分がさわったと思われる場所を、ハンカチでていねいにぬぐってから、額縁と虎の置物を持って、部屋を出た。幸い、廊下にも、エレベーターにも、人の姿はなかった。

車にもどり、スタートさせる。甲州《こうしゅう》街道に入ったところで、早川は、初めて、ほっとして大きな吐息をついた。妙なことになってしまったが、とにかく、五人の女の中の一人は、整理したのだ。

翌朝、朝刊が投げ込まれるのを待っていて、広げて見たが、二人の女のことは出ていなかった。

まだ死体が発見されないのかも知れないし、発見されても、朝刊に間に合わなかったのだろう。

夕刊には、大きく出ていた。

同性愛心中か

新宿のマンションで

二人の女の全裸死体

それが見出しだった。

ベッドのかたわらのテーブルには、青酸カリの混入されたワインが置いてあったので、訪ねて来た山口多恵子か、高沢弘子のどちらかが、無理心中をはかったものと思われると書いてあった。

太田垣の名前も、早川の名前も、どこにも出ていなかった。

ほっとして、新聞を投げ出した時、太田垣から電話がかかった。

「今、新聞を見て、びっくりしたところだ」

と、太田垣がいった。

「私もです」

「私の名前が出るようなことは万が一にもあるまいな。大事な時だからな」

「大丈夫です。実は、昨日の昼間、高沢弘子に会ったんですが、部屋に、社長との関係を示すようなものは、何もなかったのを確認しています」

「それならいい」

太田垣の声から、不安さが消え、いつもの傲慢《ごうまん》さと冷たさがもどっていた。

「あとの四人を頼むぞ、ぐずぐずするな」

「わかりました」

と、早川はいった。電話が切れると、早川は、テレビのスイッチを入れた。この事件が、どんなふうに進展するのか気になったからである。

七時、九時と、ニュースのたびに、事件のことが報道された。

主婦向けのニュース・ショーには、格好の話題だったらしく漫才師のレポーターが、二年前まで、二人が激しい同性愛関係にあり、多恵子が自殺を図ったこともあると報告した。

どうやら、事件は、多恵子の方からの無理心中ということで、決着がつきそうだったし、それ以上に広がる気配はなかった。

十一時近くなって、また電話が鳴った。社長からと思ったが、相手は、順子だった。

「今、ベッドに入ってるんだけど、なんだかさびしくて仕方がないの」

順子は、甘えた声を出した。

「これから、そっちへ行っていい?」

「いいさ、おれも、なんとなく、君を抱きたくなっていたんだ」

「ふふ――」

と、順子は電話の向こうで笑った。

早川は、ベッドに寝ころがって、順子を待った。

四十分ほどして、順子は、赤い格子模様のコートを着て入って来た。そのコートの肩のあたりがぬれていた。

「雨が降り出したわ」

と、順子は、コートを脱ぎながらいった。そういわれて気がつくと、窓ガラスに雨滴が当たる音がする。

「早く裸になれよ」

「じゃあ、電気を消して」

「いやだ。こうやって、寝ころんで、君が裸になるのを見ているのが楽しいんだ」

「変な人ね」

順子は、クスクス笑い、早川に背を向けて、服を脱ぎはじめた。

「昨日は、夜中に電話したんだけど、いなかったわね」

「そうかい」

「このごろ、何をしているの？」

「別に。例によって、社長の使い走りさ」

「昨日の夜中、あなたそっくりの人を、新宿西口で見たって人がいるんだけど」

「そいつは眼が悪いんだろうよ。裸になったら、こっちを向いて、ちゃんと見せろよ」

早川の声に、順子が、くるりと向き直った。生まれたままの真っ裸で、腰に手を置き、ポーズを作って、

「あたしの身体って、魅力がある？」

「ああ、いい身体してるよ」

と、早川は答えながら、この女は変わったなと思った。

最初は羞恥心《しゅうちしん》のかたまりみたいだったのに、だんだん大胆になっていく。
ふと、そんな順子の変化にこわさを覚えた。

第三章　昔の男

小池　麻里

年齢二十四歳。千葉県柏市《かしわし》生まれ。県立N高校を卒業後、東京に出て、喫茶店で働く。

十九歳の時、渋谷《しぶや》区道玄坂《どうげんざか》のバー『ロシナンテ』のバーテン和田英明《わだひであき》（当時二十三歳）と同棲《どうせい》。六カ月で別れた後、N・F・C（日本ファッションモデル・クラブ）に入りファッションモデルとなる。

テレビタレント、歌手などと関係を噂されたが確証なく、結婚歴もなし。

前記和田英明の現在の消息不明。

浅井美代子から借りた二つめの調査報告書には、要約すると、右のように書いてあった。

早川が、高沢弘子の次に目標にしたのは、五人の中では一番若い小池麻里だが、この報告書の記述だけでは、彼女に、大臣夫人をあきらめさせるのはむずかしそうだ。

和田というバーテンと半年間同棲していたといっても、五年も前のことだし、男性歌手や、テレビタレントとのゴシップも、確証がないのでは、麻里は、否定するに決まっていた。

ともかく、麻里に会って、もう一度、説得してみることにした。荒っぽいことは、最後の手段だった。

自宅のマンションにいないので、N・F・Cに電話してみると、銀座のMデパートで開かれている毛皮ショーに、臨時に出てもらっているということだった。

早川は、タクシーで銀座に出ると、途中で花束を買い、毛皮ショーの会場になっているMデパートの七階にあがって行った。

会場は、相変わらず、女の溜息《ためいき》でいっぱいだった。五百万円とか、一千万円といった高価な毛皮のコートを着たモデルが登場し、アナウンサーが、その値段をいうたびに、会場を埋めた女性客から、何ともいえない溜息がもれるのだ。

こんな光景を見るたびに、早川は、女というものがわからなくなる。

絶対に手のとどかない、絶対に着ることのない毛皮のコートに、夢中になっている女の気持ちがわからないのだ。男なら、絶対にこんなことはしないだろう。

ショーが一段落したところで、早川は、花束を手に、モデルの控室に足を運んだ。

小池麻里は、ブラジャーとパンティだけの半裸の上に、自前のコートを羽おって、早川を迎えた。

外国人のように、にゅっと伸びた長い足が魅力的だ。顔は、どちらかといえば扁平《へんぺい》で日本人的だが、こういうアンバランスなのが、今はうけているのだろうか。

麻里は、ニッコリ笑って、早川の花束を受け取ったが、彼の質問に対しては、きっぱりと、

「あたしは、絶対に、パパと結婚するわ。していけない理由は、どこにもないもの」

といった。

「社長の方に、その気がなくても？」

「でも、パパだって、いつかは再婚するんでしょう？」

「するとすれば、大臣夫人にふさわしい女性とするでしょうね」

「あたしは、ふさわしくないというの？」

切れ長の眼で、麻里が、早川をにらんだ。

「さあ」

「いいこと。五人の女の中じゃ、あたしが一番大臣夫人にふさわしいはずよ。死んじゃった美容師の高沢弘子は大女だったし、料亭をやってる野々村ふみ代は、もう四十過ぎのおばあちゃんだわ。昔バーのホステスだった浅井美代子なんて、それだけで資格ゼロよ。薬局をやってる大竹康江は未亡人だし。あたしは、四人のだれよりも若いわ」

「よく調べましたね」

「前に週刊誌に出てたじゃないの。大臣になれば、海外に行くことが多くなるでしょう？そんな時、あたしが奥さんなら、見栄えがするわ」

「社長が、どうしても、貴女《あなた》に身を引いて欲しいといったらどうします？」

「だめよ。奥さんにしてくれないんなら、新聞記者を集めて、あたしとの仲を公表してやるわ。他の四人の女のこともね」

「困りますね」

「困るんだったら、パパに、あたしと結婚するようにすすめてちょうだいな。奥さんになれたら、悪いようにはしないわ」

「あなた自身が、自分は大臣夫人にふさわしくないと思ったら、潔く身を引いてくれますね？」

「よくわからないけど？」

「たとえば、あなたに隠し子がいたとか、犯罪歴があったとかという時にはということです」

「それならあきらめるけど、あたしには、隠し子なんかいないし、前科もないわよ。第一、結婚したこともないんだから」

「しかし、同棲はしたことがありますね。和田というバーテンと」

「調べたのねッ」

と、麻里は、語尾をはねあげるようにいい、ぐっと眉《まゆ》を寄せた。

「ええ。調べましたよ」

「あれは、五年も前のことよ。どんな男だったかも忘れちゃったわ」

ベルが鳴ったのをしおに、麻里は、さっさと立ち上がって、早川に背を向けた。

確かに、彼女のいう通りだった。青春の一時期のあやまちを取り上げて、大臣夫人にふさわしくないとはいえない。


何か考えなくてはと思いながら、自分のマンションにもどると、電話が鳴っていた。

靴のまま飛び込んで、受話器を取ると、

「あたし」

と、浅井美代子がいった。

「ファッションモデルの小池麻里について、面白いことを教えてあげるわ」

「どんなことです？」

「彼女、五年前に、和田英明というバーテンと半年間同棲していたのよ」

「そのことなら、あなたから借りた調査報告書を読んだから知っていますよ」

「でも、和田英明が、今、どこで何をしているかは知らないでしょう？」

「調べたんですね？」

「ええ。調べたわ。あたしが大臣夫人になれるかどうかという場合だもの。その男はね。今、熱海《あたみ》の温泉街で、ショーに出てるわ」

「しかし、五年前に別れた男が、今、何をしていようと、彼女とは関係ないでしょう？」

「かもね。でも、うまく利用すれば、小池麻里に身を引かせることが出来るかも知れなくてよ。何しろ、和田という男は、シロクロのショーに出ているんだから」

「ほう」

「もし、彼に会いたければ、熱海へ行って、旅館の番頭さんに、今一番面白いショーを見たいというと案内してくれるそうよ」

「…………」

「何を考えてるの？　時間がないんでしょう？　利用できそうなものは、何でも利用なさいよ」

「一つだけいっておきたいことがありますがね」

「なに？」

「私は、あなたにも、社長から身を引いてもらいたいと思っているんですよ。それを忘れないでもらいたいですね」

「わかってるわよ」と、浅井美代子は、笑った。

「でも、あたしには、過去も現在も、高沢弘子や、小池麻里のような傷はないわ」

「見つけますよ」

「どうぞ。でも、一週間たっても見つけられなかったら、あきらめて、あたしと社長の仲を取りもつことね。それが、あんたのためよ」

「覚えておきましょう」

「それから、高沢弘子があんな死に方をしたけど、あそこへ持っていくように細工したのは、早川さん、あんたじゃないの？」

「さあ、何のことかわかりませんね」

「それなら、そうだとしておくわ」

クスクスと、美代子は笑い、向こうから電話を切った。

早川の顔に苦笑が浮かんでいる。五人の中《うち》の最後になるとしても、この女にも罠《わな》をかけて、身を引かせなければならないのだ。

早川は、東京駅近くの中堅クラスの東京探偵社を訪ね、浅井美代子に関することなら、どんな小さなことでもいいから調べあげてくれと頼み込み、その足で、新幹線『こだま』に乗った。


熱海に着いたのは、夕方だった。

一流の下といったクラスの旅館をわざと、選んであがり、夕食をとってから、番頭に、

「面白いところへ案内してくれないか」と、頼んだ。

番頭は、すぐ、タクシーを呼んでくれた。

旅館の丹前を着て、早川は車に乗った。

温泉地のエロショーを見るには、旅館の浴衣《ゆかた》なり丹前なりを着て行った方がいい。その方が、相手が安心するからだ。それに旅館の名前でも入っていれば、もっと安心するだろう。

旅館街からちょっとはずれた、小さな家へ連れて行かれた。木造の二階家で、『××美容院』のネオンサインが、こわれて、ぶら下がっていた。

入口に、角刈りで、ひと目でその筋の者とわかる若い男がいて、早川は、三千円とられた。その男に案内されて、がたぴしする階段を二階へあがる。

八畳ほどの部屋に、真っ赤な安物のじゅうたんが敷き詰めてあった。窓には、部屋の光が外にもれないように、厚いカーテンが下がっている。正面には、仮設の舞台がこしらえてある。

早川と同じように、旅館の丹前を着た男ばかり数人の先客があった。

早川は、彼らのうしろに腰を下ろして、煙草に火をつけたが、ショーは、いっこうに始まらない。そのうちに、二人、三人と、客が増えて来た。

妙なことに、新婚らしい若いアベックもやって来た。中年の女同士のグループもいる。客が二十人ぐらいになったところで、やっと始まった。

最初は、8ミリ映画だった。新着のブルーフィルムでも見せてくれるのかと思ったら、体操着姿の女子高校生が、飛んだりはねたりするだけの、文字通り、文部省推薦の映画だった。

終わって、部屋が明るくなると、客たちは、一様にキツネにつままれたような顔をしていた。

五分ほど休憩があって、今度は、舞台に、長じゅばん姿の若い女が現われた。二十五、六歳と若いが、肌が荒れて、顔には、ニキビが吹き出ていた。

レコードで一曲、バタフライをつけて踊ってから、そのバタフライをとって、真っ裸になり、「煙草をちょうだい」と、客に向かっていった。

中年の客が差し出すと、女は、火をつけて一、二服吸ってから、その場にしゃがみ込んで、下にくわえさせた。どんな風に筋肉を使うのかわからないが、ぱッぱッと、ふかして見せた。

明かりを消すと、暗闇の中で、煙草の火が点滅する。エロチックというよりも、ユーモラスだった。

女は、そのあと、バナナ切りをやって見せたが、この方は、あまりうまくはなかった。掛け声をかけながら熱演したのだが、うまく切れず、つぶれてしまう。それでも、終わると、客の間から拍手が起きた。

角刈りの男がすかさず、ざるを持って来て、

「スターさんに、チップをやって下さい」

と、いった。チップは二千円で、何のことはない合計五千円とられたことになる。また、さらにひと休みしてから、やっと、お目当てのショーになった。

女は三十七、八歳。男は十歳くらい若く見えた。

(この男が、和田英明か)

と、早川は、男の方を、じっとながめていた。青白い、疲れたような顔をしているのに、

眼ばかり、異様にキラキラ光っている。

（クスリを使ってるな）

と、思った。早川も、一時だが、覚醒剤《かくせいざい》をやっていたことがある。あれをやると、どんなに疲れた時でも、頭がシャンとしてくるし、眼が異様に光ってくるのだ。

舞台に布団が敷かれ、その上で、二人が裸になった。女の方は、乳房もたれ気味で、腰にも肉がつき過ぎていたが、それが、かえって、エロを感じさせた。

男の方は、裸になると、右腕に、『御意見無用』のいれずみが見えた。素人がほったのか、へたな字である。

身体はやせていたが、肝心の道具は立派で、真珠か、プラスチックを埋め込んであるようだった。

最初、女の方が口にくわえ、固くなると、大きく身体を開いて、布団に寝る。その上に、男が馬乗りになった。

演技なのか本気なのか、次第に女の息が荒くなり、腰のうねりが激しくなってくる。客は、息を殺してながめている。早川のかたわらで、ごくりとつばをのみ込む音が聞こえた。

二人は、ファックしたまま体位を変えて見せたりもした。

こういうショーでは、男の方が強くなければならないのは当然だが、それにしても、眼の前の男は強かった。女の方が、二度、三度と達してしまったのに、男は、まだ平気だった。

ショーが終わった時、女は、肩で大きく息をしていたが、男は、まだ大丈夫という顔だった。

この男に、小池麻里を誘惑させたら、彼女は、早川の望む通り、男にのめり込んでくれるかも知れない。

早川は、角刈りの男に二千円つかませて、

「あの男の人と話がしたいんだがね」

と頼んでみた。

「あんた、雑誌か何かの人かい？」

「いや、彼が東京でバーテンをしていたころの知り合いなんだ」

「じゃあ、そう伝えておくよ」

「この先の四つ角の所にあったバーで待っているといってくれないか」

他の客が、タクシーで旅館に帰る中を、早川は、歩いて、近くのバーに行った。不景気のせいか、店は閑散としていた。

水割りを頼んで、ちびちびやっていると、二十分ほどして、男が、サングラス姿でやって来た。まっすぐ、早川の前に歩いて来て、

「おれを呼んだのは、あんたかい？」

「ああ。君は、和田英明さんだね？」

「だったら？」

「頼みたいことがある」

「どんな?」

「女を一人、誘惑してもらいたいんだ」

「ふーん」

と、和田は、鼻を鳴らしてから、カウンターの奥のマダムに、ウイスキーのダブルを頼んだ。

飲み方は乱暴だった。青白い顔で、がぶ飲みをする。そんなところにも、この男の現在の荒れた生活が、顔をのぞかせている感じだった。

「さっきの相手は、君の女か?」

早川がきくと、和田は、

「よせやい」と、手を振った。

「あれは、金で頼んだ素人だよ。ちっぽけな町工場の未亡人だ。おれは独り者さ。ところで、おれにだれを誘惑しろっていうんだ?」

「小池麻里」

「なんだって?」

和田の顔色が変わった。その反応の強さに、早川は満足した。

この男は、まだ、麻里に未練を持っているのだ。

「今でも、彼女はきれいだよ。それに、まだ、君と同じく独身だ」

「なぜ、おれに、彼女を誘惑させたがるんだ？」

「理由はいえん。しかし、君にとっても、悪い話じゃないはずだ。お礼もする。こちらの条件としては、東京からなるたけ離れた所へ、彼女と消えてくれることだ。そこで、君が、彼女と同棲《どうせい》生活を送ろうと、正式に結婚しようと、それは君の自由だ」

「あんないい女はいない――」

「そうさ。魅力的な娘さんだ。君には、あれだけのテクニックがあるんだ。彼女は、きっと、メロメロになって、君から離れられなくなるよ」

「毎日鍛えたんだ。おれは、セックスには自信がある」

「じゃあ、迷うことはない。彼女だって、きっと、君のことが忘れられずにいると思うね」

と、早川は、けしかけた。

「お礼はするといったね？」

「ああ」

「先に金をもらえるかな？　麻里は気位の高い女だ。東京から連れ出すにも金がいる」

「いいとも、ここに五十万円ある。成功したら、あと五十万円渡そう」

早川は、内ポケットから、用意してきた五十万円の札束を取り出して、和田の前に置いた。高沢弘子が死んだことによって不要になった五百万円の一部だった。

早川は、腕時計に眼をやった。

「まだ、東京行きの電車がある。これからすぐ東京へ行けるかね？」

「いいとも。今の仕事に未練はないし、ここにいなきゃならない義理もないからな」

「じゃあ、先に熱海の駅へ行っていてくれないか。私は、いったん旅館へもどってから、すぐ、駅へ行く。小池麻里の住所なんかは、電車の中で教える」

店を出て、和田が、タクシーで駅へ向かったのを確認してから、早川は旅館にもどった。

早川は、和田と一緒に、真夜中の東京に舞いもどった。少し寒いが、早川は、夜の街が好きだ。

夜というやつは、人間を、あまり反省しなくてすむような気持ちにしてくれる。

東京駅の南口でタクシーを拾った。走り出すと、和田は、サングラスをはずし、窓に顔を押しつけるようにして、夜の街を眺めている。

「東京は、久しぶりかね？」

「ああ。ずっと、温泉地を流れ歩いていたからな」

「要点だけ話しておこう。君は、小池麻里を東京の外へ連れ出す。どこかに落ち着いたら、新聞の三行広告に、それとわかる広告をのせてくれ。文面は何でもいい。ウマク行ッテイル・和田でもいい。それを見たら、あとの五十万円を送る」

「面倒くさいんだな」

「理由はいえないといったはずだ」

「いいとも。おれは、もう一度麻里と一緒になれれば、それでいいんだ。あんたがどこのだれだか、そんなことは、おれには興味がない」

「それでいい」

と、早川は、うなずいた。

タクシーは、小雨の降り出した夜の東京を西に向かって走り、田園調布《でんえんちょうふ》の住宅街にある新築のマンションの前でとまった。

「麻里は、このマンションに住んでいるのか？」

タクシーから降りた和田は、眼の前に浮かぶ九階建てのマンションを見上げた。

「ああ。七〇六号室だ」

と、早川は答え、すぐ、エレベーターに突進しようとする和田を、地下の駐車場へ連れて行った。

十二、三台並んでいる車の中の、白塗りのポルシェ911の前へ案内した。

「これが、彼女の車だ。これで連れ出すといい」

「あんたは、どうするんだ？」

「あの柱のかげで、君が、無事に彼女を連れ出すところを確認する」

「それが、あんたの仕事かい？」

和田は、からかうようにいってから、エレベーターの方へ、大またに歩いて行った。

早川は、コンクリートの柱に背をもたせかけ、煙草をくわえた。

あの青年は、今でも、麻里に夢中だ。それに、彼女を手に入れることで、今の生活から逃げ出せもするのだ。

だから、力ずくでも、麻里を連れ出すだろう。

彼女の部屋に他の男がいたら？　いや、そんなことはないはずだ。

麻里は、今、社長夫人、大臣夫人の地位をねらっているのだから、身をつつしんでいるだろう。

（それにしても、ちょっと手間がかかり過ぎるな）

少し心配になり、吸いがらをふみ消して、エレベーターの方に眼をやった時である。

いきなり、がつんと、後頭部を殴打された。

眼の前に火花が散り、急速に意識が失われていく。その中で、激しいエンジン音を聞いたような気がした。

何時間気を失っていたか、もちろん覚えてはいなかった。

映画なんかだと、こんな時には、気がつくと病院の白いシーツの上に寝かされていて、若くてきれいな看護婦が、心配そうにのぞき込んだりしているものだが、現実は、そうはいかなかった。

早川は、相変わらず、駐車場の冷たいコンクリートの上に転がっている自分を発見した。

後頭部が、ずきずき痛む。そこを手で押さえるようにしながら、早川は、のろのろと立ち上がった。軽い吐き気もする。

眼の前にあった白いポルシェ911は、消えてしまっていた。

（殴ったのは、和田だろうか？）

だが、なぜ、あの男が、早川を殴る必要があるのだろうか。

覚醒剤《かくせいざい》を常用していると、被害妄想におち込むことがある。まわりの人間が、自分を殺すのではないかという不安に襲われるのだ。

和田も、それだろうか。それならそれでもいい。とにかく、彼が、小池麻里を連れ出してくれていればいいのだ。

それを確かめるために、早川は、ふらつく足どりでエレベーターに乗り込み、七階のボタンを押した。

腕時計を見ると、ちょうど、午前一時を指している。気絶していた時間は、わずか五、六分間だったのだ。

七〇六号室のドアは、開けっ放しになっていた。中の明かりも、ついたままだった。

早川は、用心しながら、部屋に入った。浅井美代子のマンションと同じ大きさだった。

太田垣は、多分、自分の女たちに、平等に、同じ大きさのマンションを買い与えていたのだろう。

寝室をのぞくと、枕や、黒いネグリジェが、床に散乱していた。

麻里が、かなり抵抗したのか、それとも、急いだためにこうなっているのか、早川には、判断がつかなかった。

口をあけたまま放り出してあるスーツケースも眼に入った。下着類が、突っ込んである。身のまわり品を持って行こうとして、途中でやめたように見える。和田が急がせたのかも知れない。

その辺のところはわからないが、部屋には、小池麻里がいて、和田が彼女を連れ出したことだけは、はっきりしている。

ここまでのところ、早川の計画は成功したのだ。

早川は、高沢弘子の場合と同じように、部屋から、太田垣のにおいのする物を、全て持ち去ることにした。

一人の若い女が、昔の男と姿を消した。大臣候補の太田垣とは、何の関係もなかった女が。そうしなければならない。

和田と麻里が、ポルシェ911で、どこへ消えたか、早川にはわからなかった。

だが、和田からの連絡を、のんびりと待っている余裕は、早川にはなかった。

まだ、三人の女が残っていたし、時間がなかったからである。

早川は、翌日、三人目の女、野々村ふみ代に会いに、彼女が女将《おかみ》をしている新橋《しんばし》の料亭『ののむら』に出かけた。

昼間、それも、午前中の料亭というのは、何となく間が抜けて見える。店全体が、まだ眠っているような感じだった。

多分、訪ねる早川自身だって、間が抜けて見えたことだろう。

早川は、小さい中庭に面した奥座敷に通された。この辺りは、坪五、六百万円はするはずだから、たとえ五、六十坪の小さな店でも、貴重なものだった。

池の鯉がはねる音を聞きながら、和服姿の野々村ふみ代に会った。

ふみ代は、確か先月で四十二歳になったはずで、五人の中では、一番早く、太田垣と関係が出来た女である。

もともと、亡夫の遺志を継いで、この料亭をやっている時、太田垣が社用で、ここを使うようになり、いつの間にか関係が出来たということで、早川も、それがいつごろだったのか知らなかった。

ただ、二年半前に、料亭の改装に際して、太田垣が三千万近い金を出した。多分、その前後からの仲であろう。

ふみ代にも、自分が、太田垣の一番古い女という意識があるせいか、どっしりと落ち着き払っている。

浅井美代子から借りた調査報告書にも、ふみ代について欠点と思われる事項はのっていなかった。一番手ごわい相手である。

ふみ代は、京塚昌子に似て太った身体を、小さくゆするようにしながら、

「だいぶ寒くなりましたわねえ」

のんびりした声でいった。早川が、何のために来たのかを承知していて、わざと、とぼ

けているのである。

「この間、電話でお話ししたことですが、ぜひ再考していただきたいのですが」

「そりゃあ、再考でも何でもいたしますよ。でもねえ。早川さん。先生はね、あたしがいないと、何も出来ない人なんですよ。あたし自身は、きれいに身を引いてもよござんすけど、それじゃあ、かえって先生のためにならないと思って悩んでいるんですよ。大臣におなりになれば、ますますお忙しくなるし、どうしても、身のまわりのお世話をしてさしあげる人が必要になってきますものねえ」

ニコニコ笑いながらいうのだ。このタヌキめと、早川は思った。

だが、こうデンと構えられてしまうと、早川にも、攻めようがなかった。

この女に身を引かせるには、どうしたらいいのだろうか。

ふみ代には、小池麻里における和田英明のような男もいそうにない。太田垣を知る前に、男がいたという噂を聞いたこともある。

頭のいい、世なれたふみ代のことだから、太田垣の後妻の地位をねらうようになってからは、きちんと身のまわりを整理してしまっているようだ。

結局、適当にあしらわれた感じで、早川は、得るところもなく、料亭『ののむら』を出た。

車にもどってみると、助手席に、『ののむら』の文字を染め抜いた風呂敷《ふろしき》の包みが置いてあった。

中身は、季節物のまつたけの入った竹籠《たけかご》だった。一万円はするだろう。女ものの名刺が入っていて、野々村ふみ代の名前の横に、「よろしく。早川様」と書き込んであった。

そんな抜け目のないやり方に、早川は、改めて、手ごわい相手と意識した。

早川が、自分のマンションにもどると、すぐ、太田垣から電話があった。

「何度も電話したぞ。いったいどこへ行っていたんだ？」

太田垣は、いきなり、しかりつけるようにいった。早川が、「例の件で、『ののむら』へ——」と、いいかけると、太田垣は、押しかぶせる調子で、

「すぐ晴海埠頭《はるみふとう》へ行って、調べてくるんだ」

「何をですか？」

「テレビのニュースを見ないのかね？」

「今日はまだ見ていませんが——」

「ちょうど、正午のニュースをやるところだ。見ればわかる」

例によって、太田垣は、自分のいいたいことだけをいって、電話を切ってしまった。

大臣就任が近づくにつれて、太田垣は、神経質になり、一層、わがままになっているようだった。

早川は、手を伸ばして、テレビのスイッチを入れた。東京湾の晴海埠頭で、いったい何があったというのだろうか。

相変わらずのロッキード問題のニュースのあとで、

〈晴海で車が海に転落。若い男女が死亡〉

というテロップが、ブラウン管に現われた。

海中から、クレーンでゆっくり引き揚げられる車が、画面に写し出された。白いポルシェ911である。思わず、心の中で、「あッ」と叫んでいた。小池麻里の車ではないか。

今朝、埠頭に釣りに来た少年が、海中に、車の白い屋根が沈んでいるのを発見して一一〇番し、引き揚げたところ、車中に、男女二人の死体が見つかった。

女性の方は、持っていた運転免許証から、ファッションモデルの小池麻里と判明。男性は、年齢二十七、八歳で身元不明と、アナウンサーが、しゃべった。

早川は、小池麻里を連れ出した和田が、なぜ、東京晴海で死んでしまったのか首をひねりながら、テレビを消して部屋を出た。

第四章　見知らぬ死体

二人の死そのものには、早川は、何の感慨もない。問題は、彼らの死から、太田垣の名前が出ることだった。

太田垣も、それが心配だったからこそ、すぐ晴海へ行けと、早川に命令したのだろう。

早川は、車を飛ばした。銀座では、案の定、渋滞にぶつかったが、それでも、約一時間で、築地《つきじ》を抜けて、事故現場である晴海埠頭に到着した。

埠頭には、各国の貨物船が並び、多少どぶくさくはあるが、海の香りが鼻を打つ。ごみごみした東京の中では、数少ない、開放感にひたれる場所である。

事故現場は、貨物専用埠頭より奥に入った、客船の接岸する埠頭の方だった。よく催し場のある会場に近く、夏などは、夕涼みに、車に乗ったアベックや家族連れが押しかける場所だった。

また、夜おそく、対岸の灯を見間違えて、海に転落する車の出る場所でもある。柵《さく》を設ければ事故は防げるのだろうが、埠頭に柵を作るわけにはいかないのだろう。

海から引き揚げられたポルシェ９１１の検証が、まだ行われていて、その周囲には、野次馬が厚い人垣を作っていた。

早川は、その野次馬の間にもぐり込み、検証の様子をうかがった。

男女の遺体は、すでに運び去られていて、係員たちは、車のブレーキや、ハンドル部分などを点検している。あまり緊迫した空気がないのは、事故の可能性が強いからに違いない。

(だが、和田は、なぜこんなところへ来たのだろうか?)

その疑問が、改めて、早川の頭に浮かんだ。

早川は、彼に、麻里を東京から離れた場所へ連れて行ってもらいたいと頼んだのだし、和田も、その気になっていたはずである。

早川をなぐって気絶させたのも、麻里を独占したいという気持ちの現われだと考えれば、納得できた。

しかし、ここに来た理由は、いくら考えてもわからなかった。

麻里を連れ出したのは深夜で、カーフェリーの出る時間ではないし、第一、ここからカーフェリーは出ていない。

(ここで、麻里を改めてくどくつもりだったのだろうか?)

早川に考えられるのは、そのくらいのことだった。麻里が、かたくなに同行を拒んだので、和田が車を暴走させ、無理心中をしたということなのだろうか。

早川が、そう考えた時、ふいに、背後から肩をたたかれた。

時が時だけに、ぎょっとして振り向くと、彼と同年齢ぐらいの男が立っていた。一瞬、相手の名前が思い出せずにいると、男は、ニヤッと笑って、

「東西新聞の小松ですよ」

その名前と顔が一致したとたん、早川は、まずい男に見つかったなと思った。

小松は、社会部の記者で、太田垣の参院選出馬の時、取材に来た男だった。

その時、太田垣の代わりに、小松と応対したのが、早川だった。

社会部記者だから、太田垣の政治姿勢を聞くわけではなく、もっぱら、私生活を取材されたのを覚えている。

もちろん早川は、太田垣の女性関係については、一言もしゃべらなかったが、頭の回転の早い新聞記者のことだから、早川を見て、今度の事故と、太田垣を結びつけるかも知れない。

「お忙しいはずの早川さんが、なぜ、こんな所にいるんです？」

油断のならない記者の眼で、小松が、早川の顔を見ながらきいた。

「ちょうど、この近くを通りかかったら、人が集まっているので、のぞいただけさ」

「若いアベックの暴走事故ですよ」

と、小松は、早川の耳元に口を寄せるようにしていった。

「女の方は、小池麻里という名前で、なかなかの美人ですよ。この名前に、早川さんは記憶はありませんか？」

「いや。初めて聞く名前だよ」

「そうですかねえ。今、早川さんの顔を見たとたんに、彼女が、早川さんに何となく関係があったような気がしたんですがねえ」

小松は、相変わらず、早川の顔色をうかがうようにしていった。

週刊誌が太田垣の女性問題を書いたことがあり、その時の記事を思い出しているのかと、早川は、ひやりとしたが、そうでもなさそうだった。

あの記事では、五人の女は、全部イニシアルになっていたが、職業や年齢は正確で、調べればだれとわかってしまう。

小松は、そこまで調べてはなさそうだった。

だが、鼻のきく男だから、早川が変なそぶりを見せたら、必ず調べ出すに違いなかった。

「どうも、男の方から持ちかけた無理心中のようですね」

と、小松は、車の方に眼をやった。

「なぜ、そうわかるのかね？」

「興味がありますか？」

「一般的な、野次馬根性だよ」

「確かじゃないんですが、女の後頭部に傷があったらしいんです。つまり、いやがる女を殴っておいて、海に向かってドボンということみたいですねえ」

「男の名前は、まだわかっていないのかね？」

「やっぱり、関心があるみたいですねえ」

小松は、ニヤッと笑った。いやな笑い方だった。早川が、まずいなと思って、黙っていると、小松は、

「わかったそうですよ。男の名前が。原口竹二郎、二十九歳。前科一犯だそうです」

(原口竹二郎？)

和田英明ではないのか？

早川の驚きと当惑を、小松は、敏感に感じとったとみえて、すかさず、

「男の方が、原口竹二郎じゃおかしいですか？」

「いや。だれだろうと私には関係のないことだ」

「しかし、私が名前をいったら、早川さんは、不思議そうな顔をしましたよ。ひょっとして、男の名前を知っていたんじゃないんですか？」

「私は、たまたま通りかかっただけだといったはずだよ」

無理に笑って見せたが、ぎごちないことは、早川自身が気付いていた。顔の筋肉が、突っ張ってしまっている。

今は、否定すればするほど、小松を怪しませるだけだと思ったから、早川は、否定する代わりに、逆に、

「その原口というのは、どんな男なのかね？」

と、開き直って、質問した。小松は、おやッという顔になって、早川を見てから、

「まだよくわかりません。前科者カードと指紋を照合して、ついさっき、やっと名前が割れたところだそうですからね。前科一犯は、傷害罪だそうですよ」

「ありがとう」

早川は、ポンと小松の肩をたたき、相手が、何かいう前に、すたすたと自分の車にもどってしまった。

早川が車をスタートさせた時も、バックミラーの中の小松は、腕を組み、首をひねっていた。

(何とかごまかしたが、小松は、きっと、なぜ、おれがあそこにいたかを調べるだろう)

早川には、それが心配だった。

無理心中の果てに死んだ小池麻里が、太田垣の女だとわかったら、どんな風に書かれるかわかったものではない。

たとえ、それが、大臣就任にとって致命傷にならなくても、太田垣は、新聞記者にかぎつけられたことで、早川を、頼りにならない男と思うに違いなかった。

そうなったら、大臣秘書に抜てきされるどころか、現在の地位だって、危くなってくる。

(それにしても、いったいどうなっているのだろうか?)

早川には、まだ、今度の事件がよくのみ込めないのだ。

和田が、早川の意に反して、小池麻里と晴海で無理心中をしたのも意外だったのに、どうやら、その男は、和田英明ではなく、原口という男らしいという。

もちろん、まだ、全くの別人と決まったわけではない。

前科のある男なら、いくつもの偽名を使うはずだから、和田英明か、原口竹二郎のどちらかが、偽名の場合も考えられたからである。

自宅にもどると、とり敢《あ》えず、太田垣に報告した。

事故死で片付きそうだと、太田垣の名前は出そうもないから安心して欲しいといい、小松記者のこともいわなかった。

その日の夕刊に、原口竹二郎の顔写真が出た。やはり和田とは別人だった。

問題の男、原口竹二郎は、夕刊の記事によれば、九州の佐賀の生まれで、高校を卒業後上京し、職を転々としたらしい。

傷害の前科というのは、正確には、暴行傷害で、三年前に、近くに住む主婦を自分のアパートに連れ込み、強姦《ごうかん》して、その時、全治二週間の傷を負わせ、懲役一年の実刑を受けたというものだった。

現在、都心にあるサウナのボイラーマンをやっていたと、新聞には出ていた。

和田英明とは年齢が、ほぼ同じだが、共通するものは何もない。別人であることは、明らかだった。

――動機については、まだ明らかではないが、女性サウナにやって来た小池麻里さんに一目ぼれした原口が、昨夜、無理やり、彼女を車で晴海埠頭《ふとう》に連れ出し、結婚を迫ったところ、拒絶された。

それでかっとなり、彼女をなぐって気絶させたあと、車を海に向かって暴走させ、無理心中をはかったものと思われる——


新聞には、そう書いてあり、さらに、サウナの同僚の談話として、原口は、最近、好きな女が出来たらしく、そわそわしていたという。

小池麻里が、女性サウナにかよっていたかどうか、早川は知らない。

サウナの従業員が、彼女にほれて、無理心中したのは、事実かも知れない。だが、そうなると、和田英明は、どうなったのだろうか。

昨夜おそく、和田を連れて、小池麻里のマンションに出かけたのは、夢ではなく、事実なのだ。そして、何者かが、早川を殴打し、ポルシェ911で小池麻里を連れ去った。

殴ったのは和田英明と、今まで考えていたのだが、どうやら、原口という男らしい。

しかし、だとすると、和田は、どこへ消えてしまったのだろう？

考えられるのは、小池麻里を連れ出そうとする二人の男が、偶然、かち合ったということだった。

とすれば、和田が、原口に殺されて、あの部屋の押し入れにでも放り込まれている可能性もある。

早川は、もう一度、麻里の住んでいたマンションに向かって、車を走らせた。

無理心中では、警察は動かないが、その女のマンションから他殺体が転がり出たら、いやでも警察は動き出す。

そうなれば、麻里と太田垣の関係が明るみに出ないとも限らないと思ったからである。

マンションには、幸いまだ、警察も新聞記者も来ていなかった。

エレベーターで、すぐ七階にあがり、麻里の部屋に突進した。

早川の出た時のままに明かりのついている部屋に入り、片っ端から、押し入れを開けていった。

奥の六畳の押し入れを開けた時、早川の足元に、ごろりと死体が転がり出た。

予期していたこととはいえ、早川は、一瞬、ぎょっとして飛びのき、自分の足元に横わった死体を見下ろした。

やはり、和田英明だった。すでに死後硬直が来ていて、土気色に変わった顔には、苦悶《くもん》の表情が凍りついたままになっている。

後頭部が、ぽこんと陥没し、そこに血潮が、乾いて、こびりついていた。

他に外傷がないところをみると、これが致命傷なのだろう。何かわからないが、鈍器で、後頭部を何度もなぐられたに違いない。

犯人は、原口竹二郎。それは決まっている。ここで、和田が、同じ目的で入り込んでいた原口とぶつかったのが不運だったのだ。

早川は、この死体をどうしたらいいだろうかと考えた。太田垣のことがなければ、警察にまかせておけばいい。

しかし、殺人事件として捜査が始まれば、麻里と太田垣のことがわかってしまうかも知れない。

それに、彼が熱海で和田に会ったことがわかれば、当然、彼自身警察に呼ばれることになる。

東西新聞の小松記者が、食いついてくることは、火を見るよりも明らかだ。

とすれば、この死体を、警察に発見させてはならなかった。

（なぜ、おれが、こんなことをしなければならないんだ）

と、舌打ちをしながら、早川は、廊下に人の気配のないのを確かめてから、毛布に包んだ和田の死体を引きずり出した。

死体というやつは、やたらに重い。

エレベーターで、階下へ運ぶ。階下にも、幸い人はいなかった。汗をかきながら、駐車場の自分の車まで引きずって行き、トランクに放り込んだ。

そして、思わず、大きく溜息《ためいき》をついた時、マンションの入口辺りで、一台、二台と、社旗をひるがえした車が止まり、記者たちが、おりて来るのが見えた。

その中には、小松の姿もあった。

早川は、車の運転席に身を伏せてやり過ごし、彼らが消えるのを待ってから、車をスタートさせた。

後部トランクに、死体が入っているという意識が、早川の顔をこわばらせていた。

十年間無事故で、運転には絶対の自信を持っている早川が、交差点で、危く追突しそうになって、青くなったりした。

死体を、どこへ捨てたらいいだろうか。郊外の山へ持って行って、埋めてしまうのが常識的なやり方だ。

そのためには、途中で、スコップを買わなければなるまい。

そのつもりで、金物店の前で車を止めかけて、早川は、ふと、あることを考えた。

危険だが、成功すれば、一挙両得になる方法だった。

早川は、車を、料亭『ののむら』に向けた。

まだ、街は暮れ切っていなくて、『ののむら』の前も閑散としていた。

早川は、いったん手ぶらで、女主人の野々村ふみ代を訪ね、もう一度、身を引いてもらえないかと頼んだ。

ふみ代の返事は同じだった。

自分はそうしてもいいが、それは、かえって、太田垣のためにならないと、ニコニコ笑いながらいうのだ。てこでも動かない調子があった。

早川は、苦笑しながらうなずいてから、話題を変えて、庭を見せて欲しいと頼み、庭下駄をはいておりた時、裏木戸のカギを外しておいた。二度目の説得より、それが目的だった。

夜になり、客が来て忙しくなったのを見すまして、早川は、料亭の裏木戸を開け、死体を毛布ごと、そっと、中に引きずり込んだ。

表座敷はにぎやかだが、奥はひっそりと静まりかえっている。早川は、毛布を解き、和田の死体を押し入れに押し込んだ。わざと、半分ほど開けた状態にしておいて、早川は、素早く車にもどった。

自分では、落ち着いて行動したつもりだったが、運転席に腰を下ろしてから、手のひらが汗でぬれているのに気がついた。息もはずんでいる。

早川は、煙草に火をつけ、気分を落ち着かせてから、仕上げをするために、車から出て、表から、『ののむら』に入った。

ふみ代は、太った身体で出て来ると、相変わらず、ニコニコ笑いながら、

「また、あたしに身を引けとおっしゃりに来たのなら、答えは、さっきと同じですよ」

「いえ。今度は、忘れ物を取りにあがったんです。さっき、奥座敷に、ライターを忘れたもんですからね。社長に頂いたものなので――」

「あたしも一緒に探して差しあげるわ」

何も知らないふみ代は、気軽に奥に早川を案内した。早川は、一応、探すふりをしてから、

「あの押し入れが開いていますよ」

と、ふみ代にいった。彼女は、「おかしいわね」と、眉《まゆ》を寄せて閉めに行ったが、とたんに、派手な悲鳴をあげ、早川に向かって、

「死体がッ」

と、甲高い声で叫んだ。

早川は、黙って、彼女の横から、自分の押し込んだ死体をながめた。死臭がにおってくる。

「殺されたんだな。だれですか？　これは」

「知るもんですか。そんなこと――」

「警察に知らせるべきですね。これは、殺人だから」

「ちょっと待って」

ふみ代は、あわてて、早川を止めた。早川は、内心、ニヤッとしながら、

「しかし、人殺しですよ」

「でも、お店の信用はどうなるの？　うちの奥座敷で、人殺しがあったなんてことになったら、うちのような客商売は、大変な痛手をこうむるのよ」

「まずいですね。大変にまずい」

早川は、わざとおどかすようにいった。ふみ代は、真っ青な顔で、死体を見やりながら、

「まずいのはわかってるわよ。どうしたら警察ざたにならずにすむか考えてちょうだい」

「むずかしいですよ。あとでわかったら、警察が何をいうかわかりませんからね。いいでしょう。私がいたのも何かの因縁《いんねん》でしょうから、乗りかかった舟で、私が始末してあげましょう。ただし、条件があります」

「お金ならいくらでも差しあげるわ」

「金はいりません。その代わり、黙って社長と別れていただきたい。私が、この死体の始末をしているところを警察に見つかったら、殺人容疑で逮捕されるのは眼に見えていますからね。それだけの危険をおかすんですから、あなたの方も、社長夫人、大臣夫人をあきらめていただかないと間尺に合いませんね」

「まさか、あたしに身を引かせるために、こんなものを投げ込んだんじゃないでしょうね？」

ふみ代が、じろりと早川を見た。早川は、一瞬、ぎょっとしたが、逆に攻勢に出て、

「冗談じゃありませんよ。どこに、そんなことのために、人殺しをする人間がいるもんですか。お疑いなら、これからすぐ、一一〇番して来ますよ」

と、おどかすと、ふみ代はあわてて、

「わかったわ。お願いするわ。条件はのむわよ」

「じゃあ、スコップを用意してくれませんか」

早川は、和田の死体を、もう一度、料亭の裏にまわした車まで運んだ。トランクへ押し込み、運転席へ腰を下ろした早川の耳元に、ふみ代が、ささやいた。

「帰りに、もう一度寄ってちょうだい」

その言葉を、さまざまに解釈しながら、早川は、車を甲州街道に向けて走らせた。パトカーに出合うたびに、緊張してスピードを落としたが、何事もなく、八王子《はちおうじ》に近い小さな山のふもとにたどりついた。

交通不便な場所で、民家も見えない。車が入れるぎりぎりの山道まで突っ込み、暗い雑木林の奥へ、和田の死体を引きずって行った。

冷たい夜気の中で、落ち葉が不気味にがさがさと鳴った。

早川は豪胆な方だが、それでも、風でこずえが鳴るたびに、ぎょっとして夜空を振り仰いだ。

適当な場所を見つけて、穴を掘り、死体を埋めた。幸い月が出ていて、足元は、ぼんやりと明るく、一時間ほどで死体の埋葬は完了した。

早川は、死臭を吹き払うように、猛スピードで引き返し、『ののむら』に戻った。

ふみ代は、早川を風呂《ふろ》に入れたあと、自分の寝室へ案内し、太った身体を押しつけて来た。

ふみ代の太った身体は、色白のせいで、どこか白いけものを連想させた。

四十歳を過ぎると、たいていの女が、皮膚がたるんできたり、肌にしみが出たりするのだが、ふみ代の身体は、不思議に、驚くほど滑らかだった。

バストもヒップも一メートルは楽にあるだろう。布団に横たわった彼女の乳房も腰も、小山のように盛りあがって見えて、壮観だった。

太った女も悪くないなと、早川は思った。クッションのいい椅子にすわるのに似ている。

最近、太田垣の足が遠のいているせいか、ふみ代は、貪欲《どんよく》だった。汗まみれになって、あえぎにあえぎ、絶頂に達したあとも、休む間もなく、ぬれた身体を押しつけてくるのだ。

興奮してくると、彼女は、かすかにわきがのにおいがした。

タフが自慢の早川だが、それでも、彼の方が先に疲れてしまい、布団の上に大の字に寝転がった。

ふみ代は、早川の足の方に身体をずらせると、舌で、彼の足の指をしゃぶりはじめた。

「おい。くすぐったいよ」

早川は、笑って身をよじった。それでも、ふみ代は、舌の奉仕をやめようとしない。

女は図太い動物だと、早川は感心した。この女は、昨日まで、社長の太田垣に操を立てて、他の男には手も触れさせなかったのに、今になると、どんなことも平気で、早川にして見せるのだ。

女は怖いなと思った。恋人の順子だって、早川の知らないところで、何をしているかわからない。

「社長にも、こんなことをしてやっていたのかい?」

いつの間にか、早川は、ふみ代に向かって乱暴な言葉遣いになっていた。肉体関係が出来ると、どうしても、言葉遣いが変わってくる。女も同様だ。

「そうよ。社長はおじいちゃんだから、こういうのが好きだったわ」

ふみ代の方も、社長夫人をあきらめたせいか、太田垣のことを、平気でおじいちゃん呼ばわりするようになっていた。

ふみ代は、早川の身体をなめまわしたあげく、おくれ毛のへばりついた、汗ばんだ顔を近づけて、

「お願い。もう一度、可愛がって」

と、熱い息をはきかけて来た。

そのタフさに、早川は、あきれながら、

「今度は、お前が上になれよ」

と、彼女の耳にささやいた。

ふみ代は、豊かすぎる胸を、早川の顔のあたりに押しつけるようにして、のしかかって来た。

下から見上げると、ふみ代の身体は、一層ボリュームがある感じだ。

両手で、彼女の乳房をつかむと、お椀《わん》を伏せたようなその乳房は、早川の手に余るほどだった。

ふみ代は、身体も大きいが、あの時の声も大きかった。

いつもは、料亭の女将《おかみ》らしく落ち着き払っているのに、興奮してくると、とめどなく、あられもない言葉を、はき出すのだ。

普段なら顔を赤らめるような言葉も、平気で口にする。

何度目かのエクスタシーが過ぎ去ると、ふみ代は、さすがに、ぐったりした顔で、布団に腹ばいになっていたが、

「あなたに、お願いがあるんだけど」

と、早川にささやいた。

早川も、彼女に並んで腹ばいになり、灰皿を引き寄せて、煙草に火をつけてから、

「社長夫人の椅子は、あきらめたんだろうね。そうじゃなきゃ困る」

「それはあきらめたわよ。ちょっと惜しいけど」

「それは結構」

「あたしが身を引いたら、五百万円の手切金だったわね？」

「すぐ払うよ」

「他の四人も五百万なわけね？」

「ああ」

「そのうち、高沢弘子は、レズの相手に殺されたし、ファッションモデルの小池麻里は、男と無理心中して死んだはずね？」

「その二人の分までよこせというのかい？」

「一千万円が宙に浮いてるわけなんでしょう？　それに、マンションや、美容院も。あたしは、文句もいわずに身を引いてあげるんだから、それをもらってもばちは当たらないと

思うわ」

「考えておくよ」

と、だけ早川はいった。太田垣に聞かなければならないし、あとの二人への影響もあったからである。

それはともかく、これで、三人目のふみ代も片がついたと思うと、いくらか気が楽になった。

「さっきの死体だけど――」

ふみ代は、腹ばいのまま、組んだ手にあごをのせた格好で、

「ちゃんと、処分してくれたんでしょうね？」

「大丈夫だよ。見つからないところに埋めて来たよ」

「本当に、あなたは関係ないんでしょうね？」

「ないよ」

「じゃあ、だれが、あんないやがらせをしたのかしら？」

と、ふみ代は、ちょっと考えてから、

「きっと、あとの二人だわ」

「元ホステスの浅井美代子と、薬局をやっている大竹康江のことかい？」

「そうよ。この二人のどちらかが、あたしに社長夫人、大臣夫人の椅子をあきらめさせるために、死体を放り込んでおいたのよ。そうに決まってるわ」

ふみ代は、断固とした調子でいった。

早川は、「かも知れないな」といっておいた。その方が、得策だったからである。

「まさか、あの二人のどちらかが、社長夫人に納まることはないんでしょうね？」

服をつけている早川に、ふみ代がきいた。そんなことになったら、ただではおかないという激しい語調だった。

「もちろんさ」

と、早川は、ネクタイを結びながらいった。

「あとの二人にも、社長と別れさせるつもりでいる。だから、もしあんたが、あの二人の弱点をつかんでいたら教えてもらいたいんだ」

「今は知らないけど、きっと見つけ出して、あなたに教えてあげるわよ」

「頼むよ」

本気で頼んでから、早川は、五百万の小切手だけを渡し、『ののむら』を出た。

自分のマンションの2DKの部屋にたどりつくと、急に、深い疲労に襲われた。

ふみ代の相手をした肉体的な疲労よりも、和田英明の死体を運んで埋めた時の精神的な疲労の方が深い感じだった。

熱いシャワーを浴びてベッドにもぐり込んだが、眠るとすぐ、怖い夢を見た。

現実とは逆に、和田に自分が埋められそうになる夢だった。

太田垣から、五人の女の始末を頼まれてから、やたらに夢を見るようになった。それまでは、ほとんど夢を見たことがなかったのにである。

それだけ、ここ連日、疲れがひどいということだろう。

翌朝、目をさますと、すぐ、カレンダーに目をやった。太田垣のいった一週間に、今日を入れて、あと三日間しかない。

その間に、二人の女に引導を渡さなければならないのだ。

まず、今日は、薬局を経営している大竹康江に会わなければならない。

城西製薬では、毎年秋に、チェーン薬局の主人を温泉に招待し、社長の太田垣が、自らあいさつする慣例になっている。

去年、そのパーティーに、大竹康江が出席し、女好きの太田垣が手をつけたのである。

三十歳で、五人の女の中では、一番平凡な顔立ちといっていいだろう。それなのに、ちょっとした瞬間に、すごく魅力的な表情をする。

太田垣は、そこにひかれたらしい。

浅井美代子に借りた調査報告書にも、康江について、これはということは書いてなかった。

パンと牛乳だけの簡単な朝食をすませて、部屋を出る。階下の郵便受けをのぞくと、たくさんのダイレクトメールにまじって、一枚の白い封筒が入っていた。

あて名も書いてなければ、差出人の名前もない、真っ白な封筒だった。車の運転席で、封を切った。中身は、手札型の写真が一枚。

それを見た瞬間、早川は真っ青になった。
彼が、スコップを使って、和田の死体を埋めているところが写っていたからである。

第五章　一枚の写真

和田の死体を、東京郊外の山の中に埋めた時、早川には、写真を撮られたという自覚はなかった。

フラッシュをたいたのなら、いやでも気がついたはずだから、相手は、フラッシュなしで撮ったのだろう。

今は、白黒でＡＳＡ一六〇〇などという高感度のフィルムが市販されているから、それに、人間の目の明るさに近い一・二のレンズを使用すれば、あの時は、月明かりしかなかったが、このくらいには撮れるのだろう。

だから、どうやって撮ったかは問題ではなかった。

昨夜、つけられていたことが問題だった。そして、だれが、何のために、早川をつけ、こんな写真を撮ったかということだった。

指紋をとっておいて、あとで、この犯人はだれかを調べてみようと思い、警察の真似をしてアルミニュームの粉末を買い求め、それを、写真にふりかけ、ハケでふきとってみたが、そこに現われたのは、自分の指紋だけだった。

写真の送り主は、多分、手袋をしていたのだろう。用心深い人間なのだ。

それに、切手がはってないところをみれば、早川のマンションまでやって来て、階下の郵便受けに投げ入れたことになる。

早川は、長いこと、何の字も書いてない真っ白な封筒と、手札型の写真をながめていた。

この写真が、もし、警察の手に渡ったら、間違いなく、早川は逮捕され、殺人容疑で取り調べを受けるに決まっている。

死体を埋めた場所を、早川が自供しなくとも、この写真から割り出すことは、警察の巨大な組織力をもってすれば、わけもないことだろう。

いや、早川が黙秘をしても、この写真を撮った人間が、警察に密告すれば、場所はすぐわかってしまう。

現場が掘り起こされ、和田英明の死体が出て来たらどうなるだろう?

それを考えただけでも、ぞっとする。

和田を殺したのは、晴海で小池麻里と無理心中した原口竹二郎という男だと主張したところで、誰が信じてくれるだろう。

それに、早川には枷《かせ》がはめられている。太田垣の名前は、絶対に口にできないという枷である。ということは、警察に逮捕されたら、弁明らしい弁明はできないということなのだ。

遠く、パトカーのサイレンが聞こえたので、早川は、あわてて、運転席で身を低くした。

が、サイレンの音は、いつの間にか消えてしまった。

それに、いまだに、彼のマンションに警官がやって来ていないところをみると、この写真は、警察には、渡っていないということである。

だとすると、写真を送りつけて来た人間の目的は、いったい、何なのだろうか？　お前を監視しているぞという警告なのか？

早川は、送り主の見当がつかないままに、四人目の女、大竹康江に会うために、車をスタートさせた。

環状六号線から駒沢《こまざわ》通りへ出る交差点で、赤信号で出かかって、あやうく事故を起こしかけたのは、やはり、内ポケットにしまった写真が引っかかっていたからに違いない。

車を走らせていても、やたらに、バックミラーに目が走った。だれかにつけられているのではないかと、そのことが気になって仕方がなかった。

康江のやっている『大竹薬局』は、祐天寺《ゆうてんじ》の近くにあった。さして大きくはないが、しゃれた構えの店で、日本の薬局というイメージよりも、アメリカのドラッグストアの感じである。

早川は、店の前で車を止めてからも、すぐには車をおりず、しばらく、バックミラーを注視していた。

彼を尾行して来た車があったとすれば、相手も、こちらに合わせて止まるはずだったたからである。しかし、どの車も、早川の横を走り抜けて行ってしまった。

早川は、やっと車をおり、店に入って行った。店の半分は、化粧品売り場で、そちらには、専属の相談員がいて、高校出らしい二人の娘の化粧相談を受けていた。

ちょうど、調剤室にいた康江は、早川を二階に案内した。

三十歳の女盛りの、その女のにおいが、向かい合ってすわると、こちらまでにおって来そうな感じだった。皮肉な見方をすれば、女盛りを持て余している感じでもある。

タイトスカートに包まれた腰のあたりが、今にもはち切れそうだ。

小池麻里や浅井美代子にくらべれば、顔立ちは美人型とはいえないが、その代わり、ぐっと押せば、そのままくずれていきそうな、いかにも女を感じさせる魅力があった。

あのほうは、人一倍好きに違いないと、早川は思った。お茶を出すのにも、話しかけるのにも、無意識に媚態《びたい》が顔を出している。

今は、欲があって、それを必死におさえている感じだった。

「大変でしたわね。皆さん」

と、康江は、声をひそめていった。

近眼なのに、美容上の効果のために、メガネをかけていないので、じっと、早川を見つめるようにして話す。早川は、わざととぼけて、

「皆さんって、何のことです？」

「小池麻里さんも、高沢弘子さんも、あんなことで、お亡くなりになって――」

うつむいて、康江は、そっと、目がしらを押さえた。一瞬、泣いているのかなと、早川が思ったほど、しおらしい態度だったが、

「もう一人、料亭の女将《おかみ》の野々村ふみ代さんも、社長と別れるといってくれましたよ」

と、早川がいったとたん、康江は、顔をあげ、目をキラリと光らせた。やはり、悲しみはポーズだけだったのだ。

「いかがですか。この際、あなたも、きれいに社長と別れていただけませんか」

早川は、無駄と知りつつも、一応、康江に向かって、そう話しかけた。

康江は、小池麻里や浅井美代子ほど、露骨に、社長夫人や大臣夫人の地位を欲しがりはしなかったが、内心は見え見えだった。

ただ、自分の欲望を、ソフトに表現したに過ぎなかった。

「社長さんは、一度、あたしのところで、倒れたことがおありになるのよ」

康江は、そんないい方をした。

早川は、初耳だったから、「え？」という顔になった。六十五歳で、若者のような頑健さを誇っている太田垣が倒れたというのは、本当だろうか。

「いつですか？」

「二、三カ月前に、あたしのところへ泊られた時ですよ。夜中に急に胸が苦しいとおっしゃって」

「心臓ですか？」

「高血圧。すぐ測って差しあげたら一九〇近くになっていましたわ。それで、降下剤の注射をして差しあげて、すぐよくなりましたけどね。あたしは、薬剤師の他に、看護婦の免許を持っているんですよ。別に自慢するつもりはありませんけどね」

康江のいいたいことが、早川にもわかってきた。血圧の高い太田垣には、伴侶《はんりょ》として、看護婦の資格を持っている自分が最適だといいたいのだろう。

「城西製薬社長の他に、厚生大臣になられたら、激務の連続でしょう。どうしたって、身近に、ちゃんとした健康管理のできる女性が必要ですよ」

「それなら、看護婦をやとえばいいと思いますが」

「それじゃだめよ。早川さん」

〝だめ〟を強調するように、康江は、強く首を横にふった。

「お金でやとった看護婦なんか、いざとなったら、絶対に親身の世話なんかしてくれませんよ。それに、今の若い娘は、責任のがれをするのが多いですからねえ。そんな女性をつけておいて、大事なお仕事の最中に社長さんが倒れたら、どうするつもりです？」

「社長の血圧が高いというのは初耳ですが」

「がまん強い人だから、あなたにはいわないだけのことよ。あたしが、無理に測って差しあげた時は、普段でも一六〇はあったわ。だから、今もいったように、健康の管理ができる女性が絶対に必要よ」

「つまり、あなたが必要だということですか？」

「そうはいっていませんよ。でも、あたしなら、気心も知れているしね」

結局、この女も、自分を売り込んでいるのだ。おいそれと、引き退《さ》がりそうにはない。

だが、どうやって、この女に、社長夫人をあきらめさせたらいいだろうか。

浅井美代子から借りた調査報告書にも、康江について、これといった過去の傷は書いてなかった。

看護婦時代にも、注射ミスといったような事故は、起こしていない。

ただ、一つだけ、気になる記載があったのを思い出した。

「あなたのお兄さんは、確か、昔刑事さんでしたね？」

「ええ。捜査一課の刑事をやってましたけど、今はやめて、東京で、コンサルタントの仕事をやってますよ」

「元刑事だったのなら、追いかけるのは得意でしょうね？」

「何ですって？」

「いや。別に」

と、早川は、あいまいに笑った。

和田英明の死体の埋葬の写真をとったのは、康江の兄ではないのだろうかという疑惑が、むらむらと、わきあがって来たのである。

「お兄さんの住所と名前を教えてもらえませんか。何か頼むことがあるかもしれませんのでね」

早川が頼むと、康江は、奥から、真新しい名刺を持って来てくれた。

兄が一昨日やって来て、新しく出来た名刺を置いていったのだという。

名前は、大竹達夫《たつお》。肩書きはコンサルタントとあるが、何のコンサルタントかは、書いてなかった。

四十二歳だというこの元刑事が、妹のために、いろいろと、歩きまわり、早川の後をつけ、あの写真を撮ったのではあるまいか。

妹の不利になるような真似をしたら、覚悟があるぞという警告ではないのか。

それに、妹が、社長夫人、大臣夫人になれば、彼自身もうるおうはずである。

妹のために、走りまわっているとしても、別におかしくはない。

一度、会ってみる必要があるなと思った。

早川は、『大竹薬局』を出しなに、ちらりと、化粧品売り場の女に目をやった。

客がいなくて、退屈そうに、ケースをふいている。

「ヘアトニックをもらおうかな」

と、早川は、その女に声をかけた。ショートカットの頭や、濃いめのアイシャドーが、いかにも化粧品のセールスウーマンという感じだった。
二十五、六歳らしいが、なぜか、人生に疲れたというような目つきをしていた。
「安くしてあげてね」

と、うしろで、康江がいった。

早川は、一番高いヘアトニックを買ってから、相手に、小声で、

「金になる話がある。二、三十万はやれるだろう。あとで電話するよ」

と、いった。

強引にその女の名前を聞き出すと、返事を待たずに店を出て、すぐ自分の車に乗った。

さっきの名刺を取り出し、住所を確認してから、車のアクセルをふんだ。


古びたビルの二階の一室に、ドアの文字だけは金色に麗々しく、『大竹コンサルタント事務所』と書いてある。

こんなのにかぎって、まともな仕事をしているのはめったにない。

たいていは、ゆすり、たかりとはいわなくても、それと、すれすれのあくどい仕事をしている者が大部分だ。

城西製薬にも、〇〇経営研究所だとか、××コンサルタントだとか、得体の知れぬ名刺を持った連中がやって来る。

半年か一年に一回ぐらいの割りで印刷するパンフレットを持参して、購読会員になってくれというのだ。

十万、二十万の会費を払ったところで、そんなものが何の役に立つわけでもない。早川は、ダニのような、そんな連中の相手をしたこともある。

狭い事務所の中には、中年のさえない男が、一人で新聞を読んでいたが、早川の顔を見

ると、ニッコリとして、

「これは、早川さん。よくいらっしゃいました」

卑屈に見えるほどの態度で、椅子をすすめた。

「私を知っているんですか？」

「そりゃあ、あなた。妹がお世話になっている城西製薬社長の優秀な秘書さんのお顔ぐらいは、ちゃんと存じあげておりますよ」

「おどろきましたね。私を尾行したのも、あなたですか？」

早川は、単刀直入にきいた。

「とんでもない。なぜ、私が早川さんを尾行しなきゃならんのです。そんな礼儀にはずれた真似は、絶対にしませんよ」

「それならいいですがね。警察は、どうしてやめられたんですか？」

「ちょっと、上司と衝突しましてね」

嘘だなと、早川は思った。

捜査一課の刑事なら、エリートコースだ。四十歳代の働きざかりでやめたのには、それなりの理由がなければならない。

たとえば、不祥事を起こしたといったような。

「いいカメラをお持ちですね」

早川は、棚にのっている二台のカメラを見つけていった。どちらも、この粗末な事務所に不釣り合いな高級カメラだった。

「カメラいじりが、私の唯一の道楽でしてねえ」

「結構な道楽ですね。ただ、それを妙なことに使わないでいただきたいですな」

「何のことかわかりませんが」

大竹達夫は、ニヤニヤ笑っている。とぼけているのか、本当に無関係なのかわからなかった。

とにかく、一応クギを刺したことで満足して、早川は、事務所を出たが、敵にまわしたら、いやな相手だという印象は心に残った。


その夜、早川は、大竹薬局で化粧品のセールスをしている加藤明子《かとうあきこ》を、千駄ケ谷《せんだがや》のラブホテルに誘い出した。

裸になると、全体にやせていて、胸も腰も小さな女だった。

「あたし、胸が小さいでしょう?」

と、明子は、いわれる前にいってしまえという感じで、ベッドに入ってすぐ、はにかんだ顔でいった。

女というのは、返事に困るきき方をするものだ。

あたし太っているでしょう?

あたしブスでしょう?

あたし頭が悪いでしょう？

こんな時には、黙っている方が無難だ。

だから、早川は、黙ってキスした。長いキスのあと、くちびるを離すと、明子は、切なそうに、息をはずませ、

「ごめんなさい。あたし、すぐ、息が苦しくなっちゃって」

「大丈夫かい？」

「ええ」

「身体が弱いのかな？」

「心臓があまり強くないの。嘘をついていると思うかも知れないけど、あたしね。あんまり男の人と、こういうことをしたことがないの」

「うん」

「別にカマトトぶってるわけじゃないのよ」

「わかっているよ」

と、早川はいった。女が全部、セックスが好きだと思うのは、男の偏見なのだ。男が全部好きだというのも、女の勝手な独断だが。

早川は、そっと、女の身体を抱くだけにした。

「じっと、こうやっているのも楽しいよ」

「悪いわ。あなたなら、何をしてもいいわ」

「いいさ。こうやって抱き合って、お話でもしようじゃないか」

早川は、くっつきそうになっている女の顔を、のぞき込むようにした。

「お話って、どんな？」

「お金の話なんかどうだい？」

「ふふ」

「どうやら、君も好きそうだから、お金の話をしよう。あの店は、君が、大竹康江から借りているのかい？」

「あたしじゃなくて、化粧品会社が、お金を払って、化粧品を置かせてもらってるの」

「そして、君は、化粧品会社の社員か？」

「ええ」

「給料は、いくらぐらいもらっているんだい？」

「十二、三万ってとこ」

「あまり多くないな」

「お金欲しいわ」

「君に、百万円やってもいい」

「え？」

「不足かな？」

「そんなことないわ。でも、どうして？」

「僕の頼みを引き受けてくれればいいんだ」

「どんなことでも引き受けるわ」

と、明子はいい、今度は、自分の方からキスをしてきた。

早川は、明子の裸の身体を、じっと抱きしめたまま、話した。

「理由はいえないが、大竹康江のことを調べて欲しいんだ」

「調べるって、どんなこと？」

「彼女が、ある人物と結婚するのに、障害となるようなことを見つけ出してもらいたいのだ」

「たとえば、他に男がいるといったようなこと？」

「そうだ。その他に、結婚の支障になることなら何でもいい。出来心で、マーケットかデパートで万引きしたことがあるでもいいし、インチキ宗教に狂ってるでもいい」

「あなたが直接調べてみたら？」

「それが出来ないんだ。僕には、弱味を見せまいと構えているんでね。君が、今いったようなことを見つけ出してくれたら、百万円払う」

「理由はきいちゃいけないのね？」

「ああ。そうだ。君は、彼女とよく話をするのかい？」

「お客のない時には、よく話をするわ」

「そんな時、男の話は出ないのかね？」

「出るわよ。一応は、あたしも彼女も独身だから。彼女、近い中《うち》に、大きな会社の社長さんと結婚するんだっていったことがあったけど」

「その他には？」

「一度、二人で、ホストクラブに遊びに行ったことがあるわ。どんな所か、試しに行ってみようって」

「それで、彼女の気に入ったホストがいたのかい？」

「彼女ね。どうも、ああいう男は好きじゃないみたいね」

「じゃあ、どういうのが好きなのかな？」

「もっと、荒々しい男の方が好きみたい。そんな風なことをいってたわ」

「そういう種類の男はいるようかね？　さっきの会社の社長さんというのは別にして」

「さあ、ちょっとわからないわ」

「じゃあ、調べてみてくれないか」

「男のことね」

「それもある。他に、彼女が秘密にしていることもだ。彼女は、よくメモをすると聞いたことがあるんだが、本当かな？」

それは、太田垣から聞いたことだった。「あいつはメモ魔だよ」と、太田垣がいっていたことがある。

明子は、クスッと笑って、

「そういえば、彼女、革表紙の手帳を持っていて、それによくメモしてるわ」

「その手帳を見たことがある？」

「秘密だっていって、見せてくれないのよ」

「何とかして、その手帳を見たいな。それも至急にだ。君が手に入れてくれたら、その場で五十万。僕の役に立つものだったら、さらに五十万払う」

「何とかやってみるわ」

と、明子は、光る目でいった。


明子と別れて一人になると、早川は、また、例の写真のことが気になり出した。

自分のマンションに戻ったが、いぜんとして、刑事は来ていなかったし、来た様子もなかった。

写真の送り主は、やはり、警察には、何もいってないようだ。

すると、早川に、あんな写真を送りつけてきた理由は、脅迫以外に考えられない。

こっちは、何でも知っているぞという脅迫だ。

犯人は、大竹康江の兄の大竹達夫だろうか。元刑事で、尾行は得意だろうし、写真にも詳しいらしい。

今のところ、どうも、あの男以外には考えられない。

とすれば、大竹康江が、社長夫人、大臣夫人になるのを邪魔したら、あの写真を警察に送りつけるぞという無言の脅迫ということになってくる。

だが、太田垣の命令がある以上、大竹康江も、あきらめさせねばならないのだ。

どんな手段を使ってでも。だからこそ、加藤明子にも、あんなことを頼んだのだ。

早川は、もう一度、あの写真を取り出してながめた。

だれが見ても、はっきり早川とわかる。

彼の足元に横たわっている死体は、シルエットになっていて、顔はわからないが、死体らしいことだけはわかる。

死体を転がしておいて、スコップで穴を掘っていれば、子供だって、死体を埋めたと考える。

（だが、警察が掘り返した時、死体が無かったらどうだろうか？）

そう考えたとたん、早川は、部屋を飛び出し、コンクリートの階段を駆けおりていた。

なぜ、こんな簡単なことに気がつかなかったのだろうか。あんな写真があっても、肝心な死体が見つからなければいいのだ。

車にスコップを積み込むと、甲州街道を西に向けて、すっ飛ばした。

午後十時を過ぎていたせいか、道路はすいていた。

時速八〇キロぐらいで飛ばしながらも、先日のことがあるので、絶えず、バックミラーに注意した。

あわてて、死体を掘り返しているところをまた写真に撮られでもしたら、今度こそ、万事休すだ。

死体が無くたって、検事は殺人罪で起訴するだろう。

だれも、つけてくる気配はなかった。

現場に到着すると、あの時と同じように、車を止め、スコップと懐中電灯を持って、雑木林の奥へ入って行った。

見覚えのある場所に来て、早川は、懐中電灯を地面に置き、その明かりの中で、土を掘り起こした。

(無いッ)

いくら掘っても、埋めたはずの和田英明の死体は、出て来ないのだ。

ふいに、スコップの先が、何かに当たった。

死体の感触ではなかった。

掘り起こしてみると、平べったい、小さな木の箱だった。真新しいのは、埋めて間もないからだろう。

懐中電灯の明かりの中で、ふたを取った。

中に入っていたのは、たった一つ、あの写真だった。早川が、和田英明の死体を埋めようとしているあの写真だ。

早川の胸で、怒りと恐れが激しく交錯した。

犯人が、麗々しく、ここに木箱に入った写真を埋めておいた理由は、はっきりしている。

あの夜、早川を尾行して、彼が死体を埋めるのを見届けてから、犯人は、掘り起こしてどこかに運び、そのあとに、この写真を埋めておいた。

写真を送りつければ、早川が、あわてて掘り返しに来ることを、ちゃんと計算しているのだ。

計算した上で、早川をからかっているに違いない。

自分の気持ちや行動が、相手に見すかされていることに、早川は、屈辱と同時に、恐怖を覚えずにはいられなかった。

犯人は、いったい、どこへ、何のために和田英明の死体を隠したのだろうか。

どこへの方は、皆目、見当がつかないが、理由の方は、わかるような気がした。

いつでも、早川を罪におとすことが出来るようにだろう。

早川が死体を埋めるために穴を掘っている写真があり、その死体があれば、早川は、まず逃れられない。

犯人の狙いは、多分そこにあるのだ。

(やっぱり、警察官あがりの大竹達夫だろうか？)

向こうが、こっちのことを何から何まで知っていて、その上弱味までにぎっているのに、こちらが、相手の名前さえわからないことぐらい、いらだつことはない。

「くそッ」

と、思わず、雑木林の中で、早川は叫んでしまった。

叫んだところで、相手がわからなければ、手の打ちようがないことは、よくわかっていたのにである。

しかし、今のところ、どうしようもない。

早川は木箱をトランクに入れ、掘り返した土を、また埋め直し、雑木林を出て、車にもどった。

重苦しい気持ちで自分のマンションに戻り、水割りを飲んでベッドに横になっていると、枕元の電話が鳴った。

何となく、ぎょッとして、一瞬黒い受話器を見つめてしまってから、手を伸ばした。

「何回もかけたのよ。いったい、どこへ行ってたの?」

しかりつけるような声は、浅井美代子だった。

写真の犯人は、この女である可能性もあるのだ。


美代子は、他の四人のことを調べるために、探偵社に頼んだ。

その私立探偵と、美代子がねんごろか、血縁関係でもあれば、早川を尾行し、写真を撮り、死体を隠すぐらいのことはするだろう。

「むしゃくしゃしてたんで、ちょっと車を飛ばして来たんですよ」

「酔ってるのね?」

「少しばかりね。ご用は何です?」

「例のことは、どうなったのよ？」

「例のこと？」

早川は、とぼけて、きき返した。

「社長の女たちのことよ。野々村ふみ代と大竹康江は、どうなったの？」

「あなたは、もうご存じなんじゃありませんか？」

「なぜ？」

「あなたの知り合いの私立探偵に、私を尾行させているんじゃありませんか？」

「何を馬鹿なことといってるのよ。あたしは、そんなことしないわよ」

「それならいいんですがね。野々村ふみ代さんは、きれいに身を引くといってくれましたよ。皆さんが、あの人みたいに物わかりがいいと、私も助かるんですが」

「それは、あたしに対する皮肉のつもり？」

「とんでもない」

「薬剤師の大竹康江は、あきらめないのね？」

「ええ。彼女は、看護婦の資格も持っているそうですよ」

「それがどうかしたの？」

「彼女にいわせると、社長は高血圧症で、看護婦の資格を持った自分が、常にかたわらにいる必要があるということでしてね」

「そんなの嘘よ」

「え？」

「あたしは、社長の主治医の堀場《ほりば》先生にうかがったことがあるのよ。その時には、高血圧症なんて話は、全然、出なかったわよ。社長の身体は、頑健そのものですってよ」

「そうですか」

「あんたも、甘いところがあるじゃないの。野々村ふみ代だって、本当にあきらめたかどうかわかりゃしないわよ。そんなにあきらめのいい女じゃないもの」

「いや、彼女は、絶対に――」

大丈夫だといいかけて、早川は、あることを考え、その言葉をのみ込んでしまった。

料亭『ののむら』の奥座敷から、早川が、死体を片付けてやる代わりに、ふみ代には、あきらめさせた。

自分でも、うまく罠《わな》にはめたと考えていたのだが、もし、ふみ代が、あの後、尾行して、あの写真を撮ったのだとしたら？

彼女が罠にかかったことと、あの写真とで、差し引きゼロになってしまう。

ふみ代が、再び立候補した場合、あの写真が、彼女の手にある限り、もう、おどかして身を引かせるわけにはいかないのだ。彼女が犯人の可能性もあるのだ。

容疑者は三人になった。

第六章　秘密のグループ

「今夜はどうしたの？　何だか変よ」

裸で抱かれながら、順子は、首をかしげた。

「急に電話で、来てくれっていったくせに、あんまりうれしそうな顔でもないし――」

「いろいろと、気を使う仕事ばかりやらされて、いらいらしてるんだ」

「社長さんの個人的な仕事？」

「つまらない仕事さ」

早川は、はき捨てるようにいった。社長の愛人たちの整理なんて仕事は、考えてみれば、男のやる仕事じゃない。

それに成功すれば、大臣秘書の椅子が約束されているからこそ、動きまわっているのだ。

早川は、乱暴に、順子の足を押し開いた。が、その時、順子が、急に、

「お願い。あれをつけて」

と、彼の身体を押しとどめた。

早川は、気勢をそがれた感じで、不機嫌な顔になり、

「このごろ、おかしいぞ。前は、おれの子供が欲しいっていってたじゃないか」

「でも、すぐには、結婚したくないんでしょう?」

「いろいろと、今は忙しいんだ」

「あたしはね。未婚の母は好きじゃないの」

どちらかといえば、おとなしい娘と思っていた順子が、断固とした調子でいった。

「わかったよ」

と、早川はぶぜんとした顔でいった。

早川も、昨日は野々村ふみ代の太った身体を抱いたばかりだし、他の女ともよろしくやっていたから、順子に、強いことはいえなかった。

それに、早川の方だって、今は、子供は欲しくない。ただ、男のわがままで、何も使いたくないだけのことなのだ。

「どこにあるの? あたしが持って来る」

と、順子が、ベッドの上に、裸のまま起き上がろうとするのへ、早川は、

「もういいよ。その気が無くなっちまった」

「ごめんなさい」

「いいさ」

早川は、ベッドの上に腹ばいになり、煙草をくわえて火をつけた。

どうも、今夜は、何をやってもうまくいかないみたいだ。

「ごめんなさい」

と、順子は、もう一度いい、

「おわびに、身体をマッサージしてあげる」

順子は、裸のまま、早川の背中にまたがり、肩をもみはじめた。

早川は、肩がこるという体質ではなかったので、順子にマッサージしてもらったのは、初めてだった。

「なかなかうまいじゃないか」

「死んだ父に、よくしてあげたからかな」

確かに、うまいマッサージだった。それに、早川自身疲れていたのだろう。

いつの間にか、彼は、眠ってしまった。


電話のベルで、早川は目をさました。

カーテンのすき間から、明るい陽差しがさし込んでいて、つけっ放しの枕元のスタンドが、いやに黄色っぽく見えた。

ベッドに、順子の姿はなかった。早川が眠っている間に、帰ってしまったらしい。

時計を見ると、もう午前十時をまわっていた。これでは、帰るのが当然だ。順子は、城西製薬の社員なのだから。

早川は、まだ眠い目をこすってから、受話器を取り、ベッドに寝転んだまま、

「もし、もし」

「あたしです」

「あたし？」

「加藤明子です」

「ああ。大竹康江について、何かわかったの？」

「昨日いった彼女の手帳を――」

「手に入ったの？」

思わず、早川は、受話器を耳に当てたまま、ベッドの上に起き上がった。

「手には入らないけど、大事だと思うページは、写し取れたわ」

「そいつはいい。すぐ見たいね。今、どこから電話してるんだい？」

「お店の近くの公衆電話」

「新宿あたりへ、出て来られないかな？」

「あたし、お昼は、外で食事することになっているの。だから、その時間なら、彼女に怪しまれずに、出られると思うけど」

「オーケイ。昼食をおごるよ」

「それに、お金の方もね」

「わかってる」

早川は、会う場所を決めて電話を切ると、浴室へ行き、シャワーを浴びた。

肉体労働をして食べていた時期が何年かあったおかげで、たくましい身体だった。思いっきり、シャワーを浴び、身体をふいてから、濃いコーヒーを口にすると、やっと、シャンとしてきた。

加藤明子とは、新宿駅ビルの最上階にあるレストランで会った。

窓際の席に向かい合って腰を下ろし、魚料理を注文してから、早川は、

「よく、彼女の手帳を写し取れたね」

「今朝早くね。彼女、製薬会社の人と車で出かけたの。いつもは、手帳をハンドバッグに入れて持って行くんだけど、どうしたのか、そのハンドバッグを忘れて行ったものだから」

「じゃあ、見せてもらおうか」

「さっきもいったように、全部じゃないわよ。彼女が、いつ帰って来るかわからなかったから、家計簿代わりにしているページなんかは、写さなかったの」

明子は、数枚の便箋《びんせん》を、早川の前においた。

〈16日　S・Kと用談〉

などといった言葉が、いくつも書き並べてあった。

大竹康江は、人の名前を、イニシアルで書き止めておく癖があるようだ。

〈T・Oが、今日も来ない〉

と、書いてあるのは、明らかに、社長の太田垣忠成のことだろう。太田垣のことまで、

イニシアルで記入している。

数えてみると、イニシアルで書かれてある人物は七人だった。太田垣のT・Oをのぞけば、あと六人である。

この中に、康江の恋人でもいれば、その男と、今でも関係があればの話だが、それを理由に、太田垣をあきらめさせることが出来るかも知れない。

もう一つ、早川の興味を引いたのは、電話番号だった。

手帳の最後に、アドレス欄があり、そこに十二の電話番号が記入してある。

もちろん、電話番号には、名前なり、会社、事務所名などが付記してあるのだが、その中の一つは、電話番号だけしか書いてなく、しかも、そのナンバーを鉛筆で消してあった。

「これは、君が書き間違えて、消したのかい？」

早川がきくと、明子は、首を振って、

「彼女のメモに、そうなってたのよ。消した番号だから、写すのは止めようかと思ったんだけど、何となく、思わせぶりに見えたから、そのまま、写して来たんだけど」

「しかし、よく、数字がわかったね？」

「紙を明かりにすかしてみたら、消した数字が、ぼんやりとだけど見えたのよ。これ、役に立つ？」

「立つと思うし、立ってくれないと困る」

と、早川は、笑ってから、背広の内ポケットから、用意して来た五十万円入りの紙袋を取り出して、明子に渡した。

「本当に、こんなにもらっちゃっていいの？」

「いいさ。約束だからね。もし、これが役に立ったら、あとの五十万円を支払うよ」

「これで、フランスへ行けるわ。パリへ行くのが、あたしの夢だったの」

明子は、眼を輝やかせていった。

こんな時、女は、幼ない表情になる。女が可愛らしく見えるのは、こんな時だ。

「そいつはよかったね」

早川も、微笑した。

「それから、あたし、今夜は別に約束はないし、あなたさえよかったら、どこへでもつき合うけど」

と、明子がいうのを、早川は、相手の肩を軽くたたいて、

「無理をしなさんな。君のおかげで、私だって、得をするんだから」

早川にしては珍しく、女に対して、優しく振るまった。

明子に対して好意を持ったからというよりも、大竹康江のメモを素早く写し取ってくれた上、女には珍しく、高望みをしないのが気に入ったからだった。

明子と別れてから、早川は、車の運転席で、もう一度、彼女がくれたメモを見直した。時間がなかった。

今日を入れて、あと二日の間に、大竹康江と、浅井美代子の二人の女を整理しなければならないのである。

どちらも、一筋縄ではいきそうもない女だった。

自宅へ戻って、ゆっくり思案している時間の余裕はなかった。

イニシアルだけの名前の方は、それが、どこの誰なのか、探り出す方法は、ちょっと見つからなかった。

康江本人にきけばいいのだが、そんなことをしたら、彼女のメモを見たことがバレてしまう。

そこで、電話の方から当たってみることにした。

早川は、近くの公衆電話ボックスに入ると、まず、ポケットに入っていた十円玉を、眼の前の棚に並べた。

メモに書いてある十二の電話番号に、全部かけてみる気だった。

××美容院とただし書きのある電話番号でも、それはカムフラージュで、実際は、男の電話だったりすることが、絶対にないとはいえなかったからである。

上から順番に、十円玉を入れては、メモにあるダイヤルを回していった。

××美容院は本物だったし、彼女が人との待ち合わせに使うレストランの電話だったりして、収穫のないままに、消された十二番目の電話番号に来た。

早川は、この電話に期待をかけた。

ひょっとすると、前につき合っていた男の電話で、太田垣の後妻におさまる気になった時に、見られては困るので、消したとも考えられる。

そのページを破り捨てなかったのは、他に、いろいろと電話番号が書いてあったからではあるまいか。

早川は、十二枚目の十円玉を投げ込み、明子が、苦心して書き取って来てくれたダイヤルを回した。

若い男の声でも聞こえたら脈があるのだがと思ったのに、受話器から聞こえたのは、若い女の声だった。

「もし、もし」

と、明るい女の声がいった。

相手が何者なのかわからないので、どういったらいいか、早川は、一瞬、迷ってから、

「大竹康江という女性のことで、お電話したんですがね」

「その方、会員の方ですか？」

（会員？）

何の会員だろうか？

会員というからには、この電話は、何かのグループらしい。

現代は、やたらに、何々会というのがある。生花や、お茶、料理の講習会から、奥さん連中のバレーボール教室まである時代だ。

そうしたいろいろな会の、どの会のことだろうか？

早川は、忙しく頭を回転させた。

生花や、お茶、あるいは、テニスやスキーの指導教室だったなら、その会をやめても、電話番号を、秘密めかして、消しはしないだろう。

知られたところで、別にはずかしいことではなく、太田垣の後妻におさまる支障になるどころか、生花やお茶を習っていたことは、プラスになる。

だから、そんな会ではないのだ。

それに、向こうの電話口に出た女が、会の名前を、ひとこともいわないのも不思議だ。

例えば、××生花教室などの場合は、宣伝になるので、受付嬢は、くどいくらいに、会の名前を口にするものだからである。

「もし、もし」

と、相手が、催促するように呼んだ。

「その方は、うちの会員だったんですか？」

「ええ。そういっていましたが」

自信はなかったが、そういってみた。

「あなたも、こちらの会員の方ですか？」

「いや、違います」

「では、会員になりたくて、お電話下さったんですね？」

「ええ。その通りです。会員になりたいと思いまして」

「ご存じかとも思いますけど、私どものような会は、秘密厳守が第一です。そのため、運営も難しいので、入会金も高くなっておりますが、ご承知でしょうか？」

「構いませんよ」

「入会金は、五万円ちょうだいします。これは一年間有効です」

「なるほど」

「その他、パートナーとのプレー料金が三万円。食事代、車代が二万円。ですから、最初は、合計十万円必要です。それでもよろしいですか？」

「構いませんが、どうしたらいいんです？」

「今、どこにいらっしゃるんですか？」

「新宿です」

「では、渋谷に出て、そこからまた、お電話下さい。今日中にプレーなさりたいのなら、午後三時までに」

「行きましょう。渋谷で、もう一度、電話すればいいのですね」

念を押してから、受話器を置き、早川は、車を渋谷まで飛ばした。

渋谷の駅前に着くと、早川は、車をおり、駅近くの公衆電話から、もう一度、さっきのダイヤルを回した。

同じ女の声が出た。

「さっき電話したものですが」

と、早川がいうと、

「それでは、N映画館の隣りに、『ロザリオ』という喫茶店があります。そこで、お待ちになって下さい。お名前を教えて頂けませんか」

「早川です」

「外見の特徴は？」

と、電話の女は、きいた。

「中年。身長一七五センチ。こげ茶の背広を着ています。ネクタイの色は、赤と紫のストライプ」

説明しながら、これは、コールガールの組織かなと、早川は考えた。

よく、盛り場などに車を止めておくと、ワイパーのところに、「今晩おひま。電話してね。ユリ子」などというカードがはさんであることがある。
二、三年前のことだが、早川は、そのカードに電話してみたことがある。すると、今度と同じように、喫茶店で待たされた。
その間に、相手はこちらが刑事かどうかを観察し、大丈夫と見ると、女を寄越すのだが、その時来た女は、平凡な顔立ちで、一見OL風だったが、結局、食事や、酒をたかられたあげく、一万円ばかりをたかられて、何も出来なかった。

インチキみたいなものだが、警察にもいえず、泣き寝入りするより仕方がない。

今度も、何となく、それに似ているなと思いながら、早川は、『ロザリオ』という喫茶店を探し、中に入った。

コーヒーを飲みながら、相手は、きっと、この店のどこかで観察しているのだろうと思った。

だが、十万円という金額が高すぎる。とすると、高級なコールガールの組織なのだろうか？

そうだとして、康江が、金欲しさに、そのクラブに入っていたことがわかれば、社長夫人、大臣夫人をあきらめさせる手段に使うことができる。

二十分くらいもたったころ、離れたテーブルにいた三十五、六歳の薄いサングラスをかけた女が、ゆっくり近づいて来て、

「早川さんですわね？」

「そうです」

相手が、女だったことに、ちょっとびっくりしながら、早川は、うなずいた。

だいたい、こんな時には、怖いお兄さんが、確認に現われるものなのだ。それから、大丈夫となって、女が現われる。

女は、シャネル・ファイブ（五番）のにおいをさせながら、

「わたしは、会の責任者の岸井《きしい》といいます」

と、いった。

美人ではないが、理知的な、どちらかといえば、冷たい感じの女だった。さっきの電話の女とは、違うようだった。

「電話では、会員になりたいと？」

「ええ。ぜひ、なりたいと思いましてね」

「では、入会金は、頂けましてて？」

「ええ」

早川は、財布から、一万円札五枚を抜き出して、彼女に渡した。

岸井と名乗った女は、その五万円を、無造作に、ハンドバッグにしまってから、

「まだ、お聞きしていませんでしたけど、早川さんは、どちらなんでしょうか？」

と、きいた。

早川は、一瞬困惑した。

どちらというのは、どういう意味だろうか？

ここで、ヘマな返事をしたら、たちまち相手に警戒されてしまうだろう。

わかっているのは、どうやら、コールガールのクラブめいた会だということだけである。

電話の相手は、今日中にパートナーとプレーをしたいなら、三時までに渋谷へ来いといった。

常識的に考えれば、プレーというのは、セックスのことだろう。

だが、どちらが好きかというのがわからない。年増のタイプがいいか、若いのがいいか

ということだろうか。

早川が、当惑していると、相手の女は、それを、別の意味に受け取ったらしく、

「緊張していらっしゃるのね？」

「ええ。こういう会に来るのは初めてだから、どう返事したらいいかわからなくて」

早川は、ハンカチを取り出し、わざと、額の汗をふく格好をして見せた。

「恥かしい？」

「ええ。まあ」

「ご自分の性癖を、恥かしがることはありませんよ。ああいう性癖は、どんな人だって、少なからず持っているんですから」

女は、まるで、教師みたいな態度で、早川にいうのだ。

まだ、早川には、何の会なのか見当がつかない。それで、仕方なく、

「そうは、思っているんだが」

と、当たらずさわらずに、返事をした。

女は、優しく微笑すると、

「元気をお出しになって。今では、マルキ・ド・サドの本だって、発禁にならずに、堂々と売られている時代なんですよ」

(少しずつ、わかってきたぞ)

と、早川は思った。

早川自身には、その気はないが、世の中には、サド的な人間と、マゾ的な人間のいることは知っている。

戦前は、変態として、地下にもぐった存在だったが、最近は、それを主題にした『O嬢の物語』といった映画が、大当たりしている時代である。

誰かが書いていたが、やっと日本でも、サディズムと、マゾヒズムが市民権を獲得したという。

本当かどうか、早川にはわからないが、彼らが、少数派であることは、まだ事実だろう。

そのパートナーを紹介してくれる会らしい。少数派だから、パートナーを見つけるのも難しく、したがって、料金も高いということなのだろう。

「やはり、いじめられるより、いじめる方がいいね」

と、早川はいった。

「今日中にプレーをなさりたいのね？」

と、女がきいた。

「ぜひ、そう願いたいね」

早川は、わざとニヤッと笑って見せてから、

「それに希望をいえば、大竹康江という人とプレーをお願いしたいんだが」

「そういう方は、うちの会員におりませんけれど」

「じゃあ、偽名で会員になっているのかも知れない。年齢は三十歳。薬局をやっている女

性なんだが」

「会員の秘密は、絶対に守るのが、うちの会のモットーなんですよ。もし、そういうお方が、女性会員の中にいたとしても、あなたにお教えするわけにはいきません。それに、会員に登録されても、住所も、電話番号も聞いていないのですよ。会員のプライバシーを守るためにね。もし、それがおいやなら、すぐ、五万円は、お返し致しますけど」

「まあいい。会員にならせてもらうよ」

「じゃあ、適当な会員がいるかどうか、調べて来ますからね。ちょっと、お待ちになっていて下さいな」

女は、店のカウンターにある電話で、どこかへ連絡を取っていたが、五、六分して戻って来ると、

「ちょうど、いいひとが見つかりましたわ。若い未亡人の方でね。亡くなったご主人に仕込まれて、マゾの性癖に目ざめた方なの。素人の方ですから、その気で、お相手をなさって下さいね」

「素人ねえ?」

「本当ですよ。それから、わたし共の会は、同好者のクラブで、売春組織ではございませんから、そのおつもりでね」

「どう違うのかね?」

「それは、すぐわかりますよ。向こうの女の方の名前は、林ゆきさん。そう呼んで下さい」

「どこへ行けば会えるのかな?」

「五時に東急文化会館横の『ニューメキシコ』という喫茶店へ行って下さい。そこに、彼女が来ています。小柄で、白いセーターの上に、赤いスエードの半コートを着ているから、すぐわかりますよ」

「どこへ連れて行けばいいのかね?」

「どこへでも。普通は、『メグロ・シャトウ』へお行きになるようですよ。あそこの灼熱《しやくねつ》の間は、別名SMの間で、小道具がそろっていて、お楽しみになれますから」

早川は、さらに三万円女に払ってから、五時になるのを待って、指定された『ニューメキシコ』という喫茶店に出かけた。

奥のテーブルに、白いセーターの上に、赤いスエードの半コートを着た女がいた。

素人の女のように見えるが、あるいは、プロかも知れない。

とにかく、そのテーブルに行き、「林ゆきさん?」と、声をかけた。

かなりの美人だった。それが、早川の食欲をそそった。

これなら、悪くはない。

口数の少ない女だった。

そのことも、早川の気に入った。早川は、口数の多い女と、理くつっぽい女はきらいだった。

だから、太田垣の五人の女は、どうしても好きになれない。

林ゆきというのは、どうせ偽名だろうが、それは、別にどうでもいいことだった。

食事代、車代の名目の二万円を彼女に渡してから、彼女を車に乗せ、『メグロ・シャトウ』に向かった。

『メグロ・シャトウ』は、ラブホテルとして、その方面では有名だが、早川は、まだ利用したことがなかった。

順子と遊ぶ時でも、他の女の時でも、自分のマンションに連れ込むことが多かった。

恋人の順子は、自分以外の女を、マンションに連れ込むのは止《よ》してくれというのだが、早川は聞き流していた。

同じベッドで、自分以外の女が抱かれたかと思うと悲しいのだと順子はいうのだが、そんなのは、つまらないセンチメンタリズムだと、早川は考えていた。

目黒駅近くに、西洋のオトギの城に似せて作った建物が『メグロ・シャトウ』である。かなり派手だから、初めて入るには、ちょっとした勇気がいる。

フロント係に、例の部屋のことをきくと、空いているとのことで、メイドに案内されて、灼熱の間に入った。

なるほど、SMの間の別名がある通り、鉄格子のはまったおりがあったり、天井からくさりが垂れ下っていたり、人型のはりつけ台があったりする。

手じょうや足かせも用意されているし、むちも何本か置いてあった。

林ゆきは、車の中では、一言もしゃべらなかったが、このおどろおどろした部屋に入ったとたんに、顔を紅潮させ、吐く息が荒くなった。

(素人というのは、本当かも知れないな)

と、思ったとたん、早川の胸の奥に眠っていたサディスティックな感情が、わきあがってきた。

いや、眠っていたというのはうそで、恋人の順子を、わざと乱暴に扱ったりするのは、気がつかずにいたが、彼に、サディスティックな性癖があるのかも知れなかった。

「裸になれよ」

早川が、わざと乱暴にいうと、ゆきは、従順に、服を脱いでいった。

上半身が裸になると、小柄なわりに、大きな乳房がむき出しになった。腰のくびれもなかなかいい。

最後に、後ろを向いたままパンティをとると、驚いたことにその下に、T字型の革の貞操帯をはめていた。

小さなじょうが、キラキラ光っている。

「ほう」

と、早川は、眼を細めた。

早川は、この会が、セックスが目的でなく、プレーが目的だといった女の言葉を思い出した。

(そのための貞操帯か)

早川が、じっと見つめると、林ゆきは、顔をあかくして、その場にしゃがみ込んでしまった。

全裸よりも、貞操帯をつけている方が、むしろ、エロチックだった。

「縛るぞ」

と、早川がいうと、ゆきは、「はい」と、小声で答え、いざるように彼に背を向けると、縛りやすいように、自ら手を背中に回した。

本物のマゾだ、と思いながら、部屋にあったロープをつかんで、ゆきの重ね合わせた手首を縛りあげ、そのロープで幾重にも胸を締めあげた。

豊かな乳房がくびれるほど縛りあげると、それだけで、ゆきの吐く息が荒くなり、胸が波打ってきた。

ロープが肉に食い込んで、さぞ痛いだろうと思うのだが、その痛みが、彼女の場合には快感になるのか、眼を閉じて、こうこつの表情になり、しばられた身体を、早川にもたせかけてくる。

「何をなさってもいいわ。ご主人さま」

と、彼女が、酔ったような声でいった。

感度がいいのだろう。縛られただけで、マゾの世界に、のめり込んでしまっているのだ。

髪の毛をつかんで、顔を引き起こすと、彼女は、「ひいッ」と、悲鳴をあげた。

赤くマニキュアした手が、彼女の背中で、開いたり閉じたりしている。

「縛られるのが嬉《うれ》しいのか？」

「はい」

「むちでたたいてやろうか？」

「はい。たたいて下さい」

そんな会話を交わしているうちに、早川は、次第に興奮してきて、縄尻《なわじり》をつかむと、彼女を引き立て、天井から下っているチェーンに、ロープを結びつけた。

後手に縛られたままなので、どうしても前のめりになり、自然に、腰を突き出した格好になる。

その豊かな腰を思いっきり、むちで引っぱたいた。

ぴしッと、大きな音と共に、白い女のはだに、さあッと、赤いみみずばれが走った。

ゆきは、悲鳴をあげ、身体全体を、小きざみにふるわせたが、止めてくれとはいわない。

それどころか、次のむちを催促するように、腰を大きく振っている。

早川がむちを振るうたびに、ゆきの悲鳴が、次第に、歓喜の叫びに変わっていくのがわかった。

これは、一見、男が女に暴力をふるっているように見えて、結局は、男が女に奉仕しているのかも知れない。

プレーとは、結局そういうものなのだろう。

早川が疲れて、むちを置いた時、女は、愉悦の中で、失神していた。

第七章　死の追跡

早川は、その日、ゆきから、一人の男の名前を聞いて別れた。

三宅徳太郎《みやけとくたろう》という六十五歳の老人だった。

ゆきは、あの会に入って一年半。その間、この三宅という老人と、三回プレーをしたといった。

普通、会員は、男でも女でも、本名や住所や、職業を隠したがるものなのだが、この三宅という老人は、ゆきに、自分の住んでいるマンションを教え、会を通さずにやって来いと、何回も誘ったという。

三宅は、古くからの会員で、縛っておいて、やたらに写真を撮りたがるのだとも、ゆきはいった。

「あたしも、撮られたわ」

と、ゆきは、目黒駅近くの喫茶店で、コーヒーを飲みながら、早川にいった。

さっきまでの狂態がうそのように、彼女は、晴ればれとしたおだやかな目をしていた。

その話で、早川は、三宅という老人に会ってみる気になった。

三宅老人の住むマンションは、市ヶ谷《いちがや》にあった。

五階建てのビルに、びっしりと蔦《つた》のからんだ、古色蒼然《こしょくそうぜん》たるマンションである。

その3DKの部屋に、三宅老人は、たった一人で住んでいた。

早川が、ゆきの名前をいうと、老人は、歯の欠けた口をあけて、ニタニタ笑い、部屋に入れてくれた。

壁には、縛られた女の写真がベタベタと貼られてあり、布団の敷かれた一番奥の部屋をのぞいて、他の二つの部屋は、本や雑誌で埋まっている。

どれも、その道の愛好者の間で、よく知られた雑誌や、本ばかりだった。海外のポルノ雑誌も、まじっていた。

「あんたも、マニアかな?」

老人は、雑誌の間にあぐらをかいて、早川を見た。

「ええ。まあ。初心者ですが。それで、三宅さんに、いろいろと教えていただこうと思って、おじゃましたわけです」

「ふむ」

と、老人は、満足そうにうなずき、

「遠慮なく聞きなさい。女の扱い方なら、一から十まで教えて差しあげる。それに、SMプレーの極意もな。うそと思うかもしれんが、わしは、この年で、一日一回は、女を抱いている」

「大したものですな」

「わしの持論はな、セックスがだめになるのは、年じゃない。マンネリ化するためだということだよ。ＳＭプレーも、マンネリを破るための一つの方法だと思っている。一見残酷だが、男も女も、それによって刺激を受け、セックスが新鮮になる」

「はあ」

「ところで、うちにどろぼうが入ってな」

「本当ですか？」

「昨日、ある女とラブホテルでプレーして帰って来ると、部屋の中が荒らされておった」

三宅老人は、両手を広げ、ぐるりと、本で埋まった部屋を見まわして、

「やっと、ここまで整理したところだよ」

早川の目には、整理されているとは思えなかったが、うずたかく積まれた本や雑誌は一見乱雑に見えながら、この老人の考え方で、整理されているのだろう。

「それで、何か盗まれましたか？」

「いいや」

老人は、ニタッと笑って、

「少しはな。本当に大事なものは、銀行の貸し金庫に預けてあるんじゃ」

といい、首からぶら下げた貸し金庫のカギを、早川に見せびらかした。

「そいつは、よかったですね」

早川は、笑ってから、

「三宅さんは、ゆきの裸を、写真に撮ったそうですね？」

「ああ。縛っておいて、あられもないところを撮ってやったわ」

「その写真は、貸し金庫にしまっておいたんですか？」

「当たり前だよ。雑誌の写真には思い出はないが、自分で裸にしてプレーした写真は、思い出があるからな。それに、わしは、自分で現像、引き伸ばしもできる」

「そりゃあ、大したものだ」

「だから、大事なところも、ちゃんと写っている」

「それを、ぜひ、拝見したいですねえ。ゆきと昨日初めてプレーしたんですが、彼女は、不粋な貞操帯をしていましてね」

「ありゃあ、会の規則だが、お互いに親しくなれば、どうにでもなるものさ」

三宅老人は、立ち上がると、

「ちょっと待っていなさい」

と、いい残して、どこかへ出かけて行ったが、風呂敷《ふろしき》に包んだ三冊のアルバムを抱えて帰って来た。

それを、早川の前に置いて、

「これが、わしの宝さ。わしが十六歳でＳＭに目覚めてから今日まで、わしがプレーした女の写真が、全部貼ってある」

「何人ぐらいの女とプレーされたんですか？」

「覚えておらんなあ。何百人だろ。太ったの、やせたの、若いの、年増と、いろいろだからな」

「拝見させてください」

早川は、アルバムを開いた。

縛られた女の写真ばかりである。縛られて、笑っている女もいれば、苦痛にあえいでいる女もいる。

白人や黒人の女も裸で写っているのは、どうやって、交渉したのだろう？

早川は、その中から、大竹康江の写真を探した。

三冊目のアルバムを広げた時には、裸の洪水に、いささか、げんなりしていたが、中ほどまで見てきて、キラリと目を光らせた。

そこに、まぎれもなく、大竹康江の写真があったからである。

写真は二枚あった。

どちらも全裸だった。

一枚は、正座して正面を向いている。胸元にロープが巻きつき、豆しぼりの手ぬぐいでサルぐつわをされているが、大竹康江にまぎれもなかった。

二枚目は、両手を天井からつられ、背後から、老人に責められている。

裸の全身が弓なりにそり、顔は大きくうしろにのけぞっている。まゆを寄せ、口を開いた顔は、苦悶《くもん》の表情にも見え、エクスタシーの表情とも受け取れる。

「その女はなあ」

と、三宅老人は、楽しげに、横からいった。

「二年ぐらい前に遊んだのかな。肌がもち肌でな。あの時の声も大きかった。完全なマゾだった」

「今でも、彼女と、時々、プレーするんですか？」

「それがさ。急に、あの会をやめてしまったんじゃ。去年だったか、新宿で、ばったり会った時、ホテルへ誘ったら、ケンもホロロに断わられてな」

「ほう」

「わしの撮ったその写真も返してくれというのさ。買い取ってもいいとまでいいおった」

「返すといったんですか？」

「とんでもない。そこにはってある写真は、わしの歴史なんだ。渡せるわけはないじゃないか」

「確かにそうですね。こんな素晴らしい写真を返す手はない。それに、所有権は、あなたにあるんだから」

「なかなか、あんたは話がわかる」

三宅老人は、早川が気に入ったようだった。

「ネガは、やはり、銀行の金庫ですか？」

「もちろんだ」

「じゃあ、この二枚の写真を、一日だけ貸してもらえませんか？」

「どうするんじゃ？」

「この写真のポーズを参考にして、もう一度、ゆきとプレーしようと思いましてね。彼女は、あなたが、この道の専門家だから、お話を聞いて来た方がいいといってましたよ」

「うむ、うむ」

と、三宅老人は、うれしそうに何度もうなずいていたが、

「いいだろう。貸してあげよう」

と、いってくれた。

早川は、しめたと思った。この写真は、社長夫人、大臣夫人の地位をねらう康江にとって、致命傷になるだろうと、頭の中で考えたからである。

借りた二枚の写真を、背広の内ポケットにしまって、早川は、三宅老人と別れた。

三宅老人は、蔦の生えた古色蒼然たるあのビルの持ち主で、部屋代の収入が一ヵ月約五十万円。

一ヵ月の生活費には七、八万円しか使わず、残りは、すべて、女に注ぎ込んでいるのだという。

早川のような野心家には、とうてい真似はできないが、うらやましくもある生活である。

早川は、車に乗った。

腕時計を見る。午前十一時。太田垣にいわれた一週間は、今日で終わりである。

明日の午後、太田垣は、首相に呼ばれて、厚生大臣就任の要請を受ける。それまでに片づけなければならない女が、まだ二人残っている。

今、早川のポケットに入っている二枚の写真で、大竹康江は、あきらめるだろう。とすれば、残るのは浅井美代子だけだ。

車をスタートさせ、康江の薬局に向かって五、六分も走った時、早川は、自分がつけられているのを知った。

白いカローラだった。

運転に自信があるとみえて、五〇メートルぐらいの間をあけて、それより近づこうともしないし、遠ざかろうともしない。

バックミラーで、運転している人間を知ろうとしたが、サングラスをかけた男のようだということしかわからない。

早川は、このまま、『大竹薬局』へ行くのは危険だと感じた。

尾行しているのは、彼女の兄で、刑事あがりの大竹達夫かもしれないと思ったからである。

康江に会って、二枚の写真を突きつけているところへ、大竹達夫が乗り込んで乱闘になり、写真を奪い取られてしまったら、どうしようもなくなってしまう。

三宅老人が、どろぼうに入られたといっていたが、あれだって、大竹達夫が、妹の出世の障害になる写真を取り返そうとして押し入ったに決まっている。

車を走らせながら、頭を働かせた。今は昼間で、都心部を走りまわっている間に、いきなり襲いかかって来ることはあるまい。

だが、早川が三宅老人のマンションを出て来た以上、相手は、彼が康江の写真を手に入れたと考えるだろう。

(おれを殺してでも、写真を奪い取ろうと考えるのではあるまいか?)

尾行者が、大竹達夫なら、そのくらいのことは、しかねない。何しろ、妹が、社長夫人、大臣夫人になるチャンスなのだから。

手紙か何かなら、郵便ポストへ放り込むこともできる。

しかし、この写真をそうするためには、まず封筒を買い、郵便局で切手を買わなければならない。

相手は、刑事あがりだ。封筒を買った時点で、こちらの意図を読み取るだろう。そうしたら、危険をおかして、行動に出てくるかも知れない。

早川は、レストランの前で車を止めた。

腹がすいていたという顔で中に入り、テーブルにつくと、ライスカレーを注文した。

窓越しに外を見ると、案の定、通りの向こう側に、例のカローラが止まっている。

早川は、苦笑し、運ばれて来たライスカレーを、わざとゆっくりと食べた。十二時前なのでまだ、ほとんど客の姿はない。

ウエートレスも、退屈そうに、仲間とおしゃべりをしている。

早川は、すきをみて、写真を一枚取り出し、その四すみにご飯つぶをつけると、それを、テーブルの裏側にはりつけた。

幸いだれも気がついた様子はない。代金を払って店を出て車に乗り、走り出すと、また、白いカローラがついて来た。

早川は、『大竹薬局』に乗りつけた。

化粧品売り場には、だれもいなかった。加藤明子は、さっそくパリへ出かけてしまったのか。

笑顔で迎えた大竹康江に、早川は、

「お見せしたいものがありましてね」

といった。

「どんなもの？」

「ここでは、ちょっと見せられないものでしてね」

「じゃあ、おあがりになって」

康江は、早川を、奥の部屋へ通した。

早川は、そこで、いきなり、写真を取り出して、彼女の前に置いた。正面を向き、何もかもさらけ出して、全裸で縛られている彼女の写真だ。

みるみる康江の顔が蒼《あお》ざめていった。

「それを、私がどこから入手したか、あなたにもおわかりでしょう。どうですか、いさぎよく、社長と別れてくれませんか？　たとえ、大臣夫人になったところで、こんな写真が公表されたら、そこで、あなたは、何もかも失うことになりますよ。身を引くことを約束してくだされば、私は、この写真を焼き捨てるし、社長からの手切金もお渡しします」

「………」

康江は、じっと、黙っている。

「どうですか？」

と、早川が、決心をうながすように声をかけた時、いきなり、ふすまを押しあけて、大竹達夫が入って来た。

その手に、にぶく光る拳銃《けんじゅう》がにぎられている。

「康江。そんなおどしに負けることはないぞ」

と、大竹は、妹にいった。

「やっぱり、つけていたのは、あなたですか」

早川は、苦笑したが、大竹は、康江に向かって、

「こいつを、縛りあげろ！」

と、命令した。

早川も、腕には多少の自信があったが、大竹が、拳銃を持っていたのは、予想外だった。

多分、刑事時代に知り合った暴力団からでも手に入れたのだろう。そう考えると、本物と思わざるを得なかった。

康江は、台所からロープを持ち出して来た。早川は、おとなしく縛られることにした。

「こんなことをして大丈夫なの？」

と、康江は、早川をうしろ手に縛りながら、兄の顔を見た。

「大丈夫だ。こいつだって危い橋を渡っているんだ。警察ざたにでもしたら、太田垣の名前が出かねない。彼の忠実な番犬をもって任じているこの男が、そんなことをするはずがないさ」

大竹は、不敵に笑った。さすがに、元刑事だけのことはある。

「この写真は、どうしたらいいかしら？」

康江は、青白い顔のままで、兄にきく。

「焼いちまえばいい」

と、大竹は、背広のポケットから、ライターを取り出して、妹の前に投げ出した。

康江は、灰皿の上で、写真に火をつけた。

めらめらと燃えあがる写真。

「そんなことをしてもむだだよ」

と、早川はいった。

「その写真には、ネガがあるんだ」

「そのくらいわかってるさ」

大竹が、笑った。

電話が鳴った。切りかえて、この部屋で取った大竹は「おれだ」と、いってから、

「そうか、上手《うま》くいったか」

ニヤッと笑って、早川を見て、

「おれの仲間が、あのじいさんを脅して、ネガも取りあげたそうだ。残念だったな」

「そいつに聞いてみろ」

と、早川は、いい返した。

「じいさんが、私に貸してくれた写真が、一枚だけだったかどうかをだ」

「何だと？」

今まで、落ち着き払っていた大竹が、急に狼狽《ろうばい》し、電話の相手に、鋭い語調でき返していたが、電話を切ると、早川の身体を調べはじめた。

「もう一枚の写真を、どこにやったんだ？」

「知らないな」

「死にたいのか？」

「私を殺したって、もう一枚の写真は出て来ないよ」

「畜生ッ、このくそったれめッ」

と、大竹は、悪態をつき、しばらく考えていたが、

「あのレストランだッ」

と、急に、大きな声を出した。

「あのレストラン以外、立ち寄った場所はないんだ。調べてくる」

大竹は、妹の康江に、もう店を閉めておけと命じて、部屋を飛び出して行った。

すぐ、車の走り去る音が聞こえた。

「あんたがいけないのよ」

と、康江は、立ち上がって、縛られて転がされている早川を見下ろした。

「あたしの過去の傷口をあばき出そうとなんかするからよ」

早川は、縛られた身体で、すわり直して、

「こんなにまでして、社長夫人や、大臣夫人になりたいかね？」

「なりたいわ」

康江は、きっぱりといった。

「あんたが、社長夫人になったら、兄貴を、城西製薬の警備主任にでもするつもりかい？」

「それはわからないけど、あたしが、太田垣康江になったら、真っ先に、あんたをクビにしてやるわ」

康江は、兄に言われた通り、店を閉めるために、部屋を出て行った。

カーテンを引いている音が、かすかに聞こえてくる。

飛び出して行った大竹は、早川が、レストランのテーブルの裏にはりつけた写真を見つけ出すだろうか？

見つけられたら、康江に身を引かせるのがむずかしくなってくる。今日一日しかないというのに。

そんなことを、考えていた時、店の方で、ふいに、「どすん」と、物の倒れる音がした。ガラスの割れるような音が、それに続いた。

音は、それっきりだった。

康江も、なかなかもどって来ない。

早川は、不安になって、縛られたまま立ち上がった。ふすまをけ倒して、店に出てみた。

店のガラス戸も、カーテンも閉められているので、店内は、薄暗かった。

その薄暗い店の床に、大竹康江が倒れていた。

血が、頭のまわりに流れている。何か重いもので、後頭部をなぐられたに違いない。

化粧びんが、いくつも、割れて散乱し、流れた液体が、強烈ににおってくる。

血まみれの康江は、ぴくりとも動かない。

死んでしまったのか。

(こんなところへ、兄の大竹達夫がもどって来たら？)

間違いなく、妹をやったのは、早川と思うだろう。カッとして、早川を殺しかねない。

落ちているガラスの破片を拾いあげ、うしろ手に持って、ロープを切りにかかった。

映画なんかだと、簡単に切れるのだが、実際には、なかなか、うまくいかなかった。指を切ってしまい、血が流れ出した。

ただ、女の康江が縛っただけに、そうかたくはなかったのが救いだった。

どうにか、ロープを切って、裏口から逃げ出した。

自分の車に乗り込んで、アクセルを踏んだところへ、大竹のカローラがもどって来た。

早川は、一目散に逃げ出した。

（いったい康江を襲ったのはだれなのか？）

早川は、やみくもに車を走らせながら考えた。

兄の大竹達夫でないことだけは確かだ。三宅老人とも考えられない。

大事な写真のネガを奪われたことへの仕返しに、あんな物騒なことをやる老人には思えない。

あの老人なら、また新しいプレー相手を見つけて来て、写真を撮るだろう。

考えられるのは、康江のライバルである女たちだ。

美容師の高沢弘子と、ファッションモデルの小池麻里は、すでに死んでしまっている。

料亭『ののむら』の女主人野々村ふみ代は、社長夫人をあきらめて、手切金の五百万円を受け取った。

残るのは、ホステスあがりの浅井美代子一人だ。

（あの気の強い女なら、やりかねない）

早川は、ブレーキを踏んだ。

いつの間にか、甲州街道を西へ、府中《ふちゅう》近くまで、飛ばして来ていた。

早川は引き返して、原宿にある浅井美代子のマンションを訪ねてみることに決めた。

もし、美代子がやったのなら、それこそ、一石二鳥で、彼女にも、身を引かせることができる。あの気の強い女だって、刑務所へ行くのは嫌だろう。

途中のガソリンスタンドで、満タンにしてもらい、早川は、神宮の森に近い美代子のマンションに向かった。

十一階建ての白亜のマンションの十階にあがり、彼女の部屋のベルを押した。

「だれ？」

と、美代子の声が聞こえた。

いたなと、思うと同時に、すでに、二時間以上たっているのだから、康江をなぐり倒してから、ゆうゆう帰って来ていられるはずだとも考えた。

「早川です」

と、いうと、すぐ、ドアを開けてくれた。

美代子は、珍しく、Gパンに真っ赤なセーターといった、くだけた格好で、早川を、居間へ通しながら、

「大竹康江が死んだわね」といった。

「今、テレビのニュースでいってたわ」

「そうですか」

と、だけ、早川はいい、ソファに腰を下ろした。

美代子は、向かい合って、腰を下ろすと、

「なんでも、泥棒が入って、発見されたんで殺したってことらしいわ」

「泥棒？」

「見つけたのは、お兄さん。救急車で病院へ運んだけど、間に合わなかったんですって。かわいそうね。彼女も」

少しもあわれんでいない声で、美代子がいった。大竹達夫は、泥棒が入って、殺されたことにしたのか。

大竹達夫は、なぜ、こんなうそを警察についたのだろうか？

なぜ、早川のことをいわなかったのだろうか？

早川は、忙しく頭を働かせた。

早川のことをいえば、警察は、彼を重要参考人として調べるだろう。

そんなことを考えている早川に向かって、美代子は、

「まさか、あんたがやったんじゃないでしょうねえ？」

「とんでもない。なぜ、私が、彼女を殺さなきゃならないんです？」

「あんたは、社長から、今日中に、あたしたち五人を整理しろっていわれてるんでしょ

う？　ところが、彼女は、がんとしていうことを聞こうとしない。そこで、せっぱ詰まって——」

「よしてくださいよ」

と、早川は、笑ってから、

「私は、あなたじゃないかと考えたんですがね」

と、逆襲した。

「あたしが——」

うふふふと、美代子は笑って、

「あたしはね。他の四人を殺したりしなくったって、絶対に、社長の後妻になれる自信があるのよ」

と、自信満々にいった。

七日前、最初の女として、美代子を訪ねた時、彼女は、早川に色目を使い、力を貸してくれといった。

それなのに、今日、やけに自信満々なのは、いったい、なぜなのだろうか？

「あなたの切り札は、いったいなんなんです？」

「わからない？」

「ええ。わかりませんね。他の四人が、死んだり棄権したりはしたけど、だからといって、あなたが、絶対に社長夫人になれるという保証はないはずですよ。社長は、あなたとの間も、清算したがっているんですからね」

「社長がそうしたくたって、別れることは、絶対に出来ないのよ」

「だから、なぜです？」

「あたしね、数日前、近くの産婦人科に行って来たの。どうも最近、身体の変調が続くし、すっぱいものが食べたくなるもんだから。そうしたら、医者が、あたしになんていったと思う？　奥さん、おめでとう。おめでたですって」

「それが、社長の子供だというんですか？」

早川は、びっくりして美代子を見た。

太田垣からは、五人の女の中に、妊娠している者がいるなどとは、全然、聞いていなかったからである。

美代子は、ニッコリと笑った。

「もちろんよ。医者は、ちょうど三ヵ月だといったわ。その頃、あたしがつき合っていた男性は、社長しかいないもの」

（本当だろうか？）

早川は、当惑して美代子と別れると、夜半だったが、自分のマンションから、太田垣に電話した。

自宅にはいなくて、箱根《はこね》の別荘に行っているという。

早川は、そっちのダイヤルを回した。

電話には、太田垣自身が出た。

「こんな遅く、何の用だ？」

太田垣の声は、不機嫌だった。

「例の五人の女性の件ですが――」

「もう全部片付いたんだろうな。明日は、発表があるんだぞ」

「四人までは、何とか片付きました。ただ、浅井美代子が、妙なことをいい出して、当惑しています」

「あの女が、なんといっているんだ。五百万円の手切金じゃ不足だというのなら、亡くなった女の分を回してやれ」

「それならいいんですが、社長の子をお腹に宿しているというのです」

「なんだと？」

太田垣は、電話の向こうで怒鳴った。もともと、声の大きな老人だから、早川は、耳が痛くなった。

「冷静に聞いていただきたいのです。彼女が、そういっているだけですから。彼女は、昨日、産婦人科で診てもらったところ、妊娠三ヵ月だといわれたというのです」

「それが、わたしの子供だというのかね？」

「二ヵ月前ごろ、男は、社長しかいなかったというのです。絶対に、社長の子供だといってきかないのです。どうしたらいいでしょうか？」

「絶対にわたしの子ではない。彼女がうそをついているのだ。わたしは、彼女たちとつき合う時、十分に注意して来た。そんなミスをするはずがない」

「それは、よくわかっておりますが――」

「わかっているのなら、なぜ、そんな詰まらんことを、電話してくるんだ？　第一、彼女が三カ月というのだって、本当かどうか、わからんのだろう？　その医者へ行って、確かめたのか？」

「それは、まだですが――」

「馬鹿者ッ」

怒声と一緒に、電話は切れてしまった。

早川は、一瞬、受話器をにぎりしめたまま、蒼白《そうはく》な顔になった。

太田垣は、ワンマン経営者にありがちな、傲慢《ごうまん》さを絵に描いたような男である。

だから、そのつもりでつかえてきたし、叱られるのにもなれている。

だが、今度はこたえた。仕事のことではなく、太田垣の遊びの始末をさせられていて、怒鳴りつけられるのは、男として、やはり、むかっとくる。

だが、その怒りも、五分と続かなかった。

太田垣を離れては、出世の道はないという意識が、怒りを抑えつけてしまうのだった。

第八章　賭ける女

手荒く電話を切ると、太田垣は、ナイトガウン姿で、ベッドにもどった。

ガウンの前がはだけて、六十五歳の老人にしては、たくましさを感じさせる胸や、男のシンボルが、丸見えになっている。

おれが、この年で現役でいられるのは、おれの城西製薬で販売している強精剤のおかげだと、知人に吹聴していたが、本当かどうかわからない。

が、太田垣が、若者顔負けの精力旺盛《おうせい》な男だということだけは事実だった。

ベッドには、若い女が、真っ裸の身体をうつぶせに横たえ、頬杖《ほおづえ》をついて、太田垣を待っていた。

女になって、丸味を帯びて来たが、その線が、まだくずれを見せていない。女としては、一番美しく見える年齢だった。

「詰まらん電話だったよ」

と、太田垣は、舌打ちをしてから、ベッドの横に腰を下ろし、片手で、女の盛りあがったヒップのあたりを、ゆっくり、なで始めた。

「うふッ。くすぐったい」

 と、女は、うつぶせのまま、身をよじった。が、やめてくれとはいわなかった。

 仕事の上では、どちらかといえば、せっかちで、社員をやたらに怒鳴りつけぶ太田垣だが、女に対しては、根気のいい、しつこい愛撫《あいぶ》の仕方をする。

太田垣の手は、ヒップから背中にすべって行き、大事な宝物でもめでるように、さすり始めた。

「気持ちがいい」

と、彼女は、猫のように目を細めた。

若い男にも、抱かれたことはあるし、その時は、それで、楽しかったが、太田垣の愛撫は、また、別だった。

若い男は、背中を、じっくりとなでさすってくれたりはしない。せっかちで、いきなり、乳房や、もっと大事なところを攻めてくる。

まるで、他には、女の喜び場所がないと決めてかかっているみたいにである。

だが、女というのは、背中を愛撫されただけでも、気持ちがいいものなのだ。

「気持ちがよくて、眠くなってきちゃう――」

と、女は、甘えた声でいった。

「それなら眠ればいい。寝ているお前を、ゆっくりかわいがってやるよ」

太田垣は、根気よく、背中から、ヒップ、それから、太ももと、なでさすりながら、女の耳元でささやいた。

「いやァ」

と、女は、鼻声を出した。

太田垣は、女の感情が、少しずつ高まってくるのを見守っているのが楽しいのだ。

「あの五人の女の人も、社長さんは、こうやって、かわいがったの？」

「ああ。だが、お前と違って、わたしの後妻におさまろうとした」

「あたしは、そんなこと興味ないわ」

「お前が興味があるのは、金だけかね？」

太田垣の手は、女の足先を愛撫している。

「かわいい足をしている」

「あたしは、お金が好き。男は、信用できないけど、お金は信用できるもの」

「その若さで、男性不信かね？」

「不信というより、男が馬鹿に見えて仕方がないの。女の身体をものにしたら、永久に自分についてくると思ってる。そこが馬鹿だと思うのよ。まるで、女には自主性がないと思い込んでるみたいだもの」

「彼もそうかね？」

「そう。だから、だんだんいやになって来たのよ」

「かわいそうにな」

太田垣は、ニヤニヤ笑った。

その間も、太田垣の手は、休みなく、女の身体を愛撫していた。くすぐったがっていた女が、次第に顔を紅潮させてきた。

太田垣に答える声が、少しずつ上ずってきている。

太田垣は、目ざとくそれに気付きながら、すぐには、女の急所には触れず、じらすように、うなじの辺りにくちびるを押しつけた。

女は、先刻からの絶え間ない太田垣の手による愛撫に、耐え切れなくなったように、しなやかな身体を、くるりとあお向けにして、太田垣の太いくびに、両手を回して、かじりついて来た。

「社長さん。好きよ」

「かわいい娘《こ》だ」

太田垣の手は、今度は、女の急所の愛撫に変わった。若い男のように性急ではなく、そっと、優しい、それでいて、しつような愛撫だった。

女の身体は、すでにぬれ切って、いつでも、男を受け入れられる態勢になっている。だが、太田垣は、すぐには、最後の止《とど》めを刺さず、ほっそりした、それでいて、胸と腰だけは十分に肉付きのいい女の身体を抱きかかえたまま、指先だけの愛撫を続けていく。

一方、太田垣のくちびるも、女の首すじから、乳房へとゆっくりはっていく。それだけでも、女のあえぎは、荒々しくなっていった。

太田垣の腕の中で、彼女の身体が、小刻みにふるえ始めた。

「社長さん」

「なんだね？」

「あたし、このままだと――」

「いってしまうか？」

「ええ」

「いいさ。何度でもかわいがってあげるよ」

「ああーッ」

ふいに、女の身体が、がくんと、太田垣の胸にくずれてきた。

太田垣は、満足そうに微笑した。指先だけで、女を、歓喜の絶頂に追いつめることが出来る自分のテクニックに満足しているのだ。

「今度は、わたしが楽しませてもらうよ」

と、老人はいった。

太田垣の指先が、再び、淫靡《いんび》に動き始めると、ぬれ切っている女は、すぐ、また、あえいだ。

いつも、この老人の手にかかると、彼女は、くたくたになるまで、何度も、絶頂に達してしまう。

太田垣は、ガウンを脱ぎ捨てて裸になると、ベッドの上にあぐらをかき、

「おいで」

と、女を誘った。

彼女は、大きく足を開き、あぐらをかいた太田垣の上にまたがった。

裸の胸が、ぴったりと合わさり、二人のくちびるも合わさった。

女は、下から突きあげてくる痛みとも、快感ともつかぬ感じに、思わず、腰をよじった。

いざとなっても、太田垣は、若者のように、あせったりしない。女の表情の変化を楽しみながら、腰を動かしていく。

太田垣は、自分の持続力に自信があった。

たいていの女が、五分もすれば、身体をのけぞらせ、達してしまう。その瞬間、彼の背中に、爪を立てる女もいた。

死んでしまったファッションモデルの小池麻里がそうだった。

あの傷は、一週間も消えてくれなかった。

太田垣の方が、先に果てたことは、何百人と知っている女の中で、十二、三人しかいない。

女の顔が、次第にゆがんでくる。口が半開きになり、目が釣りあがってくる。

そんな女の表情を楽しみながら、太田垣は、「ほら、ほら」と掛け声をかけながら、腰を突きあげた。

そのたびに、彼女は「あッ、あッ」と、声をあげた。

女の方も、太田垣に合わせて、腰を動かし始めた。それが、次第に激しくなってきて、自分でも、どうにもならなくなってくると、

「社長さん。一緒に――」

と、太田垣の首に、むしゃぶりついて来た。その間も、彼女の腰は、小刻みに、けいれんし続けている。

やがて、太田垣のひざの上で、女は、大きな声をあげて、二度目の絶頂に達してしまった。

太田垣は、ぐったりとした女を、しばらくの間、そのままの姿で、そっと抱きしめてやった。

しばらくすると、女は、のろのろと、太田垣のひざの上からおり、裸のまま、ベッドの上に横になった。

「社長さんって、タフね」

「みんなそういうよ。ところで、君の仕事は、順調に進んでいるんだろうね？」

太田垣は、笑いを消して、真顔で、女の顔をのぞき込んだ。

「大丈夫。お金をもらえるんだから、ちゃんとやってるわ」

早川は、美代子の住むマンションの近くにある産婦人科医を訪ねた。

メガネをかけた医者に会った。

産婦人科医に会うのは初めてだったが、その医者は、いかにも、産婦人科医という顔をしていた。

色白で、優しい目をしている。

「私は、浅井美代子の兄です」

と、早川は、医者にいった。

「一昨日、妹が、こちらに来たと思うんですが？」

「ああ、お見えになりましたよ」

医者は、カルテを見ながらうなずいた。

「それで、妹は、妊娠三ヵ月だと喜んでいましたが、本当ですか？」

「ああ、本当ですよ。妊娠三ヵ月です。それが、どうかしましたか？」

「いや。妹は、時々、人をかつぐくせがあるものですからね。それで、今度も、ひょっとすると、嘘ではないかと思って、うかがったわけです。この話が本当なら、妹のために、大いにうれしいことで、お祝いをしてやらなきゃなりません。ところで――」

「何です？」

「胎児の血液型なんかは、わからないでしょうな？」

「それは、今の医学じゃあ無理ですよ」

と、医者は、笑って、

「お腹のお子さんのことで、何か面倒でもあるのですか？　妹さんは、とても喜んで、帰られましたが」

「いや。何も問題はありません。あるはずがありません」

早川は、あわてて、その産婦人科医を出た。

美代子のいったことは事実だったのだ。

妊娠三ヵ月。お腹の中の子を、美代子は、太田垣の子だという。

太田垣は、そんな馬鹿なことはないと否定している。

(どちらのいうことが本当なのだろうか?)

三ヵ月の胎児の血液型がわからない以上、血液型から、太田垣の子かどうか判断することは出来ない。

そこまで考えてから、早川は、胎児の父親が、太田垣かどうかは、この際、問題ではないのだと思った。

二ヵ月前、美代子が、他の男とつき合っていたとしても、彼女が、社長夫人、大臣夫人の地位をねらう以上、お腹の中の子は、太田垣の子と主張するに決まっている。

一方、大臣就任を目前にひかえて、何よりもスキャンダルを恐れる太田垣が、自分の子だと認めるはずがないのだ。

とすれば、早川の役目は、いぜんとして、浅井美代子に断念させることしかない。

ただ、妊娠三ヵ月という新しい事実が生まれて、身を引かせるのが、いっそうむずかしくなったとはいえるだろう。

そして、今日は、太田垣にいわれた最終日である。

早川は、車にもどったものの、運転席に腰を下ろして、考え込んでしまった。

高沢弘子や、小池麻里のように、過去に、レズの相手がいたり、恋人がいたりすれば、それをけしかけて、何とか出来るかもしれないが、美代子の場合には、それが出来そうもない。

美代子が、探偵社に頼んで、他の四人の過去を調べたように、早川も、探偵社に、浅井美代子の身上調査を頼んでおいた。

その報告書は、昨日、届けられ、今、彼のポケットに入っていた。

取り出して、もう一度、目を通してみた。

銀座のホステス時代には、何人か男がいたと書いてある。

だが、太田垣と知り合ったころからは、男関係なしと記してあった。

男がいたのだが、見つからないのか、それとも、本当に、太田垣以外に、男がいなかったのか、この報告書では、何もわかりはしない。

わからなくても、美代子に引導を渡さなければならない。

午後には、太田垣の厚生大臣就任が決まるからだ。

美代子を殺してしまえば、一番簡単だ。だが、そんなことを、早川に出来るはずがなかった。

早川に出来るのは、せいぜい、だれかが殺した死体を、車で運んで、郊外の雑木林に埋めることぐらいだけである。

しかも、埋めた死体は、何者かに運ばれてしまい、穴を掘り、死体を埋めようとしている写真まで撮られてしまった。

あの写真を撮ったのがだれなのか、まだわからない。和田英明の死体も、どこかへ消えてしまったままである。

だれかに、自分の死命を制する証拠をにぎられているというのは、いやなものだ。

早川は、太田垣の主治医である堀場医師を訪ねた。

今度の仕事に入ってから、この高名な医師を訪ねるのは、二度目だった。

前は、薬剤師の大竹康江が、太田垣に持病の高血圧症があるといい、その真偽を聞くためだった。

「もう一度、社長のことでうかがいたいことがありまして」

と、早川は、堀場医師にいった。

「社長には、内密にお願いしたいのです」

「大丈夫ですよ。この間のことも、太田垣さんには、一言も話していませんよ」

堀場医師は、やわらかく微笑した。

早川が、ちょっといい出しかねて迷っていると、

「今度は、どんなことですか？　太田垣さんなら、現在のところ、健康そのものですよ。悪いところといえば、虫歯があることぐらいじゃないかな」

「実は、社長のセックスの面をお聞きしたいのです」

「ほう」

堀場医師は、面白そうに、早川を見た。

早川は、頭を軽くかいてから、

「社長には、三十二歳になる息子さんが一人いて、傍系の医療機器の会社の社長をしていらっしゃいます。だが、その後、お子さんは、一人も作られなかった。その辺のことを、先生におうかがいしたいのですが」

「つまり、こういうことですか。太田垣さんが、主義で、お子さんを作らなくなったのか、それとも、一人息子さんを作られたあと、何か肉体的な理由で、子供を作れなくなったのかということですか？」

堀場は、医師らしく、ずばりといった。

早川は、かえって、それで気楽になった。

「そういうことです。ある女性が、社長の子供を身ごもったと称しています。産婦人科の医師も、妊娠三ヵ月だと、証言しているんですが、社長自身は、そんなはずはないといっているのです」

「なるほど。もし、その女性の言葉が事実だとすると、当然、相続権が生じて来るわけですね。そのお腹の子に」

「ええ。その上、その女性は、当然、社長の後妻に納まる権利があるというのですよ」

「むずかしい問題ですねえ」

堀場医師は、本当に、当惑した表情になって、

「太田垣さんは、今でも、立派に、男としての能力をお持ちですよ」

「では、なぜ、子供を一人しか作らなかったんでしょう？」

「私には、こういっていましたよ。一人息子の広一郎《こういちろう》は、幸い身体も丈夫だし、頭も切れる。二人も三人もつくって、自分が死んだあとの遺産争いで、ごたごたされるのは真平だと。きっと、知人の方にでも、遺産争いで、ごたごたした例があったんでしょうね。それで、いくら女性と遊んでも、子供が出来ないように、用心していたようです。その女性は、よほど太田垣さんの方がまいっていて、彼女との間の子供なら出来てもいいと思われていたんですか？」

「いや。社長は、別れる気でいる女性です」

「それなら、太田垣さんが、その女性に子供を生ませるはずがありませんよ」

「しかし、いくら用心深くしていても、避妊に失敗することはあるでしょう？」

「そりゃあ、あり得ないことじゃありませんが」

「彼女は、そういうに決まっています。三ヵ月の胎児を、社長の子かどうか、判別する方法はありませんか？」

「ちょっと不可能ですねえ。二ヵ月前に、太田垣さんと、その女性が、交渉がなかったことが証明されれば簡単だが」

「交渉はあったようです」

「そうなると、むずかしいですねえ。生まれてしまえば、血液型の検査とか、いろいろ方法はありますが」

生まれるまで待てれば、堀場医師のいうように、判定の方法もあるだろうが、一ヵ月どころか、一週間も待てはしないのだ。

今日中に決着をつけなければならない。

太田垣は、用心深い男だ。だからこそ、今度、厚生大臣に選ばれようとしている。

そう考えれば、恐らく、九〇パーセントは、太田垣の子供ではないはずだ。

つまり、別の男の子供だという可能性が強い。しかし、それを証明する方法がないのをいいことに、浅井美代子は、身体を張って、賭《か》けて来たのだ。そう見るのが、妥当なところだろう。

だが、どうやって、身体を張って来た美代子に対抗したらいいのだろうか？

お腹の中の子の本当の父親が見つかれば、それで万事解決だが、見つかりそうもないからこそ、美代子は、強気なのだ。

とにかく、もう一度、美代子に会い、なんとか、話をつけたいと思い、早川は、再び、原宿のマンションを訪れた。

成算があるわけではなかったが、五百万円という、太田垣の提示した手切金を、一存でもって多くしてもかまわないと考えていた。

太田垣も、今日、厚生大臣の発表があるのだ。少しぐらいの無理は、オーケーするだろう。

そんなことも考えて、十階までエレベーターであがったのだが、彼女の部屋の前まで来ると、内から、男と女のいい争う声が聞こえた。

早川は、あわてて、ドアを開けた。


居間に、美代子と、見知らぬ三十二、三歳の男が、向かい合って立っていた。

美代子は、早川の顔を見ると、ほっとした顔になって、

「早川さん。この人を追い出してちょうだい」

と、命令口調でいった。

「だれなんです？」

早川が、きくと、男が、早川を見て、

「自己紹介しましょう。僕は、日下《くさか》秀俊《ひでとし》といいます」

なかなか、ハンサムな男だった。運動選手のように、しなやかな身体つきをしている。

「それで？」

と、早川は、相手の顔と、青い顔をしている美代子を等分に見てきいた。

「なんの用で、ここに来たんです？」

「彼女とは、いろいろとありましてね。久しぶりに会いに来たんですよ。どうも、彼女は

妊娠したらしいんですが、もしそうなら、お腹の中の子は、間違いなく、僕の子なんです。僕も、一児の父となるのかと思うと、感慨がありましてねえ。よかったら、よりをもどしてくれないかと、今、彼女に頼んでいるところなんですよ」

「こんな男なんか、会ったこともないのよッ」

美代子は、青い顔で叫んだ。その声が、ふるえていた。

早川は、意外な事の成り行きにとまどいながらも、心の中では、都合のいい男が現われてくれたと考えていた。

この日下秀俊という男が、本当に、美代子のお腹の子の父親ならば、万事、早川の都合のいい方に解決してくれるのだ。

美代子は、太田垣の愛人になっていながら浮気をし、その男の子供まで宿したとなれば、いやでも、彼女の方から身を引かざるを得ないだろうからである。

「まあ、冷静に話そうじゃありませんか」

と、早川は、二人にいった。

早川の提案に対して、美代子の方は、ヒステリックに、

「すぐ、この変な男を追い出してちょうだいよッ」

と、わめいたが、日下の方は、

「いいですよ、僕も、話し合うのは賛成ですね」

と、落ち着き払っていい、身近なソファに腰を下ろした。

「なぜ、追い出してくれないのよッ」

美代子は、目をむいて、早川をにらんだ。

「もちろん、この人のいってることが嘘なら追い出しますよ」

「嘘に決まってるじゃないの。あたしは、こんな男なんか、会ったこともないんだから」

「でも、彼は、あなたのお腹の子の父親だといっているんだから、その言い分を聞いてみようじゃありませんか。もし嘘をついているんなら、私が、腕ずくでも、警察に引き渡してやりますよ」

と、早川は、約束した。

美代子は、不承不承といった顔で、自分もソファに腰を下ろしたが、急に、疑わしげな目になって、早川を見た。

「まさか、あんたが、あたしに社長と別れさせようとして、こんなへたな芝居を企《たく》らんだんじゃないでしょうね？」

「とんでもない。私は、あなたに再考していただこうと思ってやって来て、妙な事の成り行きに、びっくりしてるんです」

「本当ね？」

「本当ですよ。この人に会ったのも、生まれて初めてです」

早川は、日下に目をやってから、

「ところで、君が、彼女のお腹の子の父親だという証拠でもあるんですか？」

と、男にきいた。

「もちろん、ありますとも」

日下は、自信満々な顔で、ニッコリと微笑した。

「それを話してもらいたいですね」

「あたしも、聞かせてもらいたいわ」

美代子は、挑戦的にいった。

日下は、長髪をかきあげるようにしてから、

「僕が、彼女と知り合ったのは、今から四ヵ月前です。そのころよく、神宮の境内を散歩されていたでしょう?」

と、美代子を見た。

美代子は、返事をせずに、日下をにらんでいる。

日下は、かまわずに言葉を続けて、

「最初にあなたを見た日のことは、よく覚えていますよ。六月二十五日の朝です。あなたは、白いスラックスに、薄地の同じ白いセーターという格好で、南池近くを散歩していた。僕の方は、身体をきたえるために、かけ足をしていたんですが、一瞬、はっとして、あなたに見とれましたよ。それほど、新緑の中のあなたが、美しく見えたんです」

まるで、二十歳前後の若者のような目の輝きを見せた。

「どうですか?」

　と、早川は、美代子を見て、

「そのころ、神宮の境内を、朝、散歩なさっていましたか？」

「太るのがいやだから、今だって、時々、朝散歩しているわよ。すぐそばだもの。でも、こんな男に出会った覚えはないわ」

「最初の時は、僕の方は見とれたが、あなたは、僕を無視して、歩いて行ってしまったからですよ」

　日下は、楽しそうに話した。

「それで？」

　と、早川は、先をうながした。

「一週間目かに、僕は、思い切って、声をかけた。この人が魅力があったし、何をしている女性なのかという興味があったからですよ」

「その時、彼女は、どう返事をしたんです？」

「退屈なさってたんでしょうね。僕につき合ってくれるっていってくれた。だが、何をやってるかは、なかなか教えてくれなかった。僕にとっては、かえって、その方が、神秘的で楽しかったですけどね」

「この人、嘘をついてるわよ」

「いや。嘘じゃない。あの日の夜、僕たちは、原宿の『リオ』というレストランで、一緒に食事したじゃないですか。ワインで乾杯もした。もう忘れたんですか？」

「あんたなんかと、一緒に食事をした覚えはないわ」

美代子は、すごい目で、日下をにらみつけた。

日下の方は、頭をかいて、

「なぜ、あなたは、嘘をつくのかな？　どうしてなんです？」

「嘘をついてるのは、あんたの方じゃないのッ」

「僕は、本当のことをいっている。あなたとの楽しい思い出を話したいだけなんだ。別に何をしようなんて気もないんだ」

「帰ってちょうだい。本当に警察を呼ぶわよ」

美代子が、血相を変えて、受話器を取った。

早川は、このままでは不安になって、

「ちょっと、外へ出て話しませんか？」

と、日下を誘い、相手を押し出すようにして、美代子の部屋を出た。

二人は、並んで、神宮の森の方へ歩いて行った。

「君の話は、信用していいんですか？」

歩きながら、早川が確認するようにきいた。

「信用してください。本当のことを話してるんだから」

日下は、心外そうにいった。

「じゃあ、一緒に食事をしたあとのことを話してくれませんか？」

「何度か、会いましたよ。僕の方は、どんどん彼女にまいっていくのに、彼女の方は、なかなか、何をしているのか、人妻なのか、独身なのかも教えてくれませんでした。どこかの偉い社長さんに囲われていると教えてくれたのは、一ヵ月してからです」

「それで、いつ関係が出来たんです？」

「すぐ、その後ですよ」

「彼女のマンションで？」

「いや。相模湖《さがみこ》のそばにあるモーテルです。四回とも、そこのモーテルでしたよ。東京の郊外だから、彼女も安心だったんだと思いますね」

「その時、避妊の方法はとらなかったの？」

「二回目か三回目か忘れてしまったけど、僕も彼女も、その用意を忘れて、モーテルに入ってしまったんです。でも、ベッドの中で、裸で抱き合ってると、どうにもならなくなって、そのまま、いってしまったんです」

「彼女は、妊娠の心配をしなかったんですか？　その時」

「それを心配したのは、むしろ、僕の方でした。偉い社長さんの愛人と知っていて、つき合っていましたからね。妊娠したらどうするって聞いたら、彼女は、その時には、おろすから大丈夫と笑ってましたよ。いざとなると女の方が度胸があると感心したのを覚えています」

「そのあとで、別れたんですか？」

「それから、十日ぐらいしてからです。急に、僕のことが、社長にバレそうになったから別れてくれといわれたんです」

「それで、OKした？」

「つらかったけど、愛人と知っていてつき合っていたんだから、別れるより仕方がなかった。ずい分、つらかったですよ。そして、二ヵ月ぶりに、ふいに会いたくなって、あのマンションに行ったんです」

「妊娠のことは、だれに聞いたんです？」

「管理人ですよ。彼女が、まだいるかと聞いたら、管理人が、彼女が妊娠三ヵ月と医者にいわれて、喜んでいたといわれたんです」

「それで、会いに上がって行ったら、肘鉄《ひじてつ》をくらったというわけですか？」

「もっとひどいですよ。知らないというんだから」

「彼女との関係を示す証拠は？」

「これですよ」

と、日下は、背広の内ポケットから、大事そうに、数枚の写真を取り出した。

第九章　ヌードスタジオ

どれも、ベッドに横たわっている女のヌードが写っていた。

間違いなく、浅井美代子だった。

眠っているらしく、目を閉じている。毛布は、ずり落ちたらしく、わずかに、右足の太ももあたりをおおっているだけである。

「彼女と一緒にモーテルにいった時、寝顔がかわいらしかったもんだから、無断で写したんですよ」

日下は、ちょっとおどけた顔になった。

美代子の裸を見るのは、写真でも、早川は初めてだった。

少し太り気味だが、それだけに、ボリュームのあるいい身体だ。両手をだらりと下げ、両足を開いて、無防備の姿勢で眠っているのは、あの行為のあとだからであろう。

「彼女は、写真を撮ったことを知ってるの？」

「いや、怒ると思って黙っていましたから、知らないでしょう。もう一つ。この写真じゃよくわかりませんが、彼女の右の乳房の下側に、小さな赤いアザがあるんですよ。ちょっと、キスマークみたいでね。彼女は、いつも、これは、キスマークじゃないんだって、僕に弁解してましたよ。これで、僕のいうことが、嘘じゃないとわかったでしょう？」

「君は、今、独身ですか？」

明治神宮の境内に入ったところで、早川は、立ち止まって、日下にきいた。

「ええ。独身です。三十二歳で、まだ、結婚相手が見つからずですよ。ハイ・ミスというい方があるんだから、僕なんか、ハイ・ミスターってとこですかね」

日下は、へたな冗談をいって、クスクス笑った。

「じゃあ、彼女が、もしも社長と別れて、本当の独りになったら、お腹の子供のために、結婚しますか？」

「喜んで。しかし、あの調子じゃあ、彼女の方が、ウンといわないでしょう」

「この写真をお借りしていいですか？」

「どうするんです？」

「彼女に、偉い社長さんをあきらめさせる道具に使いたいんですがね」

早川がいうと、日下は、しばらく考えていたが、

「あとで、返してくれるなり、焼き捨ててくれるでしょうね？　こんな写真が、他の人の手に渡ったら、彼女に悪いですから。今日だって、無断で撮ったこの写真を、返そうと思って、持って来たんですから」

「それは約束しますよ。ところで、君の連絡先は？」

「名刺をあげておきましょう」

日下は、横書きの名刺をくれた。その肩書きを見て、早川は、

「プロのカメラマンですか？」

「ええ。今も、彼女に会ったころも、売れないカメラマンです」

日下は、頭をかいて見せた。

早川は、その五枚の写真を持って、再びひとりで、美代子の部屋に引き返した。

ソファに腰を下ろして、アルコールを口に運んでいた美代子は、まだ、興奮のさめぬ顔で、

「あの男、追っ払ってくれた？」

「帰りましたよ」

「本当に馬鹿にしてるわ。いきなり訪ねて来て、二カ月ぶりに会いに来たなんていうんだから。完全に狂ってるわよ」

「本当に、あの男を知らないんですか？」

早川は、大事なことだから、くどく念を押した。

美代子は、手に持った水割りを、ぐいッと一息にのみほしてから、

「一度も見たことはないわ」

「しかし、彼の方は、あなたのことを、よく知っていましたよ。そして、これを、あなたに渡してくれと頼まれました」

早川は、あずかった五枚のうち、わざと、二枚だけを、彼女の前のテーブルに置いた。

「なんの写真なの?」

と、いいながら、それを手に取ったとたん、美代子の顔色が変わった。

彼女は、わなわなと、手をふるわせて、

「だれが、こんな写真を?」

「日下というさっきの男が、あなたと一緒にモーテルに行き、あなたが眠っている時、その寝顔があんまりかわいらしいんで、無断で撮ったんだといっていましたよ」

「あたしは、あんな男と一緒に、モーテルなんか行った覚えはないわッ」

「しかし、それは、間違いなく、あなたでしょう。それに、彼は、あなたの右の乳房の下側に、キスマークみたいな小さなアザがあることまで知っていましたよ」

早川の言葉に、美代子は、思わず、手を胸のあたりにやってから、そのことにまた腹を立てたらしく、いきなり、二枚のヌード写真を灰皿の上に持っていき、ライターで火をつけた。

たちまち、二枚のカラー写真は、キナ臭い匂いを発散させながら、めらめらと燃えあがった。

ヌードの顔、胸、腹と、燃えていき、二、三分もすると、二枚の写真は、完全に黒いカスになってしまった。

「そんなことをしても無駄ですよ。彼は、プロのカメラマンで、ネガを持っているから、何枚でも、焼き増しできますからね」

「あの男の目的は、なんなの？　あたしから、こんな写真で、お金でもゆすり取る気なの？」

「今のところは、あなたと結婚したいそうですよ。あなたのお腹の子は、自分の子のはずだから、一緒になって、その子を育てたいと」

「冗談じゃないわ。あたしのお腹の子は、社長の子供なのよッ」

柳眉《りゅうび》を逆立てる、という言葉がある。まさに、そんな形相で、美代子は叫んだ。

「しかし、冷静に考えてみてください」

早川は、青ざめた顔で、宙をにらんでいる美代子にいった。

「何をよッ」

「彼が、その写真を焼き増しして、社長のところに送りつけたら、社長は、激怒しますよ。明らかに、社長以外の男性と、ホテルに行ったという証拠ですからねえ」

「そんなことを、あの男がいったの？」

「いいませんが、やるかもしれませんね」

「じゃあ、あんたが止めてよ。あたしは、あんな男、見たこともないんだから」

「そこで提案なんですが、私と取り引きしませんか？」

早川は、美代子を見た。

思いがけない展開になっているが、これをうまく利用すれば、こちらに有利になりそうだと、頭の中では、素早く計算していた。

美代子は、いぜんとして、怒りの納まらない顔で、

「取り引きですって？」

「そうですよ。今いったように、その写真が、社長に送られたら、あなたは、手切金ももらえずに放り出されますよ」

「でも、これは、何かの罠《わな》よ。あたしは、罠にかけられたのよ。誓っていうけど、あんな男、今まで見たこともないのよ」

「それは、私が調べてみますよ。あの男のいっていることが、本当かどうかね。だから——」

「だから、何よ？」

「そこが取り引きなんですがね。今日、内閣改造が行われます」

「それは知ってるわ」

「今のところ、午後四時に内閣改造の発表があり、太田垣社長に、首相から、厚生大臣就任の要請があるはずです。もちろん、一週間前に内示があったんですから、今日のは、儀式みたいなものですがね」

「つまり、それの邪魔をするなということでしょう？」

「それだけじゃなく、二、三日、姿を消していて欲しいんです」

「なぜ、そんなことをしなきゃならないのよ？」

また、美代子は、頰を、ぷうッとふくらませた。

早川が、恐れているのは、新聞記者だった。特に、ヘビのようにねばっこい、東西新聞の小松記者の目がこわい。

あの記者は、きっと、太田垣の女性関係を調べ出し、美代子を見つけ出して、太田垣の厚生大臣就任の感想を聞きにくるかもしれない。

いや、きっと来る。その時、美代子が、得意気に、お腹の子のことなどしゃべったら、どうなるだろう？

そのことを、早川は、美代子に話した。

「だから、私が、さっきの男のことを調べている間、身をかくしていて欲しいんです」

最後には、脅迫めいたことまで口にして、早川は、どうにか美代子を、三日間だけ、伊《い》東《とう》の『鳴海ホテル』に行くことを約束させた。

このホテルは、美代子が、ホステスをしていたころの友人が、女将《おかみ》に納まっている日本式のホテルである。

もちろん、美代子が、このホテルでおとなしくしているという保証はない。

日下秀俊という男のことにしても、彼女は、早川が、こしらえあげた人間だといっているし、その点からも、三日間、彼女がおとなしくしているかどうかわからなかった。

一刻も早く、日下秀俊という男のことを調べる必要があった。

本当に、二ヵ月前、美代子と関係があったのか。もし、嘘だとしたら、何のために、お腹の中の子の父親は、自分だなどというのかその理由を知りたい。

日下からもらった名刺には「PCスタジオ」と、働いている場所が書いてあった。渋谷道玄坂にあるそのスタジオを訪ねてみた。

何人かの著名なカメラマンが、それぞれ自分たちの専用スタジオを持っているが、この「PCスタジオ」というのは、早川は、聞いたことがなかった。

壁を真っ黒にぬった、四角い、アングラ的な建物である。

黒いドアに、白抜きの文字で、「PCスタジオ」と書いてある。

ぶら下っているオモチャの吊り鐘《がね》がベル代わりらしいので、それをたたくと、ドアが開いて、日下が、顔を出した。

「やあ」

と、早川に、人なつこい笑顔を見せて、

「入ってください。ちょうど、今、眼の保養になるような撮影をやってますから」

と、いった。

撮影中のスタジオに入ると、まず、そのまばゆい明かりに、眼がちかちかした。

スタジオに、真っ赤なじゅうたんが敷かれ、その上で、二十歳前後の若い女が二人、完全なヌードで、からみ合っている。

「下になってる女の子、何といったっけな?」

と、カメラを構えた、あごひげの若い男が、照明係の少年のような男の子にきいている。

「小田久子さんです」

「その久子チャン。もっと大きく足を広げてちょうだいよ。これは、お子様向きのグラビアじゃないんだから」

「はずかしい――」

小田久子と呼ばれた女の子が、かぼそい声でいった。

「あの子、ヌードは今日が初めての子なんですよ」

と、日下が、ニヤニヤ笑いながら、早川にいった。

「素人？　裸になりたがる女の子は、簡単に見つかるんですか？」

早川がきくと、日下は、相変わらず笑いながら、

「今は、簡単に見つかりますよ」

「ギャラは、どのくらい払ってるんです？」

「一時間一万円。女の子にとっちゃあ、いい小遣いかせぎでしょう。別に売春するわけじゃない。載る雑誌は三流だが、美しい自分のヌードが載れば、自己満足するということもありますからねえ」

「どんな雑誌が頼むんです？」

「自分のところで、専属のカメラマンをやとえないような群小雑誌ですよ。ただ、そんな雑誌に限って、要求がエスカレートするんで困りますよ。獣姦《じゅうかん》の写真が欲しいなんてのも

ありましてね。そこまでいくと、モデル探しが骨です」

さっきの女の子が、

「いやあーン」

と、甘い悲鳴をあげた。

どうやら、上になっている女の方は、ベテランで、大きく広げた小田久子の大事なところに、口づけしたらしい。

「その表情いいよ」

あごひげのカメラマンが、カシャ、カシャ、シャッターを鳴らしながらいう。

「あんたも、こういう写真を撮っているんですか？」

早川は、日下を見た。

「僕は、なんでも屋ですよ。前には、ある雑誌の依頼で、銀座のホステスを撮りまくったことがありましてね」

「つまり、浅井美代子さんとは、その時に知り合ったということですか？」

「ええ。美人ほど、注文がうるさいもんですが、彼女も、注文がうるさくてね。それをいやがらずに撮ってあげて、ホステスの中じゃあ、一番美人に撮れてたんで、僕が気に入ったみたいでした。さっきは、偶然知り合ったようにいいましたが、彼女とは、この時が、最初の出会いだったんですよ」

「その時の雑誌を、お持ちですか？」

「今手元にありませんが、若者向きの週刊誌で、『ガイ・マガジン』です」

「その週刊誌なら、読んだことがありますよ。ヌードと、車と、ギャンブルで埋まっていた印象があるなあ」

早川がいうと、日下は、クスクス笑って、

「その三つが、今の若者の最大の楽しみじゃないですか。ただ、僕の名前は、出てませんよ。まだ、僕の名前じゃあ、客を呼べないからでしょうね」

二人が、話している間に、レズ場面の撮影が終わっていた。

二人のモデルは、スタジオの隅で、下着をつけている。

「今度は、いよいよ、強姦場面にいくよッ」

と、あごひげのカメラマンが、威勢のいい声を出した。聞きようによっては、ヤケを起こしているような声でもあった。スタジオが、いやに熱い。

「こういうストーリーにしよう」

と、あごひげのカメラマンが、ネグリジェ姿になった二人のモデルに、説明している。

「君たちは姉妹だ。休んでいるところへ、強盗が忍び込んで来る。この強盗が、変態で、二人を縛りあげ、まず、姉の前で、妹を強姦する。次は姉の方だ。最初、二人とも、男の暴力を憎むが、そのうちに、次第に、男の暴力に、肉体がひかれていく」

「あんまり乱暴なのはいやだわ」

と、小田久子が、こわそうにいった。

「特別に、一時間二万円出すよ」

「それなら、なんとか、がんばるわ」

「この子、見かけによらず、がめついんだから」

と、ベテランのモデルが、苦笑している。

「ところで、強盗がいないかなあ」

あごひげのカメラマンは、ぐるりと、スタジオを見回してから、

「日下ちゃん。君やってよ」

「え？　僕が？」

「君、たしか、高校時代、演劇をやってたんだろう？」

「ええ。でも、強盗役なんかありませんでしたよ。たいていは、シェークスピアのハムレット役でね」

「いいじゃないか。この写真、今日中にあげなきゃならないんだ」

「いいですよ。どうせ、なんでも屋だから」

と、日下は笑ってから、早川を見て、

「このごろは、エロに暴力をプラスした写真が、一番喜ばれましてねえ。平和過ぎるからですかねえ。よかったら、ゆっくり見物していってください」

と、いった。

高校時代に、演劇をやっていたというだけに、それらしい扮装《ふんそう》をすると、強盗に見えな

いこともなかった。

ロープで、ネグリジェ姿の二人のモデルを縛りあげる。

「リアリズムでいこうじゃないの」

と、あごひげが、きびしいことをいう。

「今の読者は、眼が肥えてるから、おざなりに縛ったんじゃダメだよ。おっぱいが、くびれるぐらいに、ぎりぎり縛ってちょうだい」

助手の少年も加勢して、日下と二人、汗をしたたらせながら、思いっきり、二人の女を縛りあげていく。

ネグリジェからはみ出した乳房に、本当にロープが食い込んで、ひょうたんのように、くびれている。

ベテランのモデルの方は、じっとがまんしているが、素人の小田久子の方は、泣きべそをかいたような顔で、

「痛い。痛いッ」

と、悲鳴をあげている。

その苦悶《くもん》する表情がいいといって、あごひげは、彼女の顔にねらいをつけて、シャッターを切っている。

早川は、ふと、恋人の順子のことを考えた。

考えてみると、いそがしさにかまけて、ここ三、四日、順子に会っていなかった。

「さて、いよいよ、クライマックスといこう。縛られた姉の前で、妹が犯されるところだ」

あごひげのカメラマンは、ひとりで張り切っていた。

「姉の方は、猿ぐつわされてる方がいいな。助けを呼びたくても、呼べないってやつだ」

さっそく、手ぬぐいが、持ち出されてきて、ベテランのモデルの口がおおわれた。口元にシワのあった女だったので、猿ぐつわをすると、なかなか美人に見えた。

「君は、猿ぐつわ美人だよ」

と、あごひげが、感心したようにいった。

「勝手なこといわないでよ」

女はいい返したが、手ぬぐいの猿ぐつわがしてあるのでくぐもった声になっている。

「じゃあ、いよいよ、妹の強姦場面にいくよォッ」

あごひげが、叫んだ。

小田久子は、縛られた身体を、くねらせるようにしながら、強盗役の日下に向かって、

「あんまり、ひどいことしないで――」

と、小さい声でいった。

日下は「えへへへ」と、笑っている。照れて笑っているようでもあり、この撮影を楽しんでいるようにも見えた。

「じゃあ、ころがして、ネグリジェをまくりあげて」

と、あごひげが、乱暴なことをいう。

日下が、縛られた小田久子を、赤いじゅうたんの上に押し倒すと、彼女は、本当に、強盗に襲われたみたいに、

「いやあ――、助けてぇッ」

と、派手な悲鳴をあげた。

かまわずに、日下は、ピンクのネグリジェをまくりあげた。白いパンティが、照明の中にむき出しになった時、

「あれえッ」

と、日下が、すっとん狂な声をあげた。

「いやだ、いやだといいながら、気分出してるじゃないか」

「へえ。こいつは、驚いたねえ」

と、あごひげも、彼女の明らかに、その部分がぬれてしまったパンティを見て、ニヤニヤ笑い出した。

「君は、ひょっとすると、本物のマゾかもしれないぜ。ちょっと縛られたくらいで、気分を出しちまうんだから」

とたんに、若い素人モデルは、真っ赤になった。

早川は、ラブホテルで縛った女のことを思い出していた。どんな女にも、多少の差はあっても、被虐願望のようなものがあるのだろうか。

恋人の順子にもあるのだろうか。

撮影の方は、まだ続きそうな気配だったが、早川は、そっと、スタジオを脱け出した。

彼には、日下という男のことを調べなければならない仕事が、あったからである。


車にもどって、早川は、腕時計を見た。

ちょうど、内閣改造の発表がおこなわれているころだった。

首相官邸の庭には、いつものように、テント村が出来ていることだろう。

早川は、日下のいっていた『ガイ・マガジン』の出版社を訪ねて、その編集長に会った。

「それなら、半年ほど前の奴ですよ」

と、編集長は、とじた週刊誌を出してくれた。

半年前の『ガイ・マガジン』に、二週にわたって、〈銀座の各店のナンバーワン・ホステスの素顔〉という記事がのっていた。

写真入りで、その中には、浅井美代子も出ていた。時期的にみると、このすぐあとに、彼女は、太田垣に囲われたことになる。

そして、そのあと、また、日下と美代子は再会し、肉体関係に落ちたということなのだろうか。

「このホステスの写真を撮った人のことを覚えていますか？」

「それは、たしか、外部のカメラマンに頼んだんでしたよ。無名のね。たしかクーなんとかいったんだが」

「日下？」

「ああ、そうだ。日下というカメラマンだ。なかなかの男前でね。被写体のホステスに人気があったのを覚えてますよ」

「どんな男でした？」

「なぜ、そんなことを聞くんです？」

「実は、私も、出版の方の仕事をやっているんですが、日下さんを、使おうと話が出ていましてね。それで、彼の人柄を知りたいと思うんですが」

「なるほどね。どんな仕事でも、気軽く引き受けてくれる男ですよ。自分じゃあ、なんでも屋だって笑ってますがね。だが、僕の見るところじゃあ、あの男は、なかなか野心家ですねえ」

「野心家ですか？」

「ちらりと、単なるカメラマンで終わりたくないと、もらしたことがあるんですよ。ひどく真剣な眼付きでね。まあ、若いんだから、野心のない方がおかしいですけどね」

確かに、野心を持つことは、悪いことではない。

早川自身だって、政治的な野心があるからこそ、こうして、いやな役目を引き受けて、太田垣のために、走りまわっているのだ。

「その野心というのは、どんな野心なんですかねえ？　プロカメラマンとして、一流になるといった野心でしょうか？」

「そうじゃないみたいでしたねえ。今もいったように、単なるカメラマンで終わりたくないといったんだから、もっと違った野心でしょう」

とすると、政治的野心だろうか？

「このホステス特集のほかに、彼に、仕事を頼んだことがありますか？」

「二、三回頼みましたよ」

と、編集長はいった。

「どんな仕事です？」

「この銀座のホステス特集が好評だったもんで、同じような企画を立てましてねえ。それに、日下君を頼みました」

「今度は、新宿のホステスですか？」

早川がきくと、編集長は、笑って、

「いや。次は、たしか、〈ミス町内〉特集、それと、〈各職場の名花〉特集です。この二つだけです。最初の、銀座のホステス特集ほど評判にならなかったんで、それで打ち切りました。日下君とのつき合いも、それ以来、ありません。うちにも、専属のカメラマンがいますからねえ」

とにかく、日下は、嘘はついていなかったのだ。

早川は、編集長に礼をいって、車にもどると、もう一度、原宿にある浅井美代子のマンションに引き返した。

美代子は、まだ、居間のじゅうたんの上に、ぺったりと腰を下ろして、テレビを見ていた。

「まだ、東京を出てくれないんですか？」

と、早川が、なじるようにいうと、美代子は、眉《まゆ》をひそめて、

「鳥が飛び立つみたいに、ばたばたと、行けないわよ。今夜中には、伊東に行くから、安心なさいな」

「頼みますよ」

「もう一つ、いっておきますけどね。あたしは、社長夫人、大臣夫人の椅子をあきらめたわけじゃありませんからね」

美代子は、テレビを見つめたまま、強い調子でいった。

テレビには、首相官邸が映っていた。名物のテント村が出来、アナウンサーが、新しい閣僚の予定者の名前を話している。

〈厚生大臣には、今のところ、参議院議員の太田垣氏が、最有力視されています〉

そのアナウンスが、余計、美代子の気持ちを高ぶらせているようだった。

「お腹の子は、絶対に、社長の子なのよ」

「でも、日下という男は、自分の子だといっていますがねえ」

「あいつは嘘つきよ。調べてわかったでしょう？」

「いや。半年前に、『ガイ・マガジン』という男性向けの週刊誌で、〈銀座のホステス〉特集というやつをやったのを覚えていますか？　各店のナンバーワン・ホステスを、写真入りで紹介した記事です」

「それが、どうかしたの？」

「その特集に、あなたが出ています」

「当たり前よ。あのころ、あたしは、お店で、ナンバーワンだったんだから」

「しかし、その写真を撮ったのが、あの日下というカメラマンだったんですよ」

一瞬、美代子は、たじろいだように見えたが、すぐ、猛然と反撃してきた。

「だから、なんだというのよ。カメラマンのことなんか、全然、覚えてないわ。あの時、写真を撮ったのが、あの男だったからって、あたしと関係があることにはならないじゃないの。いいこと。あたしは、社長のものになってからは、だれとも、浮気はしてないのよ」

「でも、日下は、嘘をついていませんでしたよ」

「いいえ。嘘つきよ。キスさえしたこともないのに、あたしのお腹の子が、自分の子だなんて、いいかげんな嘘をついて」

美代子は、真っ赤な顔で、怒鳴った。

〈今、厚生大臣が、決定したもようです〉

と、テレビで、アナウンサーがいった。美代子は、何かいいかけて、その言葉をのみ込み、テレビを、食い入るように見つめた。

〈やはり、太田垣氏です。太田垣氏が、今、車で乗りつけ、首相官邸に入りました。太田垣氏は、現在、参議院議員、城西製薬の社長――〉

(とうとう、太田垣は、厚生大臣になったか)

と、早川は思った。

となれば、どうしても、この浅井美代子は、始末しなければならない。身を引かせなければならない。それが、早川にとって、出世の道でもあるのだ。

テレビでは、出て来た太田垣が、たちまち、記者会見に引っ張り出されている。

いつもは、苦虫をかみつぶしたような顔をしているのに、今、テレビに映っている顔は、これが、同じ人間かと思うほど、相好をくずしていた。太田垣にとって、大臣になることが、長い間の念願だったのだろう。

〈ただ今、総理の要請を受け、厚生大臣をお引き受けすることになりました〉

顔を紅潮させて、太田垣がいっている。厚生大臣としての抱負を聞かせてくださいという記者団に対しては、

〈まず、恵まれぬ人たちの福祉、難病の解決、それに、医師と患者との間の不信感を取りのぞくことに、全力をつくしたいと考えております〉

と、そつなくいい、拍手に送られて、画面から消えた。

「あたしは、必ず、大臣夫人になるわ」

美代子は、テレビを消し、早川に向かって、きっぱりといった。

そこに、めらめらと燃える女の執念のようなものを、早川は見た。

第十章　黒い取り引き

太田垣にとって、生涯で、もっとも晴れがましい日だった。

事業にも成功し、金も出来、女にも別に不自由のない男が、最後に欲しがるのは、名誉である。名誉と権力だ。その二つが、念願かなって、彼の手に転がり込んで来たのである。

記者会見を終えて、自宅に帰ると、親戚《しんせき》、知人が、続々と、祝いにかけつけて来た。広い邸《やしき》もたちまち、その人たちで一杯になった。書生や、お手伝いさんたちが、その応接に追われている。

太田垣の主治医であり、同時に、中央医師会の副会長でもある堀場医師も、祝いにかけつけた一人だった。

堀場は、太田垣の友人でもあった。人前では、太田垣に敬意を表して、敬語を使っているが、二人だけになった時には、ざっくばらんな言葉遣いになる。

「念願がかなって、おめでとう」

と、堀場医師は、太田垣の肩をたたいてから、

「大臣就任と一緒に、君にして欲しいことがあるんだがねえ。友人として、また、君の主

治医として」

「わかっている」

太田垣は、日ごろは、他人の忠告は、それが友人の忠告でも、なかなか聞こうとしない男なのだが、今日は、いやに素直だった。

それだけ、機嫌がいいということだろう。

「本当にわかっているのかね？」

と堀場は、笑ってから、

「君は、体力に自信があるらしいし、医者の私が診ても、六十五歳にしては、十歳から十五、六歳は若い。だがね。年は年だよ。それに、今度は、念願の大臣にもなったんだから——」

「この辺で、私生活をただせというんだろう？」

「いろいろと、うわさを聞くからねえ」

「それは、総理にもいわれたよ。だから、私生活を、きちんとすると約束してきた。正式に、結婚するつもりだよ」

「それはいい。相手は、もう決まっているのかね？」

「明日の認証式のあとで、発表するつもりでいる。前々から話のあった人なんだ。前国務大臣の三笠《みかさ》さんの一番上のお嬢さんだ」

「三笠重工社長のお嬢さんなら、名門じゃないか。そんな年のお嬢さんがいたとは知らなかったね」

「年齢は四十二歳だ。一度結婚に失敗しているんだが、なかなかの才媛《さいえん》だよ。組閣が終わったら、総理に、媒酌をお願いしようと思っている」

「そのことに関係しているのかどうかわからないが、先日、君の秘書の早川君が、私のところに来たよ」

と、堀場は、声をひそめていった。

「早川が、何のために、君のところへ行ったんだ？」

太田垣は、キラリと眼を光らせて、堀場医師を見てから、

「まさか、わたしの子供のことじゃあるまいね？」

「直接的な表現じゃないが、そうしたことを聞きに来たことは事実だよ」

「あの馬鹿が」

太田垣は、今日初めて、にがい顔をした。

堀場は、心配そうに、

「君は、あの男に、いったい何を頼んでいるんだ？」

「なぜ、そんなことを聞くんだね？」

「あの男は、やり手かも知れないが、油断のならないところがある。私は、あまり、信用できない気がするし、あまり好きじゃないね」

「わかってる」

「本当にわかっているのかね？」

「あの男は、野心のためなら、どんな汚いことでも、平気でやる奴だよ。もし、誰かが、彼を、総理大臣にしてやると約束したら、わたしだって、裏切りかねない男だ」

「かも知れないな。それなのに、君が、彼を秘書として使っているのは、野心のためなら、汚いことでも平気でやるその性格を利用するような仕事をやらせるためということじゃないのかね？」

「なんとかと鋏《はさみ》は、使いようというからねえ」

「気をつけないと、飼い犬に手をかまれるということもあるよ」

「わかっている。その点は、十分に気をつけているつもりだ」

と、太田垣は、ニヤッと笑ってから、

「もう、そういういやな話は止めようじゃないか。今日は、めでたい日なんだ。明日の認証式には、モーニングを着ていかなければならないんだが、わたしに、似合うと思うかね？」

意識的に、話題をそらした。

堀場医師の方も、友人の大臣就任を祝う顔になって、

「もう少しやせたら似合うと思うね」

と、笑った。

その時、祝いがてら、手伝いに来ていた城西製薬人事部長の安田《やすだ》が、

「社長、いや、もう大臣とお呼びした方がいいですかな」

と、愛想笑いをしながら、部屋に入って来て、

「ただ今、警察の方が、大臣にお会いしたいといって、来ておられますが」

「警察？　警察が、わたしに、何の用だ？」

「きっと、ボディガードの件じゃありませんでしょうか？　政府要人になられると、警察は、専門のボディガードをつけるということですから」

と、また、愛想笑いをした。

太田垣が、人事部長の政府要人という言葉に気を良くして、玄関に出てみると、背広姿の中肉中背の男が立っていた。
三十五、六歳ぐらいか。温厚な顔立ちだが、自信にあふれた態度の男にも見えた。
「警視庁捜査一課の十津川《とつがわ》警部です」

と、その男は、太田垣の顔を、まっすぐに見つめて、いった。

この男は、いつも、相手の顔を、まっすぐに見つめて話をするらしい。

「十津川君か。まあ、上がってくれたまえ」

太田垣は、機嫌よく、相手を、玄関脇の応接室に通した。

ドアを閉めても、奥の広間のにぎやかさは聞こえてくる。

「みんな、わたしの大臣就任を祝いに来てくれていてね」

太田垣は、聞かれる先に、そんなことをいった。今日は、誰に対しても、大臣就任を祝

ってもらいたい気持ちだった。

「それは、おめでとうございます」

と、十津川は、相変わらず、太田垣の顔を、まっすぐに見つめていった。

「ありがとう。わたしのボディガードのことなら、明日の認証式がすんでから決めてくれんかね？　今日は、まだ、正確にいえば厚生大臣じゃないんだから」

太田垣が、笑いながらいうと、十津川は、首を横にふった。

「政府要人のボディガードは私の担当ではありません」

「じゃあ、何のために来たのかね？」

太田垣の眼が、急に、警戒するように、きつくなった。

が、十津川は、最初の落ち着いた表情のまま、

「昨日、祐天寺にある『大竹薬局』の経営主である大竹康江という女性が、殺されまして、彼女の兄は、物盗りの犯行ではないかといっています。現場の状況も、物盗りに入って発見され、強盗に早代わりして、殺したというように見えるのですが」

「十津川君とかいったね」

「はい」

「わたしは、厚生大臣に就任するんで、公安委員長や、警視総監になるわけじゃないんだ。そんな街中の事件を、わたしに知らせに来る必要はないだろうが」

太田垣の声が、荒くなった。城西製薬の社員なら、縮みあがるのだが、十津川は、逆に、

微笑して、

「今日は、太田垣さん個人にお会いしに来たので、城西製薬の社長という肩書きにも、厚生大臣という地位にも、興味はありません」

「それは、どういう意味だね？」

「言葉どおりの意味しかありません。大竹康江という女性に、心当たりは、ございませんか？」

「さあねえ。物盗りの殺人なのに、なぜ、そんなことをきくのかね？」

太田垣は、十津川をにらんだ。

「どうも、それが、物盗りの犯行ではないと、私は思っているのです」

十津川は、落ち着いた声でいった。

「しかし、君は、今、物盗りの犯行に見えるといったはずだ」

「外見は、そう見えると申しあげただけです。しかし、私には、どうも、顔見知りの人間の犯行のように思えるのです。その理由については、くわしくは申しあげませんが」

「わたしも、そんなものは聞きたくもない。君は、その大竹なんとかいう女と、わたしが関係があるとでもいうのかね？」

「ございませんか？」

「ない。あるはずがないだろう」

「しかし、何ヵ月か前でしたか、ある週刊誌が、太田垣さんのことを、ゴシップのネタにしたことがありましたね。そのことを覚えていた部下の刑事が、その週刊誌を、借り出して来ましてね」

十津川は、手帳を取り出して、ページをめくってから、

「その週刊誌ですが、〈各界プレイボーイ〉と題して、太田垣さんも取り上げているわけですが、これ、お読みになりましたか？」

「そんな低級な週刊誌は読まんよ」

「これによりますと、太田垣さんは、六十歳を過ぎて、ますますお盛んで、現在、五人の女性と、セックスを楽しんでいるとあり、五人の女性は、イニシアルにしてありますが、その中に、〈薬局経営者で、美人のY・O〉というのがあるのですよ」

「それが、大竹とかいう殺された女じゃないかというのかね？」

「違いますか？」

「当たり前だろう。それに、その雑誌に書いてあることは全部嘘だ。わたしが、五人もの女と関係があるなどというのは、噴飯物だよ。君は、そんなゴシップ記事を信用して、このわたしに会いに来たのかね？」

「もちろん、これだけなら、首をかしげたでしょうな。しかし、ここ一週間の間に、他の二人の女性、しかも美人が死んでいます。こちらの方は、殺人にはなっておりませんが、引っかかるのは、名前なのです。一人は、美容師の高沢弘子、もう一人は、ファッションモデルの小池麻里です。ところで、さっきの週刊誌によりますと、太田垣さんと関係があ

るという女性に、美容師のＨ・Ｔ、ファッションモデルのＭ・Ｋと書いてあるのですよ。これも偶然の一致でしょうか？」

「十津川君」

「はい」

「君は、わたしが、その女たちと関係があったという証拠でも持っているのかね？」

「いえ」

「それなら、さっさと帰りたまえ」

太田垣は、荒々しく立ち上がると、十津川に、出て行けというように、玄関の方を、指さした。

十津川の姿が消えると、太田垣は、応接室のドアに、内側からカギを下ろし、受話器を取りあげた。

まず、早川に電話をかけた。

なかなか、相手が、電話口に出ない。いらいらして、切ろうとした時、やっと、早川が電話口に出た。

「何をもたもたしているんだッ」

と太田垣が、怒鳴った。

「申しわけありません。今、外からもどって来たところだったものですから。大臣就任おめでとうございます」

早川が、電話の向こうで、卑屈にいった。

「そんなことは、どうでもいい。今、警視庁の十津川とかいう警部が、わたしの家にやって来たぞ」

「いったい、何のためにですか？」

「大竹康江のことだ」

「ああ、その件ですか？　しかし、刑事が、なぜ、社長を訪ねたりしたんでしょうか？」

「いいかね。君。わたしは、五人の女の始末をつけろと命令したが、それは、あくまでも、金で片をつけろといったんで、殺せといった覚えはないぞ」

「そのくらいは、私にも、よくわかっております」

「じゃあ、どうして、大竹康江を殺したりしたんだ？」

「とんでもない。私は、殺したりしておりません。天地神明に誓って、そんなことはしておりません。ニュースでもいっていましたが、あれは、物盗りの犯行です。彼女の兄さんというのが、刑事あがりですが、彼も、物盗りの犯行に違いないと、証言しています」

「しかし、今来た十津川という警部は、そうは思っていないぞ。物盗りに見せかけた殺人だと見ている」

「なぜでしょうか？」

「そんなこと、わたしにわかるものか。おかげで、わたしは、その警部に、痛くもない腹を探られた。大変に迷惑だ」

「申しわけありません。しかし、絶対に、私は、犯人じゃありません」

「じゃあ、誰が、大竹康江を殺したんだ？」

「わかりません。しかし、お約束します。絶対に、社長にはご迷惑のかからぬように、すべてを処理しますし、その線にそって、着々と手を打っております」

「二度と、刑事が、わたしを訪ねて来るようなことはあるまいな？」

「ありません。お約束します」

「もし、わたしに迷惑がかかるようなことがあれば、君に責任を取ってもらうぞ」

「わかっています」

「わかっていればいい」

ガチャリと音を立てて電話を切ると、太田垣は、ドアを開けて応接室を出た。

みんなの前にもどった時には、厚生大臣にふさわしい、貫禄《かんろく》のある笑いを口元に浮かべていた。

受話器を置いたが、早川の耳は、まだ鎮まらなかった。

太田垣に、大声でわめき散らされたのが、まだ、がんがん、ひびいているような気がして仕方がない。

（それにしても、大竹康江を殺したのは、いったい誰だろう？）

それさえわかればと思った。浅井美代子は、とにかく、伊東のホテルに、三日間だけだが身をかくすことを約束した。

また、東京へ出て来て、お腹の子のことをいい出しても、日下秀俊というカメラマンがいる限り、何とか、なりそうだ。

とすれば、残るのは、大竹康江の件だけである。

と、考えた時、また、電話が鳴った。受話器をつかんで、反射的に、

「社長——」

というと、受話器に、男の笑い声が聞こえて来た。

「社長というのは、太田垣新厚生大臣のことですかね？」

「君は？」

「私ですよ。殺された大竹康江の兄の大竹達夫ですよ」

「ああ。あんたか。何の用だ？」

時が時だけに、自然に、声が荒くなった。それがおかしいのか、大竹は、また、クスクス笑って、

「何の用だはないでしょう。殺されたかわいそうな妹のために、あなたに相談にのっていただきたいのですよ」

「いやだといったら？」

「仕方がありませんね。太田垣さんに、直接会って、いろいろと相談にのっていただくよりね。まあ、大臣就任で、お忙しいことでしょうが」

「わかった。どこへ行けばいい？」

「人のいないところがいいですな。明日の午前十時に、千鳥ヶ淵《ちどりがふち》公園はどうですか？　あそこのボート乗り場」

「いいだろう」

電話を切ると、早川は、宙をにらんだ。大竹は、きっと、金を要求する気だろう。殺された妹と、太田垣の間を、スキャンダルとして公表すると、おどして。

（いったい、どのくらいの金を要求する気だろう？）

考えても、わかることではなかった。それに、そうした金は、一度払ってしまうと、相手は、図にのって、何度でも請求してくるものだ。

翌日、早川は、約束の時間に、英国大使館に近い千鳥ヶ淵公園に車を飛ばした。

大竹達夫が、先に来て待っていた。

風がなく、暖かい日だった。

「どうです？　男同士で色気はないが、ボートにでも乗りませんか。ボートの上なら、他人に、話を聞かれる心配もない」

と、大竹はいった。

二人は、ボートをこぎ出した。

大竹のオールさばきは、なかなかうまかった。

お堀には、他に五、六隻のボートが出ていたが、ほとんどが若いアベックで、男同士、それも、中年男二人のボートなど、一隻もなかった。

大竹は、まん中あたりでボートを止めた。

「妹は、物盗りにでも殺されたんだろうと、警察には話しておきましたよ」

と、大竹は、いった。

「妹の男関係もきかれましたが、知らないといっておきました。太田垣さんのことも、あなたのことも、口にしませんでしたよ。元刑事としては、大いに警察に協力したかったんですがねえ」

大竹のしゃべり方は、ねちねちしていた。

「お礼をいわなきゃいけないんだろうね？」

「今の政治家は、スキャンダルが命取りになりかねませんからねえ。厚生大臣が、女と手を切りたくて、秘書を、彼女のところにやった。ところが、その女は承知しない。そのうちに、彼女は、何者かに殺されてしまった。マスコミは、飛びついて来るでしょうねえ」

「いくら欲しいんだ？」

早川が、ずばりと切り出すと、大竹は、黄色い歯を見せて、「高いですよ。とにかく、太田垣さんが、大臣の椅子を失うかどうかという大問題ですからねえ。それに、私だって、かわいそうな妹に、立派な墓を建ててやりたいですからねえ」

「まわりくどいことはいいから、金額をいいたまえ。いくらあれば、妹さんの立派な墓が建つんだ？」

「一億円」

「なんだって？」

「たったの一億円ですよ。代議士になるのに十億円以上使った何とかいう男がいたじゃありませんか。たったの一億円で、大臣の地位が安泰になるんだから、安いもんだと思いますがねえ」

「社長は、そんな大金は出さないよ」

「一度、相談してみてごらんなさい。確か、今日が認証式でしょう。気が大きくなられて、案外ポンと、出してくれるかもしれませんよ」

「ムダだよ。それに、あんたの話も信用できない。現に、昨日、十津川という警部が、社長のところへ行って、社長と、あんたの妹さんとの関係を、聞いていったそうだからねえ」

「十津川警部が？」

今まで、落ち着き払っていた大竹の顔色が変わった。

「知っているのか？　十津川という警部を」

「こわい男だ。一見、好人物そうに見えるが、頭の切れる、冷酷な男ですよ」

「まるで、うらみでもあるようないい方だな？」

「個人的にね」

大竹は、小さく口をゆがめた。

十津川という警部に、どんなうらみがあるのかと、早川は、きいてみたが、大竹は、答えなかった。

多分、この男が、警察をやめなければならなかったことと、関係があるのだろう。

「どうです。こうしませんか」

と、大竹は、短い沈黙のあとで、早川にいった。

「十津川警部が、太田垣さんや、あんたにちょっかいを出すのは、私が絶対に食い止めてみせる。その代わりに一億円。どうです？」

「しかし、殺人事件なんだから、警察は調べているんじゃないか。その指揮を取っているのは、どうやら十津川という警部らしい。どうやって、食い止めるというんだ？」

「早川さん。警察というのはね、犯人が捕まりさえすれば、それで満足しちまうところなんですよ。事件は解決。解決した事件について、男関係や女関係を調べたりはしない」

「しかし、犯人は、誰だかわからないのに」

「犯人を作ってやればいいんですよ」

「犯人を作る？」

早川は、驚いて、大竹を顔を見た。とたんに、ボートが小さく揺れた。

若いアベックのボートが、舳先《へさき》をぶつけたのだ。大竹は、ニッコリ笑って、そのボートを押し離してから、早川に向かって、

「この世の中には、生きていても仕方がない人間という奴がいるものですよ。消えてしまった方が、みんなが喜ぶ。そんな人間がいる。それを犯人にすれば、妹の一件は落着するし、太田垣さんのまわりを、十津川警部がうろつくこともなくなる。どうです？　これだけのことをして、一億円なら安いものだと思いますがねえ」

「そんな都合のいい人間がいるのかね？」

半信半疑で、早川がきくと、大竹は、ゆっくりと煙草に火をつけてから、

「私は、刑事を十年以上やった。ゴミみたいな連中を、何十人、いや何百人と知っている。どうしようもない連中をね。わずかの金のために、平気で人殺しをやりそうな奴なら、何人も知っていますよ」

「あんたは、一億円のために、彼らの一人を、いけにえにするわけか？」

「あなた、いや、太田垣さんにとっても、悪い取り引きじゃないはずですよ」

「あんたは、こわい人だ」

「むしろ心の優しい人間だといってもらいたいですねえ」

と、大竹は、ニヤッと笑ってから、

「この取り引きに応じたくないといわれるのなら、妹と太田垣さんとのことを、新聞にも警察にも話しますよ」

「わかった。とにかく、あんたの妹さんの事件が、社長に影響しないようにしてくれ。一億円の件は、必ず、社長に話しておく」

「あなたが物わかりがいいので助かりますよ」

大竹は、また、ニヤッと笑った。

大竹と別れたあと、早川は、身体全体に、どろどろしたものが、へばりついたような不快感を、なかなか、ぬぐい取ることができなかった。

早川だって、自分を善人とは思っているわけではない。

むしろ、悪人の方だと自覚している。

その早川が、大竹という男の考え方に、慄然《りつぜん》とした。

殺された康江は、実の妹のはずである。それが殺されたのに、真犯人を見つけ出そうとするどころか、事件を取り引きの材料にして、一億円という大金をせしめようとしている。

太田垣に、一億円の話を持ちかけたら、どなりつけられるに決まっている。といって、大竹が、新聞や警察に話してしまったら、それを防げなかったということで、太田垣は、早川を、すぐさまクビにするだろう。

大竹の要求するままに、大竹康江に渡す筈《はず》だった五百万円の小切手と、もう一枚の小切手を、口止め料として渡した。

一時のごまかしだが、大竹を怒らせては、何もかも、ぶちこわしだと思ったからである。

それに、大竹が、犯人をデッチあげて、事件を解決してくれたら、その段階で、何とかなるのではないかという気もあった。

とにかく、いやな気分で、こんな時には、ソープランドにでも行って、身体を洗い流してもらうに限ると思い、浅草に車を飛ばした。

昼食をとり、サスペンス映画を一本観てから、行きつけの『チェリー』というソープへ行き、何度か指名した君子という女の子を呼んでもらった。

ちょっと、映画女優のNに似た美人である。

浴衣《ゆかた》姿で、せまい階段を降りて来て、早川の顔を見ると、「あら、いらっしゃい」と、ニッコリした。

大きく張った腰の辺りの肉付きが、浴衣の上からでも、はっきりとわかる女だった。乳房も大きい。

君子に案内されて、階段をあがり、個室に入る。この店は、美人ソープで有名で、入浴料四千円で、サービス料一万五千円だったが、最近の不景気のせいか、この間から、一万円でいいと、君子はサービス料をまけてくれている。

個室は、かなり広い。

君子が、かいがいしく、下着まで脱がせてくれるのに身をまかせながら、

「週刊誌に書いてあったんだが、ソープ嬢というのは、みんな、すごく金を溜《た》めてるそうじゃないか」

「そういう人もいるわ」

君子は、早川のブリーフも脱がせてから、

「はい。お風呂《ふろ》に入って」

早川は、四角い湯舟に、どっぷりつかって、

「君は、どのくらい貯金してるんだ？」

と、きいた。

君子は、くるりと浴衣を脱ぎ、ブラジャーとパンティもとって、生まれたままの姿になると、

「なぜ、そんなことをきくのよ？」

「一億円ぐらい貯金してたら、貸してもらおうと思ってね。利息は一ヵ月に百万は払うし、うまくいけば、一億円が倍になる」

「おいしい話だけど、あたしは、貯金はゼロ」

と、笑って、君子は、早川のつかっている湯舟のふちに、またがるようにして、

「お風呂、熱くない？」

「ちょうどいいよ」

早川の眼の前に、君子の白い太ももが、ぐいと、押し広げた形で迫っている。それが、あまりエロチックに感じないのは、ともかく、この個室が浴室になっているからだろう。

これが、日本座敷か何かだったら、きっと、もっとエロチックに見えることだろう。

風呂からあがると、タイルの上に置いたマットの上にうつぶせになる。女のなすがままに身をまかせているのも、時には、楽しいものだ。

君子は、豊かな乳房と、下の部分に石けんをぬりつけてから、寝ている早川におおいかぶさるようにして、ボディ洗いをはじめる。

眼を閉じて、彼女の乳房や、大事な場所が、ぬるぬるした石けん液と一緒に、こすりつけられてくる感触を、早川は、楽しんでいた。

ボディ洗いが終わると、お湯で流してから、君子は、舌で、早川の身体をなめまわした。

彼女は、舌の使い方がうまい。

背中や、お尻《しり》のくぼみをなめまわしただけで、客が妙な気分になってくるというのが、君子の自慢だった。

最後に、部屋の隅にあるベッドに、あお向けに寝かされる。

その上に、うしろ向きにまたがったと思った瞬間、あっという間に、スキンをはめられてしまった。いつも、君子の電光石火の早わざに感心する。

何が味気ないといって、スキンを自分でつけたり、相手に、もたもたつけられたりすること以上のものはない。

その点、君子はうまい。あっという間につけてしまい、次の瞬間には、もう、自分の腰を押しつけている。そのまま、ゆっくりと身体をまわし、あえぎながら、腰を上下にゆすり始める。

早川は手を伸ばして、眼の前にゆれている彼女の乳房をつかんだ。君子の声が、一層、大きくなる。半分は商売用の演技とわかっていても、彼女のなやましい声が、早川の気分を、いやがうえにも高ぶらせるのも事実である。

終わって、かぶせてあったスキンを外す時も、味気ないものだが、それも、君子はうまかった。だから人気があるのかも知れない。

この女は、一億円近く溜めていると、早川は、睨《にら》んでいた。

第十一章　いけにえ

「あと十五分あるけど、何かお飲みになる？」

君子が、早川の横に腰を下ろしてきいた。

「飲み物より、煙草が欲しいな」

早川は、ベッドに寝そべったままいった。

君子は、ショートホープに火をつけて、早川にくわえさせた。

あのあとの一服は、甘く口の中に広がって行くような気がするものだ。

早川は、天井に向かって、煙を吐き出しながら、

「君は、旦那《だんな》持ちかい？」

と、君子の顔を見た。彼女は、笑って、

「そんな面倒くさいものなんか、持ってないわ」

「だろうな。君って女は、なんでもひとりでやって行く方だ」

「よくわかるわね」

「もう君を五回指名しているからね」

「もう、じゃなくまだ五回よ」

「どうだ。おれに賭《か》けてみないか?」

「賭けるって、何を?」

「君自身をさ。おれは、自分でいうのもおかしいが、出世する男だ。政界へ出て行き、末は、大臣の椅子をねらう。それだけのことの出来る男だと思っている」

「あなたは、確か、城西製薬の社員だって、いってたわね?」

「ただの社員じゃない。社長秘書だ。今度、うちの社長が、厚生大臣に就任した」

「大臣が代わったのは知ってるわ。これで、少しは景気がよくなるのかしらねえ。いやになるわ。お客が減っちまって」

「おれの話を聞けよ」

「聞いてるわよ」

「社長が厚生大臣になると、おれも、当然、大臣秘書になる」

「その大臣秘書って、偉いの?」

「まあね。社長は、今、六十五歳だ。五年して、七十歳になれば、多分、政界から引退するだろう。その時は、社長の地盤をもらって、おれが選挙に打って出る。政治家の多くが、秘書からなっているから、おれも成功するだろう」

「そして、ゆくゆくは、大臣ってわけ?」

「ああ。必ず、大臣になる。だから、おれに賭けろというんだ。絶対に損はしないよ」

「つまり、あんたと結婚しろっていうの？」

「別に結婚しなくたっていい。おれの女にならないかといっているんだ」

「そうねえ」

君子は、自分も煙草をくわえ、考える眼になって、早川を見た。

「おれの身分に疑いを持ってるんなら、身分証明書が、上衣の内ポケットに入っている」

「ひょっとすると、将来、大臣夫人になれるかも知れないわけね？」

「ああ」

「ちょっと魅力のある話ね」

君子の眼が、甘くなった。

ソープ嬢が、必死になって金を溜めるのは、将来が不安だからだという。毎日のように、身体を酷使しているから、早く老ける。それに、若い、ピチピチした肉体でなければ、客がつかなくなる。

その不安が、金を溜めさせるのだ。

ソープ嬢も女だから、幸福な結婚を望んでいる。妻の座を欲しいと思う女もいる。だが、何人もの男と寝た女ということで、敬遠する男も多いだろう。だから、また、一層、彼女たちは、金に執着する。

だから、金に執着するのは、幸福な結婚を望むことの裏返しなのだ。

男をよく知っているはずのソープ嬢が、結婚話に釣られて、つまらない男に、ころりとだまされるのは、そのためだろう。

現に、君子も、早川の言葉に、気持ちが動いた眼になっている。

「どうだい？」

と、早川は、起き上がって、下着をつけながら、君子を見た。

「でも、あんたには、恋人がいるんじゃないの？　いつだったか、そんな話をしてたじゃない？」

「魅力のない女さ」

「無理しなくてもいいわよ」

「別に無理はしてないよ。君みたいに、セックスはうまくないし、気が利かない女だ」

「でも、結婚するんでしょう？　その人と」

こんなことをきくのは、明らかに、早川の話に乗って来た証拠だった。

早川は、微笑した。

「結婚するなら、君の方がいい。万事に気が利くし、一緒にいて、楽しそうだ」

「ふふ」

と、君子が笑った時、棚の上の目覚まし時計が、ジーと、音を立てた。

「あ、いけない。時間超過だわ」

「いいさ。フロントに千円払えばいいんだろう」

早川は、上衣《うわぎ》をつけると、千円余分に、君子に渡した。

送られて、個室を出ながら、

「今の話、考えといてくれよ」

と、早川は、君子の耳元でささやいた。

外へ出て、車が置いてある場所へ向かって歩きながら、早川が、ニヤッとしたのは、君子の手応えは、十分と思ったからである。

大竹が、一億円を要求して来た時、あの女から、引き出してやろうと、早川は考えていた。

どこかの農協の会計係の女は、馬鹿みたいな男に、二億円を超す金を貢いで捕まった。おれは、将来性のある男だ。君子だって、もし、一億円の貯金があれば、貢いでくれるかも知れない。

いや、何とか、貢がせなければならない。

結婚する気はないが、そばに置いておいて、悪い気のする女ではない。

自分のマンションに帰り、ベッドに横になると、また、さまざまな心配が、頭をもたげてきた。

彼が和田英明の死体を埋めているところを、写真に撮った人間は、いったい誰なのだろうか？

浅井美代子は、うまく身を引かせることが出来るだろうか？

大竹は、自分の妹が殺された事件で、犯人をデッチあげてみせると胸をたたいていたが、本当にうまくやれるのだろうか？

心配というやつは、いったん頭をもたげてくると、どんどん大きくなってくるものである。

夜半近くになって、ふいに電話が鳴った。

反射的に、腕時計に眼をやり、午前零時に近いのかと思いながら、手を伸ばして、受話器を取った。

「私ですよ」

という、大竹の、粘りつくような声が、耳に聞こえた。

「こんな時間に、何の用だね？」

早川は、不機嫌にきいた。

「今日会った時、一つだけ、聞いておくのを忘れたことがあったのを思い出しましてね」

「一千万を払ったはずだ」

「金の話じゃなくて、写真のことですよ」

「写真？」

「妹の康江の写真ですよ。例の、裸で縛られた。妹が死んでしまった今となっては、もう役に立たない写真だ。もう一枚を、どこへ隠したのか、教えてくれませんか」

「あの写真か」

早川は、片手を伸ばして煙草をくわえて火をつけた。

確かに、大竹のいう通り、苦心して、三宅老人から借り、レストランのテーブルの下に貼りつけて隠した写真だが、康江が死んでしまっては、意味がなくなってしまった。

早川は、あのレストランの窓際のテーブルの下だと教えてやった。

「なるほどね。あんたは頭のいい人だ。明日になったら、取りに行って来よう」

「そんなにのん気にしていていいのか？」

「何がです？」

「殺人事件のことだよ。犯人をデッチあげて、十津川という警部が、私や、社長の周囲をうろつかないようにするといったはずだ」

「あの件は、もうすみましたよ」

「すんだ？」

「そんなに驚くことはないでしょう。私は、約束したことは、守る人間ですよ。明日の朝刊を見れば、事件が解決したことがわかりますよ」

「本当だろうな？」

「手付けを頂きましたからねえ。その代わり、約束の一億円は、近いうちに、頂きにあがりますよ。それをお忘れなく」

いいたいだけいって、大竹達夫は、向こうから電話を切ってしまった。

翌朝、早川は、起きるとすぐ、新聞を取りに行った。
早川は、三種類の新聞をとっている。
それを、ベッドの上に並べ、全部の社会面を開いてみた。
(出ていた)

○美人薬剤師殺しの犯人逮捕

その文字が、早川の眼の前で、躍って見えた。
夢中で、記事の方を読んだ。

○去る二日、祐天寺の大竹薬局で、店主の大竹康江さん(三〇)が殺された事件について捜査中だった警察は、住所不定、無職、西井信吉《にしいしんきち》(四一)を、容疑者として逮捕した。西井は、大竹康江さんのイニシアルの入ったエメラルドの指輪を、目黒区××町の桜井質店に入質に来て、逮捕されたものである。西井は、前科三犯。二十一歳の時には、過失致死罪で、三年間刑務所に入っていたことがある。
時価百二十万円相当の指輪は、大竹康江さんの兄、達夫さん(四二)によって、康江さんのものであることが確認された。

西井は、犯行を否認しているが、アリバイがあいまいであり、当局は、犯人に間違いないとみている。

西井信吉の顔写真と、問題の指輪の写真ものっていた。

いかにも、殺人でもやりそうな、鈍重で、凶暴な顔付きの男である。

多分、大竹は、前からこの男を知っていたのだ。前科三犯とあるから、大竹が刑事だった時、逮捕したことがあるのかも知れない。

（やりやがった）

そう思った瞬間、早川は、背筋にうそ寒いものを感じた。

改めて、大竹という男の冷酷さを感じる。

だが、ともかくこれで、大竹康江の件は片付いたのだ。この事件で、太田垣にどなられることもない。

それだけでも助かる。

心配の一つが消えたのだ。

早川は、もう一度、新聞に眼を落とした。

この指輪は、きっと大竹が、西井信吉の部屋に投げ込んでおいたのだ。

住所不定とあるから、どこかの安宿にでも泊っていたのだろう。

外出からもどってみると、部屋にエメラルドの指輪が落ちている。金に困っていた西井は、何も考えずに、質屋に持ち込んだ。

だが、怪しんだ質屋が警察に通報して逮捕。そんなところだろう。

大竹康江のイニシアルだって、罠に使うために、あとから、大竹が彫り込んだものかも知れないのだ。

昼ごろになると、また、大竹から電話がかかった。

「新聞読みましたか？」

やや、得意気な声が、受話器を通して聞こえた。

「読んだよ。大したものだ」

早川は、正直にそういった。

「あれで、多分、捜査本部は解散するでしょう。指輪という動かぬ証拠があった上、前科三犯じゃあ、検事は、起訴にふみ切るに決まっていますからねえ。これで、事件は解決ですな」

「君は、殺された康江さんの兄として、これで満足なのか？　釈然としないいんじゃないのか？」

「つまらん質問はしないことですよ。早川さん」

大竹は、電話の向こうで、軽い笑い声を立ててから、

「妹の例の写真も、あなたのいったレストランから取り返して来ましたよ」

「しかし――」

「何です？」

「君の妹さんを殺した真犯人は、いったい誰なんだろう？」

「さあねえ。そんな詮索《せんさく》をしたって、一文にもなりませんよ。それより、なるべく早く、一億円を頂きたいものですねえ」

「今すぐ社長に話すわけにはいかん。一昨日、認証式を終えたばかりで、今は一番忙しい時だからね。そのうち、折を見て、話しておくよ」

「いいでしょう。厚生大臣が逃げ出すこともあるまいから。一週間だけ待ちましょう。ただし、それ以上は、だめですよ」

「わかった」

今度は、早川の方から電話を切った。

一週間以内に、ソープランド『チェリー』の君子から、金を巻きあげなければならない。それに、この辺で、太田垣に会って、報告しておかなければならないと考えた。

曲がりなりにも、太田垣の命令を実行してきたのだ。

大臣秘書の確約を取っておかなければならない。そのために、死体を、車で運んで、雑木林に埋めたりもしたのだから。

服装を整えて、部屋を出た。

太田垣には、大臣就任を祝って、プラチナのカフスボタンでも贈り物にしようか。

早川が、そんなことを考えながら、駐車場へおりて行くと、彼の車のそばに、背広姿の中年の男が、車の屋根に手をついて、運転席をのぞいていた。

「何をしてるんだ？」

と、早川がとがめると、男は、ゆっくり振り向いた。

「早川さんですね？」

と、その男が、ていねいな口調でいった。早川がうなずくと、

「私は、警視庁捜査一課の十津川です」

早川の顔が、一瞬、蒼《あお》ざめた。

「しかし――」

あの事件は、もう片がついているはずだといいかけて、早川は、あわてて、その言葉をのみ込んだ。

大竹康江殺しと、自分は、いっさい無関係のはずだったからである。

「しかし、何です？」

十津川警部の口元に、微笑が浮かんだ。やわらかい微笑だが、早川のあわてぶりを笑っているようにも見えないことはなかった。

「しかし、なぜ、刑事さんが、私の車をのぞき込んでいるのかと思いましてね」

「大臣秘書の方は、どんな車に乗っておられるのかと思って、拝見していたのです。なかなかいい車にお乗りですな」

十津川は、ニコニコ笑いながらいった。

「まだ、大臣秘書にはなっていません」

「しかし、当然、あなたが、厚生大臣太田垣氏の秘書になられるわけでしょう？」

「まあ、そういうことになるでしょうが」

「あなたは、なかなか優秀な方らしい」

「そんなこともありません。これで、よく失敗をやらかしますからね」

「ほう。そんな風には見えませんがね」

「ええと――」

「十津川です」

「ねえ。十津川さん。まさか、そんなヘタくそなお世辞をいいに、ここへ来られたんじゃないでしょう？」

「ええ。まあ」

「じゃあ、単刀直入に話してください。いったい、何のご用ですか？」

「では、単刀直入に申しあげましょうか」

と、十津川は、煙草に火をつけてから、

「料亭をやっている野々村ふみ代さんをご存じですね？」

(野々村ふみ代のことで来たのか)

意外な気がした。が、なぜ、あの女のことでと思った。

「その女性が、どうかしたんですか？」

「死にました」

「え？」

「死んだのです。正確にいうと、殺されたのです。およそ一時間前に、死体で発見されました。ふとんの中で、全裸で殺されていましてね。ご存じですね？　彼女を」

「社長が、お得意の招待によく使う店だもんですから、秘書の私も、自然に、おかみと口をきくようになった。それだけのことですよ。特別に親しい関係じゃありません」

「ほう」

「いったい誰が、彼女を殺したんですか？」

「それを調べているところです」

「まさか、私を疑って来られたわけじゃないでしょうね？」

「正直にいえば、あなたを疑っています」

「なぜ？」

「現場にこれが落ちていましてね」

と、十津川は、ライターを取り出した。

早川は、そのライターに見覚えがあった。

恋人の順子が、早川の誕生日にプレゼントしてくれたものだった。

「ロンソンですかな。ここに、イニシアルが彫ってある。I・H。あなたのイニシアルじゃありませんか？」

十津川は、相変わらずニコニコ笑いながら、ライターを、早川の手にのせた。

「確かに、私のライターです。なくして困っていたんですが、これが、本当に、殺人現場に落ちていたんですか？」

「死体のすぐ横にですよ。早川さん」

十津川は、世間話でもするように、あっさりという。しかし、その眼は、じっと、早川の反応を見ているようだった。

早川は、この警部を、恐ろしい男だといった大竹の言葉を思い出していた。どう恐ろしいのか、そこのところはわからないが、油断の出来ない刑事だということだけは、早川にもよくわかる。

敵に回したら、こわい人間だろう。

「私には、何がなんだかわかりませんね」

と、早川は、手を広げて、肩をすくめて見せた。

「なぜ、私のライターが、死体のそばに落ちていたのか、皆目見当がつきません」

「これは、誰にでもお聞きすることですが、昨夜の十時から十一時までの間、どこにいらっしゃいました？」

「アリバイというわけですか？」

「まあ、そんなところですな」

「午後十時から十一時ですか――」

早川は、昨夜の行動を思い出そうと努めた。

浅草でソープランドに行った。あれは、午後五時ごろだった。約一時間遊んでから自分のマンションに帰った。疲れていたので早くベッドに入った。

そうだ。夜中に、大竹から電話がかかって来たっけ。

だが、午後十時から十一時までの間は、眠っていたのだ。

「ベッドの中で、眠っていましたよ。健康な人間なら、当然でしょう。午後十時から十一時といえば、テレビを見ているか、寝ている時間ですからね」

と、早川はいった。

だが、十津川は、醒《さ》めた眼で、早川を見て、

「ひとりで?」

「ええ。私は、まだ結婚していませんからね」

「いつも、午後の十時には、眠っているのですか?」

「いつもというわけじゃありませんよ。昨日みたいに、疲れていたので早く寝る時もあるし、おそくまで飲みまわっている時もありますよ」

「すると、アリバイはないということになりますねえ」

十津川警部のいい方に、早川の顔が赤くなった。

「しかし、その時間に寝ていたのは、事実なんですよ。私は、嘘はついていない。私は、犯人じゃありません」

早川は、突っかかるようにいった。

十津川は、煙草の吸いがらを、靴の先でもみ消した。

「あなたのライターが、死体のそばに落ちていたことは、どう説明するつもりですか？」

「いろいろ考えられますよ。私は、よくライターをなくすんです。バーなんかで、何個置き忘れたかわかりません。一年に三個か四個はなくしています。それを拾った人間が、偶然、あの料亭に押し入って、女将《おかみ》を殺した。その時、このライターを落として行ったということも考えられるし、あるいは、誰かが、意識的に私をおとしいれようとして、このライターを、死体のそばへ落として行ったのかも知れません」

「あなたを罠に落とした。そういうことですか？」

「ええ」

「だとして、そんなことをする人間に心当たりがありますか？」

「さあ――」

早川は、宙に視線を走らせた。

野々村ふみ代が殺されたというのは、正直いって、早川には意外だった。

彼女は、社長夫人、大臣夫人レースからおりていたはずだからである。それなのに、なぜ、彼女が殺されたのだろうか？

「私には、敵が多いですからねえ」

と、早川はいった。

「殺された野々村ふみ代さんは、たしか、太田垣さんと噂があったんじゃありませんか？」

「噂は、私も知っています。しかし、それは、うちの社長が、あの店をよく利用するんで立った噂です。噂は噂でしかありません。その証拠に、最近、社長は、あの店を利用しなくなり、そんな噂も消えていました」

「噂は、消えていた——？」

「ええ」

「なぜ、太田垣さんは、最近、あの店を利用なさらなくなったんですか？」

「さあ、それは、気分の問題じゃありませんか。気分的に、他の店を利用したくなった。それだけのことでしょう」

「なるほど」

「私の方からも質問したい。何か盗まれたんですか？」

「くわしいことは、まだわかりませんが、室内が物色された様子はないようです」

「つまり、怨恨《えんこん》ということですか？」

と、早川がきくと、十津川は、ニヤニヤ笑って、

「質問したいのは、私の方ですがねえ。そのライターは、お返し願えませんか。証拠品ですので」

と、いった。

十津川が帰ってしまうと、早川は、車の運転席に腰を下ろした。

すぐには、スタートさせず、煙草をくわえて、考え込んだ。

犯人は、早川の知っている人間だ。だからこそ、彼女を殺したあと、早川を犯人に仕立てあげるために、彼のライターを、死体のそばに落としておいたのだ。

（あのライターを、どこでなくしただろうか？）

思い出そうと努めたが、なかなか、思い出せない。

十津川警部にもいったように、早川は、よくライターをなくす。置き忘れるのだ。ハシゴ酒をした時は、もう、必ずといっていいほど、ポケットからライターがなくなっている。だから、あのライターも、いつなくしたのか覚えていなかった。なくすので、ライターはよく買う。いつも、机の引き出しには、さまざまな形のライターが、ごろごろしている。だから、その中の一つがなくなっても、あまり、ぴんと来ないのだ。

（それにしても、いったい誰が、野々村ふみ代を殺したのだろうか？）

早川は、急に車からおりると、もう一度自分の部屋にもどり、浅井美代子の泊っている伊東の『鳴海ホテル』に電話を入れてみた。

今日も、まだ、あのホテルに泊っている約束になっていたからである。

美代子は、ちゃんと、ホテルにいた。

「ああ、いましたね」

と、早川がいうと、美代子は、怒ったような声で、

「ここへ閉じこめたのは、あんたじゃないの。それなのに、ああ、いましたねって、何な

のよ？」

「いて、よかったといってるんです。そちらへ着いたのは？」

「一昨日の夕方よ」

「それから、ホテルを出ていませんね？」

「ええ。それがどうかしたの？」

「昨夜、野々村ふみ代が、あの料亭で殺されましてね」

「え？」

「殺されたんです。野々村ふみ代が。だから、あなたも、アリバイが必要になってくる。それで、そちらのホテルにいたというアリバイがありそうなので、よかったと申しあげたんです」

「本当に、彼女が死んだの？」

半信半疑だという声で、美代子がきく。

「今、警視庁捜査一課の刑事が来て、教えてくれました。だから、間違いないはずです」

「誰が彼女を殺したの？」

「さあ。私は、ひょっとすると、あなたかも知れないと思ったんですが、一昨日のうちに、そちらへ着いていたとすると、違うようですね」

「あなたじゃないの？」

と、美代子が、やり返してきた。

電話を切ると、早川は、また考え込んでしまった。

野々村ふみ代が殺されたと聞かされた時、瞬間的に考えたのは、浅井美代子のことだった。

五人の女のうち、すでに、三人が死んでいた。そして、四人目の野々村ふみ代が死んでしまえば、残るのは彼女一人で、絶対に有利な立場に立つことができる。

だから、浅井美代子を考えたのだ。

最後のライバルを殺してしまい、早川を犯人に仕立てあげてしまえば、自分は安全地帯にいられる。

そう考えて、美代子が、殺したのではないかと思ったのである。

早川は、彼女に何回か会っているから、ライターは、その時に、彼女の部屋に置き忘れたのではないか。

そう推理してみたのだが、一昨日の夕方、伊東に着き、すぐ、『鳴海ホテル』に入り、今朝まで、ホテルを出なかったとすると、彼女は、アリバイが成立してしまうのだ。

（しかし、美代子が犯人でないとすると、いったい、誰が、何のために野々村ふみ代を殺し、おれを犯人に仕立てあげようとしているのだろうか？）

大竹達夫か？

いや、あの刑事あがりは、早川に一億円要求しているのだから、それが手に入る前に、早川を刑務所に送りたいとは思わないだろう。

日下秀俊か？

しかし、あの男は、美代子のお腹の子供の父親だと名乗っているだけで、野々村ふみ代と関係があるとは思えない。

どう考えても、美代子以上に怪しい人間は、頭に浮かんで来ないのである。

（やはり、一番怪しいのは、浅井美代子だ）

と思った。

彼女が犯人とすれば、つじつまが合う。

そして、彼女が犯人なら、昨夜、伊東のホテルにいたというのは、嘘なのだ。

早川は、もう一度、部屋を出て、駐車場におりると、車に乗り込み、伊東へ出かけてみることにした。

自分を守るためだった。

十津川という警部は、早川を疑っているようだし、彼には、はっきりしたアリバイがない。

浅井美代子が真犯人だとわかれば、早川の疑惑は晴れるのだ。

気温は低かったが、よく晴れた日だった。

早川は、伊東へ向かって、車を飛ばした。

飛ばしながら、カー・ラジオのスイッチを入れる。音楽がしばらく続いてから、ニュースになった。

野々村ふみ代が殺されたことを、アナウンサーがいった。
部屋にあった青銅製の花瓶が、凶器に使われたらしい。

第十二章　海辺の死

『鳴海ホテル』は、伊東市から南へ二キロほど行った海辺にあった。

晴れた日には、伊豆《いず》七島の大島《おおしま》や、式根島《しきねじま》や、神津島《こうづしま》が、折り重なるように見える景色のいい海岸だった。

リゾート・ホテルといった感じのホテルである。

早川が、車で、このホテルに着いたのは、午後四時に近かった。

東京より、陽差しが透明に感じられるのは、海に近いからだろうか。

秋も深まって、海岸に人の姿はなかったが、それでも、沖には、ヨットが白い帆をはためかせていた。

喧騒《けんそう》の東京から来ると、心が洗われるような海の青さだが、今の早川には、その景色を楽しんでいる心の余裕はなかった。

とにかく、浅井美代子に会わなければならない。

車をホテルの前で止めると、早川は、まっすぐ、中に入って行った。

鉄筋三階建ての現代的な建物だが、内部は、温泉旅館の感じで、すべてが、日本式になっている。やはり、日本人には、温泉は、日本式の和室の方がくつろげるからだろう。

フロントで、浅井美代子の名前をいうと、女中が、

「三階の鶴の間です」

と、教えてくれた。

「勝手にあがっていいかな？」

「ええ。どうぞ」

三階の鶴の間は、海に面していて、室内に温泉が引いてある上等な部屋だったが、浅井美代子の姿はなかった。

着替えの和服が、衣裳《いしょう》ダンスに入っていたし、スーツケースが、床の間に置いてあるところをみると、帰京したのではなく、散歩にでも出かけたらしい。

早川は、部屋のテレビをつけて、それを見ながら、美代子を待つことにしたが、一時間たっても、二時間しても、彼女はホテルに帰って来なかった。

フロントに聞いても、どこへ行ったかわからないという。

仕方なく、早川は、隣りに部屋をとることにした。

夕食をすませたが、いぜんとして、美代子は、帰って来ない。気まぐれなところのある女だから、伊東市内か熱海あたりに遊びに行って、そこのホテルへでも、泊ってしまったのだろうか。それとも、誰かが訪ねて来て、一緒に出かけたのか。

その点を、フロントで聞いてみたが、美代子を訪ねて来たのは、早川だけだという話だ

った。

待つのは、退屈である。

早川は、フロントに電話して、

「マッサージを頼みたいんだが」

と、いった。

「もちろん、若くて美人がいいね」

十時を過ぎても、美代子は帰って来なかった。

ホテルの方が、あまり心配していないようなのは、どうやら、美代子が気ままな泊り客なためらしかった。

美代子よりも先に、頼んでおいたマッサージ師がやってきた。

白いユニフォーム姿で、若くて背がやけに高い女だったから、最初は、女子バレーの選手のように見えた。

「今晩は」

と、いやに明るい声でいい、早川に向かって、ニッと笑った。

「ああ今晩は」

早川は、浴衣《ゆかた》姿で、布団の上に腹ばいになったまま、うなずいた。

女は、手にさげてきた小さなカバンを部屋のすみに置いて、早川のそばに寄ると、

「呼んでくだすってありがとう」

「そんなにヒマなのかい？」

「ここ、二、三カ月、ぜんぜんヒマなの。やっぱり不景気なのかしら。今度、大臣がいろいろと、入れ代わったでしょう。少しは、景気がよくなると思う？」

「さあね」

早川が、クスッと笑ったのは、新しく厚生大臣になった太田垣のことを思い出したからである。

「ずいぶん、若いね」

「二十一」

と、女は、うたうようにいってから、

「裸になって。マッサージをするわ」

「裸になるのかい？」

「ええ。オイルマッサージだから、裸になった方がいいの。パンツも脱いで」

「オイルマッサージってのは、初めてだね」

「気持ちがいいわよ」

女は、てきぱきと、早川の下着を脱がせにかかった。

「君は裸にならないのか？」

「フフッ」

と、笑っただけで、女は、カバンからオイルを取り出し、早川の背にぬり始めた。

なんのオイルかわからないが、べとつきもせず、いい香りがした。

オイルをぬり終わると、女は、ていねいにマッサージを始めた。

温泉地の女マッサージ師は、たいてい、技術など全くないものだが、彼女は、ツボも心得ていて、なかなかのものだった。

「うまいね」

と、ほめると、女は、また、フフッと笑ってから、

「首筋が、すごくこってるわ。お客さん。ずいぶん、疲れてるみたい」

「いろいろと、いやなことが多くてね。ストレスがたまってるんだ」

「この辺にも、ストレスがたまってるみたい」

女は、笑いながら、指先を、早川の下腹部にすべらせてきた。

「あお向けになって」

と、女が、早川の顔をのぞき込むようにしていった。

早川は、布団の上で寝返りを打ちながら、

「背中にぬったオイルが、シーツにつかないかい？」

「大丈夫だから、安心して」

女は、せっせと、早川の広い胸にオイルをぬり、さすり始めた。

「なかなか気持ちがいいな。お客は、みんな喜ぶだろう？」

「ええ。でも、昨日のお客さんは、オイルのにおいがいやだって。もっとも、女のお客さ

んだったけど」

「女のお客もあるのかい？」

「これでも、ちゃんとしたマッサージ師の免許を持ってるわよ」

「そうだろうね。うまいのは認めるよ」

「そのお客さんね。この隣りの部屋の人」

「へえ」

早川は、思わず声が大きくなった。

「あれ、水商売の人ね」

「わかるのかい？」

「そりゃあ、わかるわ」

「やっぱり、今ごろ、君を呼んだのかい？」

「もっとおそかったわ。十二時過ぎてたみたい。とても機嫌が悪かったわ。ああいうお客は苦手ね。チップだって、あんまりくれないしね」

「何か話したのかい？」

「なんだか、すごくいらいらしてるみたいだったわね。身体もこってたし。東京の人だっていってたけど、面白くないことがあって、ここへ来てるみたい」

「他には？」

「興味がある？」

「そりゃあ、女の一人客なら興味があるねえ」

「そうだ。変なことといってたわ。こう見えても、大臣夫人になれる女だって。ちょっと頭がおかしいのかも知れないわね。隣りのお客さん」

「大臣夫人には見えなかったかい？」

「ぜんぜん」

「そいつはいい」

早川は、浅井美代子の顔を思い浮かべながら、ニヤニヤ笑った。今ごろ、どこかで、美代子は、くしゃみをしているかも知れない。

「さあ、お風呂《ふろ》に入ってください。オイルを流しますから」

と、女が、マッサージを終わって、早川にいった。

「一緒に入らないか」

「ちょっと、カゼをひいてるんだけど」

「いいじゃないか。チップははずむよ」

「じゃあ」

女は、ニッと笑い、白い服を脱ぎ始めた。

早川は、先に風呂場に入り、温泉につかりながら女を待った。

彼女の話では、浅井美代子は、昨夜の十二時過ぎには、部屋にいたことになる。

女は、腰にホテルのタオルを巻きつけただけの格好で、浴室に入ってきた。

浅黒い肌が、かえって、彼女の張りのある若さを示していた。

「いい身体をしてるねえ」

と、早川は、湯舟の中から、女を見上げていった。

「学校時代、ちょっと運動をやってたからかな」

「バストは九十くらいかな？」

「ううん。八十七。身体を流すから、出てちょうだい」

「いいから、一緒に入れよ」

早川が、身体を湯舟のすみに寄せると、女は、笑いながら、入ってきた。

肩のあたりまで、お湯につかったが、女は、なぜか、腰に巻いたタオルを取ろうとしない。

早川が、タオルに手を伸ばして取ろうとすると、女は、「だめッ」といって、身体をかたくした。

「どうしたんだい？」

「別に――」

「それなら、そんな不粋なものは取っちまえよ」

早川は、いくらか乱暴に、女の腰に手を回して引き寄せ、片方の手を、タオルの下に滑り込ませた。

「へえ」

と、早川が、楽しそうに笑ったのは、当然指先に触れてくるはずのものが、いくらまさぐっても、見つからなかったからである。

「パイパンとはめずらしいな」

「きらい？」

お湯の中で、太ももをすぼめるようにしながら、女がきいた。

「いや。好きだよ。第一、かんじんな場所を探すのが楽でいい」

「フフッ」

「気にしてるのかい？」

「自分じゃあ、稀少《きしょう》価値があると思ってるんだけど」

「じゃあ、はずかしがって、隠すことはないじゃないか」

「でも、この間のお客さんは、あたしの身体を見て、気味が悪いって」

「どこの馬鹿だい？　そんなもったいないことをいう奴は」

「あんたが好きになったわ」

女は、いきなり、湯舟の中で、早川の首っ玉にかじりついてきた。

腰をおおっていたタオルが外れて、お湯に浮いたが、彼女は、もう、隠そうとはしなかった。

二人は抱き合ったまま、湯舟を出ると、そのまま、タイルの上に転がった。

女の身体は、本当に燃えていた。

女が帰ったのは、午前零時に近かった。商売っ気抜きの激しい燃え方に、その間だけ、早川も、事件のことを忘れることができた。

翌朝になっても美代子は、まだ帰ってなかった。

午前八時ごろ、朝食を運んで来た女中に、

「隣りの客は?」

と、早川がきくと、

「それが、まだお帰りにならないんですよ」

さすがに、今日は、心配そうにいった。

美代子の気ままぶりは、早川も知っていたし、手をやかされているのだが、やはり、不安になってきた。

朝食をすませてから、隣りの部屋をのぞいてみたが、女中のいう通り、美代子は戻っていなかった。

部屋の様子は、昨日見たときと全く同じだったから、昨夜、一時もどって来たということはなさそうだった。

スーツケースはあるが、ハンドバッグがないから、昨日、ハンドバッグを持って外出したのだろう。

早川は、フロントにおりて行き、昨日の何時ごろ外出したのかきいてみた。

「さあ、ちょっと覚えておりませんが」

と、中年の番頭は、小首をかしげながら答えた。

「外出する時、ここへいっていかなかったの？」

「ええ。わたしは、ずっとここにすわっておりましたが、鶴の間のお客さんは、見かけませんでした。ですから、裏口から出られたんじゃないかと思うんですが」

「しかし、靴は玄関においてあるんだろう？」

「ええ。でも、あの方は、部屋にお持ちになりましたから」

「なるほどね。彼女は、三日前から泊っていたはずだね？」

「はい」

「誰か訪ねて来なかったかね？」

「いいえ。誰も訪ねていらっしゃいませんでした」

「じゃあ、電話は？」

「ちょっとお待ちください」

番頭は、宿泊者カードを調べていたが、

「昨日の朝、東京の早川様から、お電話がありました。午後十二時三十分ごろです」

「それは、私がかけたんだ。他には、かかって来なかったかね？」

「ええと、もう一度、東京からお電話がありました。昨日の午後二時ごろです」

「東京の誰だね？」

「同じ方ですね」

「同じ？」

「ええ。東京の早川様からです」

「ちょっと待ってくれよ。私は、二度もかけてないよ。昨日の午後二時ごろといえば、ここへ向かって、車を飛ばしているころだよ。車の中にいたんだ。ここへ電話できるはずがないじゃないか」

「そういわれましても、ここに、東京の早川様と書いてあるのですが――」

（誰かが、名前をかたったのだ）

と、早川は思った。

ホテルの交換手を呼んでもらった。

「その電話なら覚えています」

と、二十五、六歳の丸顔の交換手は、はっきりした声でいった。

「間違いなく、二度とも、男の方が、東京の早川とおっしゃいました」

「私は、二度目はかけてないんだ。だから別な男がかけたに決まっている。声が違ってなかったかね？」

早川が、まゆを寄せてきくと、交換手は、あっさりと、

「違っていましたわ」

と、いった。交換手だけに、耳には自信があるといった語調だった。

「でも、声が違っているからといって、つながないわけにはいきませんから、鶴の間におつなぎしました。同じ名前のお知り合いが、偶然、東京においでになるのかも知れませんものね」

「午後二時の方は、どんな話の内容だったかわからないかな？」

「いいえ。私は、盗み聞きなどいたしませんから」

交換手は、怒ったような声でいった。

彼女には、これ以上聞いてもムダだと思った。

（しかし、いったい誰が、何の目的で、おれの名前を使って、浅井美代子に電話して来たのだろうか？）

男ということで、すぐ、日下秀俊の顔が頭に浮かんだ。

美代子のお腹の子の父親だと名乗ったカメラマンだ。

しかし、あの男に、このホテルは教えていなかったはずである。それとも、美代子が、教えたのか。

昼になっても、美代子はホテルにもどって来なかった。

（スーツケースや、着替えの和服を置いたまま、東京へ帰ってしまったのではないのか？）

まず考えたのは、それだった。

自分がこっちへ来ている間に、美代子に東京へもどられて、勝手に引っかき回されてはたまらないと、早川は思った。

美代子のことだから、太田垣に直接会って、お腹の子は、あなたの子だといいかねない。そんなことになったら、太田垣は、早川を無能な秘書だと決めつけるだろう。大臣秘書の椅子もだめになってしまうし、政界への野心も頓挫《とんざ》してしまう。

「すぐ、勘定を頼む。東京へ帰らなきゃならなくなった」

と、早川は、番頭にいった。

その時である。

ゴムぞうりをはいた若い男が、息せき切って、飛び込んで来た。

「ここのお客さんが、水死体で、浜へ打ちあげられてるぞ！」

早川の顔が蒼《あお》ざめた。

「それは、鶴の間の客かね？」

と、彼がきくと、若者は、

「鶴の間かどうか知らないが、女の人だ。昨日、このホテルの裏口から出て来るのを見たんだ」

「案内してくれ」

「あんたは、誰だね？」

「誰だっていいだろうッ」

と、早川は、どなった。

他に、ホテルの番頭が一緒に、若者のあとについて、海岸に向かってかけ出した。

今日も、素晴らしい上天気だった。海面は、その陽光を受けて、キラキラ光っていた。

砂浜を、三人は、まぶしさに眼を細めながらかけた。
五、六分もかけると、前方に、小さな人垣が出来ているのが見えた。その中に、制服姿の警官もいた。
早川たちは、息をはずませて、人垣に加わり、中をのぞき込んだ。

ワンピース姿の女が、あお向けに横たえられていた。

変わり果てた浅井美代子だった。

海水につかり、髪も、顔も、服も、ぐっしょりぬれている。顔は、白茶けて見えた。

「この人だ」

と、番頭が、かすれた声を出した。

警官が、じろりと番頭を見た。

「あなたのところのお客ですか？」

「ええ。三日前から泊っていらっしゃるお客様です。こちらの方が、昨日、訪ねてみえたんですが、ホテルにおもどりにならないので、心配していたところだったんです」

その言葉で、警官の眼が、早川に向けられた。

早川は、まずいなと思いながらも、仕方なしに、前に一歩出た。

「お名前は」

と、警官が、手帳を取り出してきいた。

早川は、肩書きのついていない名刺を、警官に渡した。太田垣の名前は、絶対に出してはならないと思ったからである。

「早川さんですか。この仏さんの名前は？」

「浅井美代子さんです」

「あなたとのご関係は？」

「友人です」

「友人ねえ。ところで、浅井美代子さんは、なんのために、伊東へ来ていたんですか？」

「保養でしょう」

「他に、何か目的があって来ていたんじゃありませんか？」

「ちょっと待ってください。なぜ、そんなことを、お聞きになるんです？　彼女の死は、単なる事故死なんでしょう？」

早川がきくと、四十五、六歳の警官は、かたい表情になって、

「それが、他殺の可能性があるのですよ。それで、間もなく、県警の刑事も来るはずになっています」

「他殺の可能性？」

（そんな馬鹿な）

と、思わず口に出しかけて、早川は、あわてて、その言葉をのみ込んだ。

眼の前の誠実そうな警官が、嘘をつくとは思えなかったからである。推測で、いいかげんなことをいうとも思えなかった。

「その通りです。他殺の可能性が大きいのですよ。一見したところは、溺死《できし》に見えますがね。後頭部が陥没しているんです。大きくね。ご覧になりますか？」

「ええ」

と、早川はうなずいた。

別に、血を見るのが好きなわけではない。

だが、今は特別だった。他殺だとすれば、その確証が欲しかった。

警官は、死体のそばにかがみ込むと、無造作に、ぬれた浅井美代子の身体を引っくり返した。

警官のいった通りだった。

へばりついている、海水にぬれた髪をかき分けると、後頭部が、陥没し、ぱっくりと口をあけているのだ。

海水で洗われる前は、さぞ、多量の血が、この傷口から流れたに違いない。

「どこか、崖《がけ》から落ちる時、岩にでもぶつけたんじゃありませんか？」

早川がきくと、警官は、首を横に振って、

「この辺りに、そんな崖はありませんよ。岩礁がむき出しになった海岸もありません。だから、この傷は、誰かが、鈍器のようなものでなぐりつけた時に出来たとしか、私には思えないのです」

　と、自信満々にいった。

　その時、サイレンの音が、けたたましくひびいて、パトカーと鑑識の車がやって来た。緊張した顔の県警の刑事や、腕章を巻いた鑑識課員が、ばらばらと車からおりてくる。

　その中で、四十歳くらいに見える刑事が、駐在の巡査の説明を受けてから、早川のそばに歩いて来た。

「静岡県警の浜田《はまだ》警部補です」

　と、その男は、メガネ越しに早川を見た。

「早川です」

　困った事態になったなと思いながら、早川は、浜田警部補にも、名刺を渡した。

「他殺に違いないんですか？」

　と、早川がきくと、浜田は、

「解剖してみないと正確なことはわかりませんが、あの傷の具合いから見て、他殺でしょうな。犯人は、撲殺したあと、死体を海に投げ込んだんだと思いますね。それで、あなたにお聞きするんだが」

「私は、単なる友人で、彼女のプライバシーまで、くわしく知ってるわけじゃありませんよ」

　早川は、予防線を張った。

もう、これ以上、妙な事件に巻き込まれたくはなかった。

浜田警部補は、微笑した。

「しかし、友人なんでしょう?」

「ええ。でも、友人にも、ピンからキリまでありますからね。私は、親しい友人じゃなかった」

「被害者の名前は、浅井美代子さんでしたね?」

「ええ」

「やはり、あなたと同じ東京の方ですか?」

「ええ」

「何をやっている方ですか?」

「銀座でホステスをしていましたよ。私が知り合ったのは、そのころです。最近は、ホステス時代に溜《た》めた金で、高級マンションに独りで優雅に暮らしていたようですがね」

太田垣の名前は、絶対に口にしてはならないという思いが、そんないい方を、早川にさせた。

「ここには、被害者を訪ねて来られたんですか?」

「ええ」

「なぜです?」

「東京で、彼女に会った時、伊東の『鳴海ホテル』に保養に行くといっていたんです。たまたま、この辺りに車で来てたんで、『鳴海ホテル』を訪ねてみたんです」

「今朝ですか？」

「いや。着いたのは、昨日の午後四時ごろです。ところが、彼女が外出していたので、私もいちおう、あのホテルに部屋をとって、待ったんです。ところが、夜半になっても帰って来ない。そして、今日になって、こんな事態にぶつかってしまったんです」

「被害者を憎んでいた人を知りませんか？」

「物盗りの犯行じゃないんですか？」

「ハンドバッグが見つかっていないので、なんともいえませんが、外国製の腕時計も、ダイヤの指輪も盗られていないところをみると、怨恨《えんこん》の線の方が強いですねえ。それでお聞きしたんですが、被害者をうらんでいる人の心当たりは？」

「ひとりいます」

「ほう」

「彼女は、妊娠しているはずですよ」

「本当ですか？」

浜田警部補の眼が光った。

「ええ。間違いないはずです。解剖すればわかりますよ」

「なぜ、そんなことを知っていらっしゃるんですか？　単なる友人を強調なさったのに」

「実は、お腹の中の子の父親を知っているからですよ。新進のカメラマンで、最近、彼女との仲がうまくいっていなかったようです。向こうは未練があっても、彼女の方は、冷たくなっていたようでしたね」

「そのカメラマンの名前は？」

「日下秀俊。渋谷の道玄坂にある『ＰＣスタジオ』で、よく仕事をしていますよ。この男は、調べた方がいいと思いますね」

と、早川は、熱心にいった。

正直にいって、早川にも、美代子を殺したのが誰なのか、見当がつかなかった。

だが、日下秀俊の名前を口にした時、早川は、この男を、警察が犯人として逮捕してくれたらと考えていた。

幸い、日下は、美代子のお腹の子の父親は自分だと主張している。好都合なのだ。美代子が死んでしまい、日下が逮捕されれば、太田垣の名前が出ることはないだろう。若い男女の痴話喧嘩《ちわげんか》の上の殺人事件ということになればである。

「この男は、ぜひ、調べてもらいたいですね」

早川は、重ねて、浜田警部補にいった。

「調べましょう。ところで、あなたですが」

「私は犯人じゃありませんよ」

「そうでしょうが、いちおう、署まで来ていただけませんか」

否応もなかった。

早川は、パトカーに乗せられ、伊東警察署へ連れて行かれた。

このままでは、二、三日は泊められてしまうかもしれないと思った。

なんといっても、早川が、美代子と同じホテルに泊っていたのだから、警察が疑うのも当然かもしれない。

だが、早川は、こんなところに、じっとしてはいられなかった。

浅井美代子が死んだ事情を、太田垣に報告しなければならない。

それに、大竹達夫のことがあった。あの警官あがりは、早川に一億円の口止め料を要求している。

もし、早川が東京にいないのを逃げたと勘違いして、太田垣に直接交渉されたら大変だった。

とにかく、東京に帰らなければならない。

「実は——」

と、早川は、浜田警部補に、小声で話しかけた。

「私は、太田垣厚生大臣の秘書をやっているものです」

「本当ですか？」

案の定、浜田は、びっくりした顔になった。

「嘘だとお思いなら、大臣に問い合わせてみてください。そんなわけで、いろいろと忙しく、出来れば、今日中に帰京したいのです。誓って、逃げかくれはしません。連絡くだされば、すぐ、ここへまいりますよ。ですから——」

「ちょっと待ってください」

浜田は、受話器を取り上げ、東京に連絡を取っていたが、しばらくすると、受話器を置いて、早川を見た。

「あなたのおっしゃる通りらしい。大臣秘書では、確かにお忙しいでしょう。東京に帰られて結構です」

「ありがとうございます」

「ただ、何かわかった時、また、こちらへ来ていただくことになるかもしれません」

「ええ。わかっています」

早川は、何度もうなずき、伊東警察署を出ると、車の置いてある『鳴海ホテル』へ急いだ。

第十三章　逮捕状

早川は、浅草に出ると、まっすぐに、ソープランド『チェリー』に向かった。

いつもなら、四、五人の客が順番を待っているロビーが、やはり不景気のせいか、閑散としている。

入浴料四千円を払うと、早川は、いつものように、君子を指名した。

伊東から帰京して、すぐ、浅井美代子が死んだことを、太田垣に報告したのだが、そのあと、案の定、大竹達夫が、マンションに訪ねて来ていやみをいった。

「何度電話しても留守なんで、てっきり逃げたんじゃないかと思いましたよ。私に払う一億円の工面がつかなくてねえ」

「馬鹿な。一億円は、近日中に、必ず、社長から払わせるよ。約束する」

と、早川はいって、大竹を追い払ったのだが、もちろん、一億円は太田垣に請求できるわけがなかった。

だから、『チェリー』に、君子に会いに来たのである。

「あら、いらっしゃい」

と、君子は、ニッコリして、早川を迎えた。

君子にとって、金払いが良く、いつも指名してくれる早川は、上客だった。だから、自然に、笑顔になる。

個室に案内され、服を脱がしてもらいながら、早川は、

「君に聞いてみたいと思っていたことが一つあるんだ」

「どんなこと？」

君子は、首をかしげて、早川を見た。

「君がひとりかどうかということさ」

「ふふッ」

と君子は、笑い、返事をする代わりに、

「はい。お風呂《ふろ》にお入りになって」

早川が、湯舟につかると、君子は、彼に背を向けて、くるりと浴衣《ゆかた》を脱いだ。

ブラジャーとパンティを取ると、くっきりと白く、水着の跡が残っていた。

「どっかへ泳ぎに行って来たのかい？」

早川が、湯舟の中からきくと、君子は、真っ裸のまま、湯舟のそばにしゃがんで、

「海に行って肌を焼いてきたのよ。ちょっとおかしいかしら？」

「おかしいどころか、水着の跡が、なかなかエロチックだよ」

「うれしい」

「ひとりで行って来たの？　それとも、彼氏と一緒かな？」

「そんなものいないわ。正真正銘のひとりよ」

「信じていいのかな？」

「なぜ？」

「君に、惚《ほ》れちまったからさ」

君子は、クスクス笑い出した。客のそんな言葉を、いちいち信じていたらきりがないという笑い方だった。

「本当だよ」

早川は、君子の太もものあたりに手を置いて、熱っぽくいった。

「自分でもよくわからないんだが、本気で君に惚れちまったんだ」

「さあ、身体を洗うから出てちょうだい」

「どういったら信じてもらえるのかな」

早川は、湯舟から出て、君子の置いた腰かけに腰を下ろしてから、彼女の方に、顔をねじ曲げるようにしていった。

早川は、必死だった。

君子は、黙って、彼の背中を洗い始めた。

「僕の名前は早川だ」

「はい。早川さん」

「まじめに聞いてくれないかな。前にもいった通り、僕は、太田垣厚生大臣の個人秘書をやっている」

「ええ。前に聞いたけど、本当なのね」

君子が手を止めた。それに力を得た形で、早川は、

「僕も、将来は、政界に打って出る気でいるし、太田垣さんも、それは保証してくれている」

「末は大臣になるわけ？」

「ああ。何年かしたら代議士を目指して、選挙に出馬するつもりだ。それから、政界での自分の地位をきずいていけば、大臣の椅子を手にすることだって、むずかしくはないと思ってるよ」

「素敵じゃないの」

「そこでだ。政界で活躍しようとすると、独身じゃまずい。信用が得られないからね。そこで、そろそろ身をかためようと思っているんだ」

「そう」

「ひとごとみたいにいうねえ」

「え？」

「僕は、君と結婚したいと思ってるんだ」

「あたし？」

「そうさ。代議士夫人ともなれば、ただ美人だけじゃあ困る。君みたいに、愛想が良くて、社交性のある女性が最適なんだ。どうだい？　僕と一緒にならないか？」

「本気でいってるの？」

君子は、笑いを消した、きまじめな顔できいた。

（どうやら、本気になったらしい）

と、早川は、内心、ほくそ笑みながら、表面は、あくまで、まじめに、

「もちろん、本気さ」

「でも、将来結婚を約束したひとがいるんじゃないの？」

君子の言葉で、早川は、順子のことを思い出したが、気持ちの動揺はなかった。あの女は、従順なのが取り柄の女だった。別に、失っても惜しくはない。それより、今は、一億円を手に入れるのが先決だった。

「そんな女はいないよ」

と、早川は、君子に笑って見せた。

「でも、あたしは、ソープで働いてるわ」

「それがどうだっていうんだい？」

早川は、くるりと君子と向かい合うと、彼女の腕を、強い力でつかんで、

「昔、木戸孝允という政治家がいたけど、彼は、芸者を奥さんにした。むしろ、水商売の経験がある女の方が、うまくいくと、僕は思っている」

「本気なのね？」

「さっきから、本気で君に惚れたといってるじゃないか」

「あたしね、男にだまされるのは、こりごりだから、疑い深くなって——」

「君みたいな人を、だますものか」

早川は、君子の身体を引き寄せて、くちびるを押しつけた。

くちびるを離した時、君子の顔が、十七、八の小娘のように、はにかんでいるのに、早川は気付いた。

（もう一息だ）

と、早川は、自分にいい聞かせた。

ここが大事なのだ。功をはやって、ここで金の話でも切り出したら、相手は、たちまち、用心深く、自分の殻に閉じこもってしまうだろう。

「もう帰るよ」

と、早川は、急に立ち上がった。

君子は、あわてて、

「でも、まだ何もやってないわ」

「いいんだよ」と、早川は、君子に向かって、微笑して見せた。

「君と結婚したいと思ったとたん、君を、金で買うみたいなことが、出来なくなっちまったんだ。今日は、これで帰るよ」

「そう」

「悪いな」

「いいのよ。なんだか知らないけど、すごくうれしかったわ」

君子は、泣いているような顔で、あわてて、早川に服を着せてくれた。

早川は、内ポケットから、五百万円の小切手を取り出して、君子の手に押しつけた。

「これを君にあげるよ。本物の小切手だから、すぐ現金になる」

「でも、こんな大金をもらうわけにはいかないわ」

「いいんだよ。君が、僕との結婚を承知してくれるのなら、まあ結納金だと思ってくれればいい。いやなら、それは、僕からの純粋なプレゼントだ。今度は、近くの海なんかじゃなく、世界一周でもしてくるといい」

「…………」

急に、君子が泣き出した。

「どうしたんだい？」

「なんだかわからないけど、涙が出てきちゃって」

君子は、泣き笑いの顔で、早川を見あげた。

「おかしな子だなあ。それより、服を着ろよ。君はまだ裸だよ」

「うん」

と、君子は、子供のように、こっくりしてから、はずかしそうに、パンティをつけ、ブラジャーをつけた。

「この小切手は要らないわ」

と、浴衣を着終わってから、君子が、小切手を、早川の胸ポケットに押し込んだ。

「なぜだい？　インチキな小切手じゃないよ」

「わかってるわ。でもね。あたしだって、いくらか貯金があるの」

君子は、ニッコリと笑った。

早川は、わざと、関心のない顔で、

「それより、僕のプロポーズの答えを聞きたいな。小切手を返すというところをみると、答えはノーなのかい？」

「いいえ」

「じゃあ、イエスなのか？」

「ええ」

「ばんざい！」

早川は、派手に君子を抱きあげて、手荒くキスした。

「そんなに強く抱いちゃあ、苦しいわ」

君子は、笑いながらいった。

「ごめん。ごめん」

と、早川は、相手を放してから、

「君さえ承知してくれたら、それで十分なんだ。君が無一文だっていい。いや。その方がいいな。僕がいばっていられるからね」

「あたしは、貯金があるけど、いばったりしないわ。ね。いくらぐらい貯金があるかわかる？」

「さあ――」

「これだけあるの」

君子は、指を一本立てて見せた。やはり、と思ったが、早川は、わざと、

「百万円か」

「もう少し多いわ」

「まさか、一千万円なんていうんじゃないだろうね？」

「その上の一億円」

「え？　そんな大金、どうする気なんだい？」

「何か水商売でも始める時の資金にするつもりだったんだけど、あなたと一緒になるのなら、あなたが選挙に出る時の選挙資金にするわ。一億円ぐらいじゃあ、足らないと思うけど」

「そんな心配はいいんだよ」

「いいえ。使ってもらいたいの」

と、君子の方からいった。

（成功だ）

と、早川は思った。一億円の金を引き出すためなら、本当に結婚してもいい。金を引き出してから、理由をつけて離婚すればいいのだ。

早川は、満足して、『チェリー』を出ると、自分のマンションに引き揚げた。

早川は、口笛を吹きながら、マンションのエレベーターに乗った。

一億円さえ都合がつけば、もう、怖いものはないのだ。

誰が犯人かわからないが、五人目の浅井美代子も殺されてしまった。これで、五人の女は、全員、あの世へ行ってしまったことになる。

太田垣も、安心するだろう。これで、おれの政界への道も、約束されたようなものだと、早川は思いながら、エレベーターをおり、廊下を、自分の部屋に向かって歩いて行った。

その軽い足取りが、急に止まってしまった。

彼の部屋の前に、二人の男が立っていたからである。

どちらの顔にも、早川は、見覚えがあった。

一人は、警視庁捜査一課の十津川警部で、もう一人のメガネをかけた小柄な方は、伊東で会った浜田警部補だった。

「ずい分、待ちましたよ」

と、十津川がいった。

早川は、なんとなく、不安に襲われながら、

「いったい何の用です？」

「これからわれわれと一緒に、来てもらいたいのですよ」

十津川は、冷静な口調でいった。

「しかし、なんのために？」

「浅井美代子殺害の容疑でね」

と、浜田警部補が、きびしい調子でいった。

「そんな馬鹿な。私は、彼女を殺してなんかいませんよ」

「それは、あとで聞いてやる。君には、逮捕状が出ているんだ」

「私が彼女を殺したという証拠でもあるんですか？」

「あるから、逮捕状が出たんだよ」

浜田は、メガネ越しに、冷たく早川を、睨《にら》んだ。

早川は、狼狽して十津川を見た。

「なんとかいってくれませんか。十津川さん」

「私が何をいうんです？」

「私が人を殺すような人間じゃないということですよ。私のことを調べまわったんだから、わかったはずですよ」

「それが、残念ながら、そうもいかないのですよ」

「実は、うちでも、あなたに逮捕状が出ているからですよ」

「なぜです?」

「え?」

「殺人容疑の逮捕状です」

「私は、野々村ふみ代を殺していない」

「しかし、彼女の家から、こんな写真が見つかったんですよ」

十津川が差し出した写真を見て、早川は、眼の前が、真っ暗になった。

あの写真だった。

早川が、和田英明の死体を埋めようとしている写真だった。

「この写真には、明らかに死体と思われるものが写っていますね」

十津川は、妙に落ち着き払った声でいった。

早川は、返事のしようがなくて黙っていた。

「この写真では、若い男のようですね。いったい誰なのか教えていただけませんか。黙っていると、この男を殺したのも、あなたということになってしまいますよ」

「罠にはめられたんです!」

早川は、青ざめた顔で、十津川を見、静岡県警の浜田警部補を見た。

「どんな罠です?」

十津川の声は、あくまで冷静だった。

「誰かが、私を殺人犯に仕立てようとしているんです」

「誰がですか？」

「わかりません。この写真を撮った奴ですよ」

「写真を撮ったのは、死んだ野々村ふみ代さんじゃないんですか？　あなたは、その写真をネタに彼女に脅迫されていた。だから、彼女を殺したんじゃないんですか？」

「とんでもない。繰り返していいますが、私は、誰も殺していませんよ」

「じゃあ、あなたが埋葬したこの男は何者なんです？」

「知りません」

「知らない？」

初めて、十津川の眼がけわしくなった。

「知りません」

「しかし、あなたが埋めたんですよ」

「正直にいいましょう。その死体は、料亭『ののむら』の奥座敷に転がっていたんです。野々村ふみ代さんが、どうかしてくれと、私に泣きついてきたんで、仕方なく、東京の郊外へ埋めてやったんです。だから、彼女は、誰か知っていたかも知れませんがね」

早川は、この期におよんでも嘘をついた。

埋葬した和田英明のことを知っているといったら、なぜ知っているかを説明しなければならなくなると思ったからである。そうなれば、全てを話さなければならなくなってしまうだろう。

「東京郊外のどこです？」

「八王子の近くですが、誰かがもう掘り出してしまっていますよ。多分、この写真を撮った人間が」

「念のために、調べてみましょう。くわしく場所を教えてください」

十津川は、手帳を取り出し、早川のいう場所を書きとめた。

それを待っていたように、静岡県警の浜田警部補が、

「君には、まず、伊東に来てもらう。浅井美代子殺しについて、調べたいからね」

と、荒っぽい語調でいい、いきなり、手錠を取り出して、早川の手に、がちゃりとはめた。

手錠の冷たい感触は、いやおうなしに、自分の置かれた立場を早川に納得させた。

逮捕状が出ているから当然だが、早川は、今や、殺人事件の参考人ではなく、容疑者なのだ。

「手錠なんかかけなくたって、私は、逃げやしませんよ。私は、厚生大臣太田垣忠成の秘書なんだ。その名誉にかけても、逃げたりするもんですか。それに、私は無実なんだ」

早川は、浜田警部補に、手錠をはずしてくれるように要求したが、中年のこの警部補は、かたくなに拒んだ。

「なぜだめなんです。私は、太田垣厚生大臣の秘書なんだ。その名誉にかけても――」

「待ちたまえ。もう、君は、太田垣さんの秘書じゃないんだぞ」

「そんな馬鹿な――」

「君を逮捕するに際して、いちおう、厚生大臣に連絡をとったところ、大臣は、こういわれたんだ。早川は昨日付けで懲戒免職にしたとね。だから、今の君は、なんの肩書きもない失業者にしか過ぎないんだ」

「本当ですか？　それは――」

早川の背すじを、ひどく冷たいものが走り過ぎていった。

あれだけ、太田垣のために働いたのに、殺人事件の容疑者になったとたんに、冷たく見捨てるのか。

（いや、そんなはずはない）

早川は、あわてて自分にいい聞かせた。

おれは、太田垣にとって必要な人間なのだ。きっと、太田垣は、厚生大臣という要職の手前、殺人事件の容疑者になったおれに、わざと冷たくしているに違いない。

容疑さえ晴れれば、また、大手を広げて受け入れてくれるはずなのだ。

「とにかく、これからすぐ、伊東へ行ってもらうよ」

と、浜田警部補は、冷たくいった。

早川は、手錠のまま、伊東警察署へ護送された。

伊東署に着くとすぐ、きびしい訊問《じんもん》が始まった。

「証拠はあがってるんだから、素直に白状したらどうだね？」

と、浜田は、メガネ越しに、早川をにらんだ。

「その証拠というのを聞かせてくれませんか」

「これだ」

浜田は、泥のついたハンカチを、机の引き出しから取り出して、早川の前に置いた。

「I・Hのイニシアルが、ししゅうしてあるが、これは、君のだろう？」

「ええ。一年前に、まとめて一ダース作らせた時のものです。これがどうかしたんですか？」

「被害者のハンドバッグが、二〇〇メートルばかり離れた海岸で見つかったんだが、その中に、このイニシアル入りのハンカチが入っていたんだ」

「誰かが、私を罠に落とすために、そんなことをしておいたんだ。私は、絶対に、浅井美代子を殺してない。殺す理由がないからですよ」

早川は必死にいった。

しかし、浜田は、疑わしげに、早川の顔をのぞき込んで、

「じゃあ、君のアリバイを聞こうか」

「浅井美代子は、いつ殺されたんです？」

「十一月五日の午後十一時から十二時の間だよ」

浜田がいうと、蒼《あお》ざめていた早川の顔が急に明るさを取りもどした。

「十一月五日といえば、私が、『鳴海ホテル』に、彼女を訪ねて来た日だ」

「アリバイはあるのかね？」

「ありますとも」

「しかし、午後十一時から十二時の間だよ。深夜だよ。誰が、君のアリバイを証明してくれるというんだ？」

「女マッサージ師ですよ」

「女マッサージ師だって？」

「そうですよ。あの日、夕食がすんでも浅井美代子が帰って来ないもんだから、フロントに頼んで、マッサージに来てもらうことにしたんです」

「それで？」

「女マッサージ師が来たのが、たしか十一時ちょっと前でしたよ。それから、一時間ばかり、私の部屋にいたんだ。嘘だと思うんなら、あの女マッサージ師に聞いてくださいよ。きっと覚えてくれているはずです」

「その女マッサージ師の名前は？」

「名前は聞かなかったけど、顔は覚えていますよ。やせて、背の高い女でした。一六七、八センチはあったと思う。色は浅黒く、眼が大きかったな。それから、一緒に風呂《ふろ》に入ったんですが、裸を見たら、肝心のところに、あるべきものがなかった。つまりパイパンだったんです。これだけわかっていれば、すぐ見つけ出せるんじゃありませんか」

早川は、勢い込んでまくしたてた。あの女マッサージ師さえ見つかれば、自分の無実は、簡単に証明されるのだ。

浜田警部補は、半信半疑の様子だったが、

「とにかく調べてみよう」

と、約束してくれた。

浜田は、部下の刑事と、取調室を出て行ったが、一時間半ほどして、若い女を連れて帰って来た。

「十一月五日の夜、君がホテルに呼んだマッサージ師は、この女かね？」

浜田にきかれて、早川は、ニッコリした。

「このひとですよ。間違いなく彼女です。これで助かりましたよ」

「君の方は、どうなんだ？　十一月五日の夜、『鳴海ホテル』に泊っていた、この人のところに行ったかね？」

と、浜田は、女にきいた。

女は、椅子に腰を下ろして、足を組み、じっと、早川の顔を見ていたが、

「知らないわ。こんな人」

と冷たくいった。

早川の顔が赤くなった。

「何をいってるんだ。『鳴海ホテル』だよ。鶯《うぐいす》の間だよ。思い出してくれないか。女にし

ちゃあ、マッサージがうまいと、私がほめたじゃないか。それから一緒に風呂に入ったが、君は、なかなか、腰に巻いたタオルを取ろうとしない。変だなと思ったら、君は、パイパンだった」

「あたしのは有名だから、いろんな人が知ってるわ」

「君がはずかしそうにしてるから、私が、パイパンの方が愛撫《あいぶ》しやすくて好きだといったら、君は喜んでたじゃないか」

「悪いけど、あなたに会ったのは今日が初めてだわ」

女は、肩をすくめていった。

「なぜ、嘘をつくんだ？」

「嘘なんかついてないわよ。初めて会ったから、そういってるだけのことじゃないの」

「この女は、嘘をついているんだ！」

早川は、浜田に向かって怒鳴った。

女は、やれやれというように、小さなため息をつき、それから、赤くマニキュアした手で、煙草を取り出して火をつけた。

「彼女が嘘をついている証拠でもあるのかね？」

と、浜田警部補が、早川にきいた。

「とにかく嘘をついてるんです。ホテルの番頭にきいてもらってもわかりますよ。私が電話で頼み、あの四十五、六の、まゆ毛の濃い番頭が、彼女を呼んでくれたんだから」

「ホテルには、すでに聞いて来たよ」

「それで？」

「十一月五日には、マッサージを頼んだ客はいなかったといっていたよ」

「そんな馬鹿な！」

早川は、思わず、中腰になって、叫んだ。

いったい、どうなってるんだ。

「私は、十一月五日に、フロントを通して、マッサージを頼んだんだ。そして午後十一時ちょっと前に、このひとが来て、十二時ごろ、帰って行った。嘘じゃない。ねえ君」

と、早川は、手を伸ばして、女の肩をつかんで、

「思い出してくれよ。十一月五日の夜、私のマッサージをしてくれて、そのあと、一緒に風呂へ入ったじゃないか。なぜ、来なかったなんていうんだい？」

「十一月五日には、『鳴海ホテル』には、仕事に行かなかったから、正直に、行かなかったといってるんじゃないの」

女の声が、だんだん、とがってきた。

「どうも、君の旗色が悪いようだな」

浜田が、意地悪くいった。

「彼女は、来たんですよ。ホテルに来たんだ」

「あたしだって、嘘はつきたくないわ。十一月五日は、『鳴海ホテル』に行かなかったか

ら、そういってるんじゃないの」

　女も、顔を堅くして主張した。

　浜田警部補は、冷たい眼で、早川を見た。

「ホテルの番頭も、十一月五日に、君からマッサージ師を頼まれたことはないといってるんだ。観念するんだな」

「何を観念するんです？　私には、ちゃんとしたアリバイがあるんだ。ただ、この女が嘘をついているだけなんだ」

「あたし、もう帰っていいですか？」

　女は、早川を無視して、浜田にきいた。

「ああ、もういいだろう」

　と、浜田がいい、女は、さっさと、部屋を出て行った。

「さて」

　と、浜田は、まっすぐに、早川を見すえて、

「君のアリバイはなくなった。どうだね。観念して、全部、しゃべってしまわないかね。その方が、気が楽になるよ」

「アリバイはあるんだ。今の女が、嘘をついてるんだ」

「彼女が、なぜ、嘘をつく必要があるのかね？　それに、『鳴海ホテル』の番頭も、彼女の言葉を裏付けてるじゃないか。そうだろう？」

「私は犯人じゃない」

「じゃあ、他に誰がいるというのかね？」

「私がいったカメラマンの日下秀俊は調べたんですか？」

「調べたよ。東京・渋谷の道玄坂にある写真スタジオまで出かけてね」

「浅井美代子のお腹の中の子は、自分の子だと認めたでしょう？」

「君は、ずい分と、まことしやかな嘘をつくねえ」

「何ですって？」

「日下はね、私がその話を持ち出したら、笑いころげてたよ。そんな面白い冗談を聞かされたのは初めてだといってね」

「そんな馬鹿な！」

「何が馬鹿なんだ。銀座のホステスの写真を撮ったとき、浅井美代子も撮った記憶があるが、それだけだといってるよ」

「しかし、あの男は、浅井美代子に向かって、お腹の中の子は、自分の子に違いないと主張したんだ」

「違うね。彼の友人にも何人か会ったが、浅井美代子なんか見たことがないといっているんだ。それに、日下は、近く結婚することになっている。フィアンセにも会ったよ。清純な感じのいい娘さんだ。そんな男が、ホステスあがりの女と関係し、その上、お腹の中の子は、自分の子だと触れまわるかね」

「…………」

何かおかしい。

これは罠《わな》だ。それも、とてつもなく大きな罠なのだ。

第十四章　厚い壁の中で

二日後、早川は、手錠をかけられた格好で、伊東から東京へ護送された。

もちろん、釈放のためではない。東京の殺人事件でも、早川に逮捕状が出されていたからである。

早川の身柄は、静岡県警の浜田警部補から、東京警視庁の十津川警部に引き渡された。

東京でも、早川は、すぐ、取調室に入れられた。

訊問《じんもん》には、十津川自身が当たった。

「どうも、うまくないようだねえ」

と、十津川は、早川に煙草をすすめてから、ゆっくりした口調でいった。

早川は、この二日間ひげを剃《そ》っていないので、無精ひげがいっぱいだったし、眼が落ちくぼんでいた。

すすめられた煙草をくわえたが、味がよくわからなかった。

「私は、罠にはめられたんです」

と、早川は、かすれた声でいった。

浜田警部補にも、同じことを、何度いったかわからない。が、相手は、取りあげてくれなかった。

「誰が、君を罠にかけたというんだね？」

十津川がきいた。言葉遣いが、前と変わっているのは、早川が、すでに、犯人扱いされている証拠であろう。

「それがわからないんです。わかっていれば、そいつの首を絞めあげてやるんだが」

「その話は、あとで聞くとして、君は、野々村ふみ代殺しと、和田英明殺しの二件で、逮捕状が出されている」

「和田英明？」

「死体が出たんだよ。君のいった場所から、若い男の死体が出たので、調べたところ、熱海などの温泉地で、ショーに出ていた和田英明、二十八歳とわかった。君は、彼に会いに熱海まで行ったそうだね」

「…………」

早川は黙ってしまった。

これも罠だ。あの写真を撮った奴が、また和田英明の死体を、八王子近郊の山の中に埋めておいたのだ。早川を罪に落とすために。

「どうも、君にとって、不利になるばかりだねえ。君は、例の死体の身元は知らないといい、野々村ふみ代に頼まれて、何も知らずに山へ埋めたといった。しかし、君は、熱海へ行って男に会っているんだ。これは、どういうことかね？」

十津川の眼が、きびしくなった。

早川は、無精ひげの生えた両ほおを、意味もなく、両手でこすった。

「私は、その男も、野々村ふみ代も殺していない。誓ってもいい」

「どんな凶悪犯でも、最初は、そういうもんだよ。じゃあ、まず、和田英明について聞こうか。何の用で会いに熱海へ行ったんだね？」

と十津川がきいた。

一瞬、早川は、すべてを話してしまおうかという気になった。

と、早川は、すぐ、心にブレーキが働いた。

（だが――）

すべてを打ち明けたところで、自分が有利になるとは思えなかった。むしろ、不利になるかも知れない。

太田垣の命令を果たすために、次々に殺人をしていったという論理も成り立つからである。

それに、ここで自分が、五人の女のことで太田垣の名前を出さずにおけば、彼に恩を売れることになる。

「熱海へは遊びに行ったんですよ。ひとりでね」

「それで？」

「旅館を出て遊びに行きました。タクシーの運ちゃんに、何か面白いところがないかといったら、シロクロショーに連れて行ってくれたんです」

「そこで、和田英明に会ったということかね？」

「ええ。なかなか素晴らしい演技を見せてくれたんで、ショーのあと、近くのバーで、酒をおごったんです」

「それで？」

「その時は、それで別れたんですが、私が東京へ帰ったあと、彼が、突然、私を頼って上京して来たんですよ。私が名刺を渡しておいたので、それででしょうね」

「上京の理由は？」

「ああいうショーに出ているのが、つくづくいやになったから、まともなところで働きたいといっていいました」

「なるほどね」

「それで、私は、料亭『ののむら』で、使ってくれないかと思って、野々村ふみ代に相談したんです。社長の関係で、ちょっと知っていましたからね」

「野々村ふみ代は、オーケーしたのかね？」

「ええ。それで、和田英明を、料亭『ののむら』に行かせたんです。そしたら、翌日だったか、その次の日だったか、彼女から急に電話があって、和田が殺されたというんです」

「なかなか面白い話じゃないか」

「あわてて行ってみたら、奥座敷で、和田が殺されていたんです。野々村ふみ代は、なぜ彼が殺されたのかわからないというし、私が、警察に知らせたらとすすめても、客商売で、これが表沙汰《おもてざた》になったら、大変だというんです」

「それで、君が、死体を八王子近くの山へ埋めてやったということかね？」

「そうです。私自身、すぐ警察へ知らせたかったんですが、和田をあずかってもらった弱みがありましたからね。それで、死体を車で運んで埋めたんです」

「そして、誰かに写真を撮られてしまった？」

「ええ。信じていただけますか？」

「いや」と、十津川は、笑った。「全然、信じられないね」

十津川の言葉は、早川を打ちのめした。

早川は、かろうじて、その打撃から立ち直ると、

「なぜ信じていただけないんですか？」

「あまりにも作りものめいた話だからだ。和田英明の件なんかは、特にひどいね」

「どこがひどいんです？」

「君は、初めて会った人間に、自分が厚生大臣の秘書だとか、城西製薬社長の秘書だとか話すのかね？」

「いや、そんな馬鹿な真似はしない。私は、自分の地位を大事に考えていますからね」

「それなのに、和田英明の場合は、名刺を渡している。だからこそ、和田英明は、君を頼

って上京して来たわけだろう？」

「そうです」

「君の名刺には、社長秘書とか、麗々しく肩書きが刷り込んであるのかね？」

「社長秘書の肩書きが刷ってありますよ」

「そんな名刺を、初めて会った和田英明に渡したのかね？　秘書の地位を大事にするという君がだ」

「不自然かも知れないが、あの時は、なんとなく渡してしまったんです。嘘はついていませんよ」

「その名刺を頼って、和田英明は上京した？」

「ええ」

「その和田を、君は、『ののむら』にあずけた？」

「そうです」

「料亭では、和田に何をさせるつもりだったのかね？」

「さあ、女将《おかみ》の野々村ふみ代が、個人的に使うつもりだったんじゃありませんか」

「個人的にねえ」

と、十津川は、苦笑してから、

「では、和田英明は、誰に殺されたのかね？」

「さあ。私にはわかりませんよ。私は、野々村ふみ代から電話があって、死体を見せられたんですから」

「そして、社長秘書の君が、死体の処理を気軽く頼まれて、車で埋めに行った？」

「気軽くじゃありませんでしたが、彼女に泣きつかれたもんですから」

「君は、泣きつかれたら、どんなことでもするのかね？」

「そうじゃありませんが、あの時は、なんとなく、そんなことをする破目になってしまったんです」

「君はどうもルーズな男だね。なんとなく和田英明に大事な名刺を渡し、彼が殺されると、また、なんとなく、死体の遺棄を引き受けるとはねえ」

十津川の言葉は、十二分に、冷たく皮肉がこめられていた。

早川は、しゃべりながら、わきの下に、脂汗が浮かぶのを感じた。

早川は、留置場に入れられた。

多分、明日も、明後日も、取り調べが続くことだろう。

いつまで、シラが切れるか、早川には自信がなかった。それに、シラを切り続けても、起訴されるだろう。

殺人犯ということで、早川は、留置場でもひとりだけ隔離された。

とにかく寝なければ、明日の取り調べがこたえると思い、冷たい壁に背中をもたせかけて眼を閉じたが、なかなか眠れるものではなかった。

（誰が、おれを罠《わな》にかけたのか？）

という疑惑が、彼を寝かさないのだ。

午前零時を回っても、眠ることができない。

どうにか、うとうとしたのは、午前二時を過ぎてからだった。

女の夢を見た。

何人もの女が、入れ代わり、立ち代わり、早川の前に現われるのだ。

浅井美代子、小池麻里、野々村ふみ代、高沢弘子、それに、大竹康江の五人の女。

五人とも、なぜか一糸まとわぬ真っ裸になっている。

白い裸が、早川の眼の前で、あやしくくねり、媚態《びたい》の限りをつくす。

だが、早川が、その裸身に触れようとすると、ふっと、眼の前から消えてしまうのだ。

そして、早川をからかうように、五つの白い裸身が、また、闇の中に浮かび上がってくる。

若い娘と抱き合って、はげしくもだえているのは、レズの果てに死んだ美容師の高沢弘子だ。

ロープで、がんじがらめに縛られ、宙につられてうめき声をあげているのは、マゾの大竹康江に違いない。

闇の中から、蛇のような鞭《むち》がのびてきて、音を立てて康江の裸身にからみつく。そのたびに、康江は、のけぞり、悲鳴をあげる。その悲鳴が、次第に、喜びの声に変わっていく。

あとの三人は、むき出しの裸身を早川にさらしながら、笑っている。

ぽってりと、豊かな肉付きなのは、野々村ふみ代だ。

すらりと細い裸は、ファッションモデルの小池麻里に違いない。

中肉中背で、骨太な感じの裸身は、浅井美代子だ。

明らかに、彼女たちは、早川をからかっている。

早川が、大声をあげて、彼女たちに向かって飛びかかったところで、夢からさめた。

気がつくと、びっしょりと汗をかいていた。

(死んだ五人の夢を見るなんて、縁起でもない)

と、思ったとき、警官がやって来て、

「弁護士が会いに来てるぞ」

と、早川にいった。

沈んでいた早川の顔が、やっと明るくなった。

取調室で、弁護士に会った。
五十七、八歳の、白髪の男だった。
「秋月《あきづき》です」

と、相手は、早川を安心させるように、ニッコリと微笑した。

「太田垣さんの命令で、あなたの弁護を引き受けることになりました」

「やっぱり、社長は、私を見捨てたわけじゃなかったんですね」

早川の声が、明るくはずんだ。太田垣が味方についてくれている限り、怖いものはない。

「太田垣さんは、心の温かい方ですよ」と、秋月弁護士はいった。

「今日も、太田垣さんは、あなたに感謝していると伝えてくれと、私におっしゃいましたよ」

「感謝を？」

「そうです。逮捕されたあなたが、太田垣さんの名前を出さずにがんばっておられることに、感謝しておいででしたよ」

「そうですか。社長に伝えてください。絶対に社長のご迷惑になるようなことはしゃべらないと」

「伝えましょう。それから、あなたを馘首《かくしゅ》した件ですが、太田垣さんがいわれるには、表面的には、どうしても、ああせざるを得なかったことを了承して欲しいと、いわれていました」

「わかります。私も、最初からそう思っていたんです。これで、私の考えが当たっていたとわかって、ほっとしました」

「問題は、これからのことです。あなたは、多分、東京と伊東の両方にまたがる殺人事件で起訴されるでしょうが安心してください。私が、全力をつくして弁護するし、あなたのうしろには、太田垣さんがついているわけですからね」

「社長さえついていてくれれば、百人力です。それに、私は無実なんだ。罠にはめられたんです」

「罠にね。それで、あなたを罠にかけた人間に心当たりは？」

「それが、全くないから困っているんです。見つけたら、ただでは置きませんよ。叩《たた》き殺してやる」

早川は、本当にその気だった。

秋月弁護士は、顔を突き出すようにして、

「私も、あなたを罠にはめた人間を見つけ出すよう努力してみましょう」

「ありがとうございます」

と、早川は、頭を下げた。どちらかといえば傲慢《ごうまん》な男なのだが、逮捕されてからは、人の親切が身にしみて、やたらに頭を下げるくせがついてしまった。

「ああ、大竹達夫という男に注意してください。刑事あがりで、欲の皮の突っ張った悪い奴ですから」

「大竹達夫なら、もう来ましたよ」

秋月弁護士にいわれて、早川は、眼をむいた。

「それで、大竹は、何を要求して来たんですか？」

「応対は、私がやりました」

と、秋月は、落ち着いた声でいった。

「金を要求しませんでしたか？」

「ええ。一億円という途方もない金額を吹っかけて来ましたよ。太田垣さんの名前を出したくなかったら、一億円払えといってね」

「それで、どうしたんです？」

「あの男のことは、私に委《まか》せておきなさい。それより、あなた自身のことだ。肝心のことはノーコメントで押し通しなさい。あとは、私がうまくやりますよ。裁判になっても、私がいる限り大丈夫です」

秋月は、早川を安心させるように、絶えず微笑を浮かべて話した。

その微笑は、早川の眼に、力強く映った。

有能な弁護士という感じだった。この男に委せておけば安心だろう。

「他に、私に話しておくことはありませんか？」

と、秋月がきいた。

「別にありません。社長に会われたら、私は何も話さないと伝えてください」

「わかりました。それから、太田垣さんは、あなたに、なんでも差し入れしたいから、欲しいものをいってくれと、おっしゃっていましたよ」

「煙草が欲しいな。ケントです」

「明日中に、一カートン差し入れましょう。またやって来ますから、がんばってください」

秋月は、手を差しのべ、早川に握手して帰って行った。

休む間もなく、引き続いて、十津川警部の訊問《じんもん》が始まった。二度目の訊問である。

「弁護士が面会に来てから、だいぶ元気になったようだね」

「前から元気ですよ」

「そうは見えなかったがね。ところで、君は、太田垣社長の秘書として、どんな仕事をしていたのかね？」

「ノーコメント」

「なんだって？」

「ノーコメントだといっているんです。その質問に対しては、ノーコメントですよ」

「なるほどねえ」と、十津川は、苦笑した。

「それも、弁護士の指示かね？」

「どうでもいいでしょう。とにかく、ノーコメントです」

「太田垣さんは、今度の事件に、何か関係しているのかね？」

「ノーコメント」

「君は、無実を主張していたはずだね？」

「そうです。絶対に無実です。罠にはめられたんです」

「それじゃあ、ノーコメントの連続だと、真相は、余計わからなくなるよ」

「その手にはのりませんよ」

硬い表情で、早川は、十津川を見返した。

十津川は、やれやれと肩をすくめてから、

「君の内ポケットに、財布と一緒に入っていた一枚の五百万円の小切手の説明をしてもらえないかね。太田垣忠成の個人名で切った小切手だよ」

「ノーコメント」

「じゃあ、この件は、太田垣さんに聞いてみよう。君が答えた方がいいんじゃないか？」

「いや。その件に関しては、ノーコメントです」

「ノーコメントの連発は、決して、君のためにならんよ」

十津川は、強い眼で、早川を見すえていった。

「それは、私の勝手でしょう」

と、早川も、負けずにやり返した。

十津川は、小さなため息をついた。

「留置場で、もう一度、頭を冷やしてもらおうかね」

早川は、また、地下にある留置場にもどされた。

三方を、厚いコンクリートの壁に囲まれている。留置場は、人間の檻《おり》だ。ひとりになると、太田垣や弁護士を信用していても、やはり不安になってくる。

眠ると、また女の夢を見た。

今度は、恋人の順子だった。順子も、裸だった。

その恋人の順子が、なぜか、赤ん坊を抱いている。自分の子とは思えず、「誰の子なんだ？」と、詰問しても、順子は、笑って答えようとしない。

明らかに、順子と、子供をお腹の中に宿しながら殺された浅井美代子が、ごっちゃになっているのだが、夢の中の早川は、順子を詰問し続けた。

ふいに、順子が消えると、今度は、ソープランドの君子が、眼の前に現われた。

君子は、ビキニ姿で、男のマッサージをしている。

君子は、その男と、いちゃいちゃと、いちゃついている。早川が、声をかけるのだが、いっこうにやめようとしない。

急に、その男が顔をあげる。驚いたことに、その男は、あの刑事あがりの大竹達夫だった。

「あッ」と思ったとたんに、その男の顔が、殺された和田英明に変わった。

早川は、悲鳴をあげた。

とたんに、眼が覚めた。

妙な夢ばかり見るのは、この厚い壁のせいだろうか。それとも、早川を罠《わな》に落とした人間への恐れのためだろうか。

食欲がなく、朝食を残してしまった。取り調べの方は、容赦なく、三日目も続けられた。

「今日は、他の女について聞きたいな」

と、十津川はいった。

「他の女って、何のことです？」

早川は、とぼけてきき返した。

十津川は、メモに眼を落とした。

「ファッションモデルの小池麻里、美容師の高沢弘子、薬剤師の大竹康江」

と、十津川は、ゆっくりと名前をあげていった。

「その女たちが、どうかしたんですか？」

「みんな、なかなかの美人だよ」

「そうですか」

「君は、この三人を知っているね？」

「ノーコメント」

「私は、ただ、この三人を知っているかどうか確かめただけだよ」

「ねえ、警部さん」

「何だね？」

「その三人を、たとえ、私が知っていたとしても、今度の事件とは、なんの関係もないでしょう？」

「確かに関係がないように見えるがね」

十津川は、意味ありげないい方をした。

「それは、どういうことです？　見えるというのは？」

「文字どおり、見えるということだよ。小池麻里は、狂的なファンに無理心中させられたし、高沢弘子は、昔のレズの相手と心中した。そして、大竹康江は、流しの物盗りに殺され、この犯人はすでに逮捕されている」

「それなら、何の関係もないじゃありませんか」

「ところがねえ」

十津川は、わざと、そこで言葉を切り、煙草をくわえた。

「吸うかね？」

と、十津川は、早川にもすすめたが、早川は、

「私は、ケントしか吸いません」

「そいつは失礼したね」

「そんなことより、その三人が、どうしたというんですか？」

早川は、いらだって、相手をにらんだ。いつの間にか、十津川のじらし作戦に引っかかっていた。

十津川は、なおも、ゆっくりと煙草の煙をはき出してから、

「これは、僕だけの考えなんだが、小池麻里も、高沢弘子も、心中に見せかけて殺されたんじゃないかと思うんだよ。それに、大竹康江を殺したのは、流しの物盗りじゃなく、ある目的をもって、彼女を殺したと思うのだ。どうかね？　僕のこういう考えをどう思うか

ね？」

「なぜそんなことを、私にきくんです？」

「ひょっとすると、この三人を殺したのも、君じゃないかと思ってね」

十津川は、何気なく、途方もないことをいうくせのある警部である。

早川は、がくぜんとして、十津川を見た。

「とんでもない！」

と、早川は、叫んだ。

「私は、今度の三人も殺してないし、その三人の死とも、何の関係もありませんよ」

早川は、叫ぶようにいった。浅井美代子と野々村ふみ代、それに和田英明殺しの犯人にされてしまったのにさえ、がくぜんとしているのに、他の三人の女のことまで背負わされては、たまったものではない。

十津川は、そんな早川を、じっと見つめていたが、

「三人の女性を知っているね？」

「ノーコメント」

「そんなことばかりいっていると、君は、ますます、不利になっていくよ」

「私は、誰一人殺していませんよ。私が本当にやったことといえば、和田英明の死体を運んで行って、東京郊外の山へ埋めたことだけです。他のことは、すべて無関係です」

「君は、僕の質問に答えていないね。僕があげた三人の女性を知っているのかいないのか、

答えたまえ」

「知っていたら、どうなるんです？」

「どういうふうに知っているのか、教えてもらいたいんだよ」

「なんとなく知っているだけだといったら？」

「また、なんとなくかね」

十津川が、苦笑した。

早川は、黙って、相手をにらんでいた。

十津川は、立ち上がって、早川のまわりを歩き出した。

ふと立ち止まり、うしろに手を組んで、早川を見下ろした。

「問題の女性たちは、太田垣さんと、なんらかの意味で関係があったんじゃないのかね？」

「そんなことはありませんよ」

早川は、あわてて否定した。

十津川は、疑わしげに、早川を見た。

「すると、君と関係のあった女だというのかね？」

「なぜ、そんなことをいうんです？」

「あまり警察を甘く見ない方がいいね。君が、小池麻里と会っていたり、高沢弘子の美容院に行ったりしたことは、調べがついているんだよ。それに、君は、大竹康江の経営する薬局にも何回か出入りしている。証人がいるんだから、否定してもだめだよ」

「…………」

「君が、なんらかの意味で関係した五人の女性が、短い期間に、たて続けに死んでいる。二人は心中の形で、あとの三人は、殺人だが、この五件の事件が、連続したものであり、前の二つの心中も、殺人ではないかと疑うのは、当然じゃないかね？」

「ノーコメント」

と、早川は、繰り返したが、その言葉には強さがなかった。

どんどん追い込まれていく感じがした。

十津川は、新しい煙草に火をつけて、じっと、早川を見つめた。

「君は、今のままでも、多分、死刑か無期になるだろうね」

と、十津川はいった。

「三人もの人間を殺しているし、殺し方も残忍だからだ。いまさら、ノーコメントを連発しても仕方がないんじゃないかね？」

「私は、誰も殺してないんだ。誰一人殺してない」

早川は、机を、こぶしでたたいて、

「裁判になれば、私の弁護士が、それを証明してくれるはずだ」

「それはむずかしいんじゃないかねえ」

「私は、弁護士を信用している」

「僕は、君に忠告しておくがね。もし、君が無実なら、それを証明する道は、僕にすべてを話すことだ。君の助かる道は、それしかない」

「私は、そんな話にはのりませんよ。私は、弁護士だけを信用しているんだ」

「何を怖がっているんだね？」

「何のことです？」

「君は、何かを怖がっている。殺人犯として起訴されることより、そっちの方を怖がっているように見えるんだがね。それとも、誰かをかばっているといった方がいいのかな？」

「ノーコメント。ノーコメント」

早川は、呪文《じゅもん》のように繰り返した。

十津川は、冷たい、あわれむような眼で早川を見ていたが、仕方がないというように肩をすくめて、訊問《じんもん》を打ち切った。

早川は、再び、留置場にもどされた。

ひとりになると、自然に、弱気になってくる。

十津川のいったことは本当なのだろうか？

高沢弘子と、小池麻里も殺されたのかも知れないというのは、本当なのだろうか？

秋月というあの弁護士は、本当に頼りになるのだろうか？

疑惑と不安が入り乱れてくる。

そのせいでもあるまいが、眠ると怖い夢を見た。

五人の裸女が、血まみれになりながら、踊り狂っている夢だった。

真っ赤な血が、彼女たちの豊かな乳房をつたわって流れ落ちていく。白い太ももも、血で赤く染まっているのだ。

それなのに、五人の女は、腰をふり、身体全体をくねらせ、狂気のように踊りまくっている。

美しく、妖《あや》しい地獄絵図だった。

いつの間にか、早川も、その踊りの中に巻き込まれていた。裸になった彼の身体も、血にまみれているのだ。

悲鳴をあげ、自分のその悲鳴に驚いて眼をさましたが、胸がはげしく動悸《どうき》を打っていた。

早川は、疲れた眼で、鉄格子を見つめた。

（ひょっとして、これよりもっと頑丈な鉄格子の中に入れられてしまうのではあるまいか？）

早川は、うろうろと、せまい留置場の中を歩きまわった。

第十五章　新たな犠牲

十津川警部は、捜査一課長の大橋《おおはし》に呼ばれた。

大橋は、小柄でずんぐりとしており、どこか豆狸を思わせる風采《ふうさい》だが、見るところは見ている男である。

「早川の件で、何か迷っていると聞いたんだが、どういうことかね？」

大橋は、別に詰問するという形ではなく、微笑しながら、十津川を見た。

「たしかに迷っています」

十津川は、正直にいった。

「なぜだね？　浅井美代子と、野々村ふみ代、それに和田英明の三人を殺したことについては、問題がないんじゃないかね？　浅井美代子の件に関しては、静岡県警は絶対の自信を持っていて、こちらが、なぜ、もたついているのかと、さっきも問い合わせの電話があったくらいだ」

「そうですか」

「この三人については、問題がないんだろう？」

「それが、よくわからないのです」

「どうも、日ごろの君らしくないねえ」

「申しわけありません」

「あやまることはないが、どこがよくわからないのかね？」

「昨夜、東西新聞の小松記者に会いました。向こうから、個人的に会いたいといって来ましてね」

「ほう」

「一つ情報をもらいましたよ。浅井美代子、野々村ふみ代、それに小池麻里、高沢弘子、それに、大竹康江の五人は、厚生大臣の太田垣さんの女だったという情報です」

「そいつは面白いね」

「どうも、太田垣さんは、厚生大臣に就任するに際して、この五人の女性を整理しようとした形跡があります」

「その役目を請け負ったのが、秘書の早川というわけかね？」

「そうです。彼が逮捕された時に持っていた一枚の五百万円の小切手は、手切金だった可能性があります」

「つまり、太田垣氏は、大臣就任に際して、身辺整理をしたというわけだな」

「その通りです。それに、近々、三笠重工社長の令嬢と結婚するという話も聞きました。そのためにも、身辺整理はしておきたかったんでしょう」

「それなら、早川の動機が、はっきりしたじゃないか。太田垣社長から頼まれた仕事が、なかなかうまくいかなかった。どうしても、女の方で、太田垣社長と別れるのを承知しなかった。早川は、いいつけられた任務を果たさないと、社長の信頼を失うことになる。それで、止むなく殺したというのはどうだね？」

「それも考えてみました。しかし、どうもしっくりしません。いかに太田垣社長から頼まれたとはいえ、殺人まで犯すとは思えないのです」

「しかし、現に、五人の中の三人は、殺されているし、他の二人も、いちおう、無理心中ということになっているが、殺された可能性もあるんだろう？」

大橋捜査一課長は、落ち着いた声でいった。

彼は、早川犯人説がくずれるとは、考えていないようだった。

「その通りです」

と、十津川は、うなずいた。

「じゃあ、問題はないだろう。まさか、太田垣社長自身が、関係のあった女を殺していったわけじゃあるまい」

「私も、そうは思いません」

「それに、大竹康江については、犯人が逮捕されているんだろう？」

「西井信吉という男が、所轄署で逮捕されています。しかし、どうも、あの犯人は信用ができないのです」

「なぜだね？」

「実は、西井信吉という男について調べてみたのです」

「それで？」

「大竹康江の兄の大竹達夫と関係のある男だとわかりました。大竹元刑事については、ご存じでしょう？」

「ああ、知っている。警察をやめたあと、コンサルタントのような仕事をしていると聞いたことがある。しかし、彼のことは、君の方が、よく知っているはずだが」

「私の下で働いていたことがありますから。正直にいって、大竹刑事は、頭は切れますが、要領が良すぎて、信用のおけない男でした。その大竹が、前に逮捕したことのあるのが西井信吉で、ホームレスです。大竹が、金を与えて、面倒をみていたこともわかりました」

「君は、何をいいたいのかね？」

「西井信吉は、犯人に仕立てあげられた男ではないかと思うのです。前途に希望のないホームレスだったら、三食つきの刑務所暮らしの方がいいと思うかも知れません」

「犯人に仕立てたのが、大竹だというわけかね？」

「そうです」

「しかし、大竹が、なぜ、そんなことをするんだ？　自分の妹が殺された事件で、関係のないホームレスを犯人に仕立てあげた理由がわからんじゃないか？」

「私が調べましたところ、大竹は、コンサルタント業がうまくいかず、ピイピイしていたようなのですが、最近、急に金まわりがよくなったということも聞きました」

「それが、事件と関係があるのかね？」

「ゆすりです」

「ゆすり？」

「大竹は、自分の妹を殺した犯人を知っていて、犯人を作って恩を売り、金をゆすり取っているのかも知れないということです。それで、大竹達夫に、一度会って来たいのです。早川の件は、そのあとで、結論を出したいのですが」

と、十津川はいった。


美しい女だった。

高貴な感じといった方がいいかも知れない。

彫りの深い顔、ぬけるように白い肌、何分の一か、白人の血がまじっているのかも知れなかった。

名前は、水木《みずき》冬子《ふゆこ》。まあ、名前はどうでもいい。この若く美しい女が、自由になるのだということが、大竹を満足させていた。

金の力だった。

今、大竹のふところには、早川がくれた一千万円がうなっている。

それに、太田垣の顧問弁護士は、いずれ、大竹の満足のいくだけの金を支払うと約束してくれた。

金持ちなのだ。

水木冬子も札束で頰を引っぱたくようにして、ホテルへ連れて来たのである。

冬子は、国内線のスチュワーデスだった。大竹は、前々から、国内線に乗って、彼女に会うたびに冬子を抱きたいと思っていた。それが、いい出せなかったのは、自分に自信がなかったからである。

地位もだが、金もなかった。中年男が、若い女をくどくには、そのどちらかが必要だ。

しかし、今は、金がある。それも、あぶく銭だから、惜しくはない。

イエスといったら、百万や二百万の金はやってもいいと思ってくどくと、意外に、すんなりと、相手は、イエスといってくれたのである。

そして、一流ホテルのツインの部屋に、冬子を連れ込んだ。

「君のような美人と、こうしてホテルに来るなんて、まるで、夢のようだな」

と、中年男の大竹が、二十歳前後の男みたいな言葉を口にした。

冬子は、鏡の前に腰を下ろし、鏡の中の自分の顔に向かって、微笑した。

「私ね、お金が欲しいの」

ずばりといわれて、一瞬、大竹は、鼻白んだ。

冬子がイエスといったのは、大竹が約束した報酬のせいだということは、彼自身にもよくわかっている。

だが、わかっていて、そう思いたくないのが、中年の感傷というやつだろう。

冬子は、口紅だけを直して、ベッドに腰を下ろしている大竹のそばに歩いて来た。

「私、きれい？」

と、立ったまま、冬子は、腰に手を当てて大竹を見つめた。

「ああ、きれいだよ。ほめられるのは、なれっこになっているだろうけど、素晴らしくきれいだ」

「ありがとう」

ニッと笑ってから、冬子は、大竹のひざの上に、横ずわりに腰を下ろした。

自然に、両手が、大竹のくびに巻きついてくる。

唇が合わさった。

服を着ている時は、ほっそりとやせてみえたのだが、裸になると、意外に肉づきのいい身体をしていた。

「私は、わがままな女よ」

冬子は、立ち上がると、自分の身体の美しさを見せびらかすように、大竹の眼の前を、裸で、ゆっくりと歩いて見せた。

張りのある乳房や、きゅっとくびれた腰や、弾力のありそうな丸いお尻《しり》が、微妙にゆれ動いて、大竹の欲望を刺激した。

「わかっているから、早く来いよ」

と、大竹は、ベッドをたたいた。

そんな大竹のいらだちを、冬子は、面白がって、

「中年のくせに、せっかちなのね」

「身体が若いんだ」

「私に、高級マンションを買ってくれることと、月に三十万のお小遣いは、間違いないでしょうね？」

冬子は、裸のまま、ソファに腰を下ろし、あごに手を当てて、大竹を見た。

一糸まとわぬ全裸で、両脚を高々と組んでいるので、微妙な部分が、ちらちらと見えかくれする。

「間違いないさ」

大竹は、まゆを寄せ、いっそう、いらだった声を出した。

「手つけ代わりに、二十万円渡したじゃないか」

「もらったけど、コンサルタントって、そんなにもうかるものなの？」

「おれは、いい金づるをつかんでいるからな。打ち出の小槌《こづち》と同じで、振れば、いくらでも金が出てくるんだ」

「ふーん」

「じらすなよ」

「月々三十万円の他に、毛皮や宝石なんかも買ってくれる？」

「いいよ。いいから早く来いよ」

「ちょっと待って。こういうことは、ゆっくりと、優雅にするものよ。私はね、飢えた狼みたいに、がつがつする人はきらいなの」

冬子は、ソファに腰を下ろしたまま、手を伸ばして、ハンドバッグを取り、香水を取り出して、身体中にふりかけた。

そんな仕ぐさは、どこか、アメリカやフランスのコールガールを思わせた。

大竹は、まだ海外旅行をしたことはないが、映画やテレビで見た向こうの高級コールガールの姿が、冬子の姿にダブって見えた。

「いいわ」

と、いいながら、近づいて来た冬子の身体からは、甘い香水のにおいの他に、かすかに、わきがのにおいがした。

香水をつけたのは、わきがのにおいを消すためだったのかも知れない。

わきがのにおいは、大竹の官能を刺激した。

大竹はいきなり、冬子の身体をベッドの上に押し倒した。

冬子が、小さな声をあげた。

「乱暴はいやよ」

冬子は、押しつけられた大竹の唇が離れると、抗議する調子でいった。

「ベッドの上で、乱暴もくそもあるものか」

大竹は、吐き捨てるようにいい、冬子の両手を、大の字に広げて、ベッドに押さえつけた。

「手が痛いわ」

と、冬子がかん高い声をあげたが、大竹は、かまわずに、彼女の両手を押さえつけたまま、乳首を、舌で愛撫《あいぶ》しはじめた。

「手を放して――」

「だめだ」

「手を放してよ」

冬子の声が荒くなった。

大竹は、かまわず、乳首をかんだ。

「あッ」

と、冬子が悲鳴をあげた。

大竹は、彼女の両手を押さえつけたまま、もう片方の乳房をかんだ。

「痛いわ。やめて――」

冬子の冷たく取りすました顔が、ゆがんだ。

「いいか」

と、大竹は、太い声でいった。

「おれは、約束した以上、マンションも買ってやるし、小遣いもやる。だがな、ベッドの上では、おれのいう通りになるんだ。それが、おれの方の条件だ。わかったか？」

「……………」

冬子は、押さえつけられたまま、じっと、大竹をにらんでいる。おそらく、男から、こんな命令口調でものをいわれたのは、生まれて初めてなのだろう。

大竹は、刑事時代、万引きした若い主婦を、暴力で犯したことがあった。結婚してまだ三ヵ月の若妻だった。あの時の女の顔を、大竹は思い出していた。

犯す――という意識が、大竹を興奮させるのだ。

大竹は、いきなり、冬子の右頬をなぐりつけた。

二年前、若妻を犯した時も、大竹は、同じように、抵抗する相手をなぐりつけたのだ。

ぱしッと、鋭い音がして、冬子の顔が、みにくく引きつった。

「顔は、ぶたないで――」

「顔じゃなければいいのか。尻を引っぱたいてやろうか？」

「……………」

ふいに、冬子は、両手で顔をおおって泣き出した。

あの時も、若妻は、顔をおおって泣き出したのだ。

冬子の嗚咽《おえつ》が、大竹には心地よかった。

大竹は、泣いているのをかまわず、太ももに手をかけて、冬子の両足を押し開いた。

冬子は、もう抵抗しなかった。あの若妻と同じだった。

それどころか、指先を持っていくと、すでに、十分にぬれていた。

指先での愛撫のあと、両手で冬子の腰を抱くようにして、押し込むと、冬子が、うめき声をあげた。

だが、もう泣くのはやめていた。

眼を閉じ、両手を、大竹の首にまわしてきた。

彼女の方も、腰をゆすり始めた。次第に、息づかいが荒くなってくる。

大竹は、ニヤッと笑って、冬子の乳首に唇を押しつけた。

数ヵ月、女に接していなかった大竹は、冬子が、一度、絶頂に達して、がっくりとなっても、許さなかった。

「かんにんして――」

初めて、冬子が、小さな声で哀願した。

「だめだ」

と、大竹はいい、前よりも激しい愛撫を、冬子の肉体に加えていった。

かんにんしてといいながらも、冬子の身体は、また、燃えあがってきた。

あの若妻も、かんにんしてくださいと哀願しながら、三度も燃えあがったのだ。

二度目のクライマックスが冬子をとらえ、身体を弓のようにのけぞらせた時、その口先から、よだれが流れ落ちた。

大竹が、身体を引き離して立ちあがると、冬子は、ベッドの上に横たわったまま、動こうとしなかった。腰のあたりが、ぴくぴく動いている。

十五、六分して、冬子は、夢からさめたように立ち上がると、いそいで浴室にかけ込んだ。

激しいシャワーの音が聞こえ、やがて、タオルを身体に巻きつけて出てきた。

乱れた髪を、きちんとなでつけて現われた冬子は、もとの取りすました顔にもどっていた。

「私が、あなたにまいったと思ったら、間違いよ。そんなふうに、うぬぼれないでちょうだい」

「いいさ」

と、大竹は、ニヤッと笑った。女は可愛いものだ。

二人は、身支度をして、ホテルを出た。

夜半近い時間になっていて、ドアマンの姿は、もう見当たらなかった。

「君の家は、品川だったな?」

と、大竹は、冬子に確かめてから、車道に出て、タクシーを止めようとした。

向こうから、フロントライトを光らせて、車が走ってくる。

大竹は、手をあげかけてから、タクシーでないとわかって、舌打ちをした。

この時間になると、タクシーも、なかなかやって来ない。

近づいて来た車が、いきなり、大竹に向かってハンドルを曲げた。

「あッ」

と、大竹は、叫び声をあげて飛びのこうとしたが、一瞬、逃げおくれた。

大竹の身体が、宙に舞った。

冬子は、ぼう然として、自分の眼の前で起きた惨劇をながめていた。

大竹の大きな身体が、コンクリートの地面にたたきつけられ、はねた車は、猛スピードで走り去った。

冬子は、動かない大竹に走り寄ろうとしなかった。

真っ青な顔で、

(死んだのだろうか？)

と考え、死んだにしても、助かるにしても、事件の巻き添えにされてはかなわないと思った。

冬子は、その場から逃げ出し、一〇〇メートル離れたところからタクシーに乗って、品川の自宅へ帰ってしまった。

そのため、事故の警察への通報は、十五、六分はおくれたとみていいだろう。

もっとも、すぐ冬子が通報し、救急車が到着していたとしても、大竹は、助からなかったと思われる。彼の死は、即死に近かったからである。

十津川が、大竹達夫の死を知ったのは、さらに一時間たってからだった。

車にはねられて即死と聞いたとき、十津川は、とっさに、

（殺されたな）

と思った。

会って、彼の妹、大竹康江の死について話を聞きたいと思っていた矢先である。

彼が、先手を打たれたと考えるのが、当然だった。

午前三時に近い時間だったが、十津川は、大竹が女と泊ったKホテルに出かけた。

ホテルの前の事故現場には、パトカーと、鑑識の車が止まっていて、路上に流れた血痕《けっこん》や、タイヤのあとを調べていた。

十津川は、そこにいた刑事に、事情を聞いた。

「目下のところ、はねた車については、何もわかりません。被害者と一緒にいた女が見たはずだと思うんですが、ゆくえがわかりません。かかわり合いになるのがいやで、逃げたんでしょう」

「どんな女なんだ？」

「フロントの話では、二十二、三歳で、スタイルのいいすごい美人だったそうです」

「すごい美人か――」

十津川の知っている大竹にはふさわしくなかった。

二年前、万引きした若妻をおどして、ラブホテルに連れ込み、それがわかって警察をやめさせられたのだが、また、そんな関係の女なのだろうか。

それとも、最近、金ばなれが良くなっていたということだから、金で買った女だろうか。

とにかく、その女が見つかれば、何かわかるかも知れない。

(早川が無実としたら、真犯人が、大竹も殺したのだろうか？)

翌朝になって、現場から一〇〇メートルほど離れた場所で、若い女を乗せたというタクシーの運転手が見つかった。

実直そうな中年の運転手で、捜査本部にやってくると、十津川に向かって、

「すごい美人でしたよ。S子という歌手にどことなく似ていましてね」

と、やや、興奮した口調でいった。

「乗った時の様子はどうでした？」

十津川は、煙草をすすめてからきいた。

「すごくおびえてるみたいだったなあ。真っ青な顔だったんで、病気かと思って聞いてみたんですが、なんでもないというし――」

「それで、どこまで乗せたんです？」

「品川駅の近くのマンションです。ええと、第一品川レジデンスという名前でしたよ」

「彼女が、そこへ入って行くのを見たんですか？」

「ええ。なんとなく気になって、入るのを見届けてから車を動かしたんですが、彼女、何か事件と関係があるんですか？」

運転手は、好奇心のかたまりみたいな顔つきになって、十津川を見た。

十津川は、「さあ」と、あいまいにいってから、すぐ、部下の刑事を、第一品川レジデンスに向かわせた。

水木冬子が、青ざめた顔で、捜査本部に連れて来られたのは、昼近くだった。

冬子は、あっさりと、昨夜、大竹達夫と一緒だったことを認めた。

「あの人が車にはねられた時、すぐ一一九番しなければいけないと思ったんですけれど、こわさが先に立ってしまって――」

と、冬子は、顔を伏せてしまった。

こわかったというよりも、かかわり合いになりたくないと考えたのだろうと思ったが、十津川は、その詮索《せんさく》はせず、

「大竹達夫をはねた車は見ましたか？」

「ええ。でも、ちらっとでしたし、フロントのライトがまぶしくて――」

「あなたは、車を運転したことは？」

「ありますわ。車も持っているし――」

「じゃあ、車の種類には、くわしいはずだ。落ち着いて、思い出してください。大竹達夫をはねた車は、どんな車でした？」

「たしか白い――」

「白い？　それから？」

「白いカローラでしたわ」

「その調子です。年式は覚えていませんか？」

「とっさのことでしたから。でも、あまり新しくない車でした」

「中古の白いカローラですね。運転していた人間は見ましたか？」

「一瞬のことでしたから。でも、男の人のようでした」

「若い？　それとも中年？」

「わかりません。一人だったのはたしかですけど。他に、乗っているようには、見えませんでしたから」

「男が一人で運転していた中古の白いカローラですね。ナンバーは見ましたか？」

「いいえ。あたしは、はねられた大竹さんの方が気になってしまって――」

「そうでしょうね。では、大竹達夫と、あなたのことを話してくれませんか」

十津川が、うながすと、冬子は、まゆを寄せて、

「なぜ、そんなことまで話さなければいけないんです？　昨夜の事件は、単純な轢《ひ》き逃げじゃないんですか？」

「計画的な殺人の可能性もあるのですよ」

十津川の言葉で、冬子の顔が、また青ざめた。

「そんな――」

「話していただけますね」

「別にどういう関係じゃありません」

「あなたは、どういう関係のない男と、夜、ホテルに一緒に泊るんですか？」

十津川は、皮肉な眼つきで、冬子を見た。

冬子は、くやしそうにくちびるをかんでいたが、覚悟を決めたように、

「あの人、前から、あたしにモーションをかけていたんです。でも、なんとなく、気がすすまなくて——」

「昨日、ホテルに一緒に行ったのは、やはり、お金の魅力ですか？」

「ええ。いけません？」

冬子が、強い眼をして、きき返した。

「僕は、他人の行動について、道徳的な判断をくだす趣味はありませんよ」と、十津川は、微笑した。

「大竹達夫は、いくらぐらい、あなたに払ったんですか？」

「昨日二十万円くれました」

「ほう。その他にも、何か約束したんですか？」

「ええ。ずっと、つき合ってくれるなら、高級マンションも買ってやるし、月三十万の小遣いをくれるともいいましたわ」

「そりゃあ、大したものだ。あなたは、大竹達夫の職業を知っていますか？」

「なんとかコンサルタントといっていたけど、あたしは興味がなかったから、くわしくは聞いたことがありません」

「あなたに、月々三十万の小遣いをくれたり、高級マンションを買い与えられるほど、もうかる仕事だと思いましたか？」

「わかりません。でも、変な気がしたんで、聞いてみました」

「大竹は、なんと返事をしました？」

「なんでも、お金をいくらでも出してくれる大変なスポンサーをつかまえたみたいなことをいってましたけど」

「スポンサーをねえ。そのスポンサーの名前は、いいませんでしたか？」

「ええ。いいませんでした」

「お金をいくらでも出してくれるスポンサーねえ」

十津川は、太田垣を思い出していた。

水木冬子を帰したあと、大竹達夫をはねた、白い中古のカローラの調査が開始された。

それと並行して、死んだ大竹達夫の預金高も調べられた。

その結果、二週間前に、小切手で一千万円、近くの銀行の口座に預金し、三日前に三十万円おろしていることがわかった。

「この一千万円は、おそらく、例の五百万の小切手の二枚でしょう」

と、十津川は、課長に報告した。

「太田垣が、五人の女の手切金として、早川に渡したと考えられる額面五百万の小切手五枚のことか？」

「そうです。逮捕された時、早川は、その中の一枚を持っていました。二枚を、大竹に渡していたんだと思います」

「なぜ、彼に、二枚も渡したんだろう？」

「大竹の妹の大竹康江の分として五百万円。それと、多分、口止め料として五百万円でしょう。だが、大竹の方は、五百万の口止め料では満足せず、もっと大金をせびり取るつもりだったと思います。また、取れる確信があったと思われます。だからこそ、水木冬子に向かって、大風呂敷《おおぶろしき》を広げて見せたんでしょう」

「高級マンションに月々三十万円という大金だが、それだけの大金がせびり取れる相手というと、やはり――」

「太田垣忠成でしょう。だからこそ、大竹は、殺されたんだと思いますね。太田垣にとって、大竹は、危険な人間になったからです」

「しかし、太田垣は、昨日から、国際会議に出席するために、マニラに行っているよ」

「もちろん、大臣の太田垣が、自ら手を汚したとは思いません。大臣ともなれば、忠義面をして、彼のために動きまわる人間が、いくらでも出て来るものですよ」

十津川は、苦い顔でいった。

夕方になって、右フロントがこわれた白いカローラDXが、京王多摩川《けいおうたまがわ》駅近くの河原に乗り捨ててあるのが発見された。

よほど強い衝撃を受けたらしく、フロントライトのガラスが割れ、バンパーが、ひん曲がっていた。

大竹達夫がはねられた現場には、ガラスの破片が散乱していたが、その破片は、発見されたカローラの割れたフロントライトのガラスであることがわかった。

しかし、その車は、十津川が予想した通り盗難車だったし、車体から、犯人のものと思われる指紋は検出されなかった。

車から犯人を割り出すことは不可能だった。

（皆殺し――）

という言葉が、ふと、十津川の頭に浮かんだ。

太田垣と関係のあった五人の女は、全部死んだ。多分、全員が殺されたのだ。

それだけではない。五人の女と関係のあった人間も、つぎつぎに殺されている。和田英明も、大竹達夫も。

第十六章　夜の結婚

十津川は、自分の前に腰を下ろした早川の顔を、しばらくの間、じっとながめていた。

この三十八歳の男のことは、いろいろと調べた。

高校しか出ていないこと。家が貧しかったこと。人を傷つけ、押しのけて、社長秘書の地位についたこと。政界に入りたいという野心を持っていること。

そうしたことが、今、この男の精神を、どんな形に作りあげたのだろうか。どんな歪《ゆが》みをもたらしたのだろうか？

「よく寝られるかね？」

と、十津川はきいた。

早川は、眼の下に、どす黒いクマの出来た顔をあげて、十津川を見た。

「まあ、なんとか――」

「ときどき、うなされているそうじゃないか。何もかも、洗いざらい話してしまえば、安心して、ぐっすり眠れるぞ」

「私は、何もしていませんよ。誰も殺していませんよ。私のやったことといえば、野々村ふみ代に頼まれて、和田英明の死体を運んで埋めたことだけです。だから、死体遺棄なら認めますよ。それも頼まれて、止むを得ずやったことです。しかし、他には、何もやっていないんだ」

「かも知れないな。僕も、君は誰も殺していないのかも知れないと思うことがある」

「じゃあ、釈放してください」

「そうはいかん。君の容疑は濃いんだ。このままでは、君は、間違いなく有罪になる。もし、助かりたければ、全部話すんだ。それしか、君の助かる道はない」

「私には、秋月弁護士がいます」

「あの弁護士に君が助けられると信じているのかね？」

「信じていますよ」

「それは賢明といえないんじゃないかねえ。あの弁護士は、城西製薬の顧問弁護士だ。君のことより、会社のこと、社長の太田垣忠成のことを重要視するだろう。君が、会社や、社長にとって、面倒な存在になったら、容赦なく、切り捨てるだろうね」

「そんなことはありませんよ。私は、会社にとっても、社長にとっても、必要な人間なんだ」

「それが、君のひとりよがりでなければいいがね。ところで、大竹達夫が、昨日殺されたよ」

「え？」

早川の顔色が変わった。

十津川は、「まあ、煙草でも吸えよ」と、早川に、すすめてから、

「車にはねられて死んだんだが、僕は、事故をよそおった殺人と見ている。車は盗難車だったし、よけようとした形跡が全くないからね」

「………」

「君は、大竹達夫が、なぜ殺されたか、その理由を知っているんじゃないのかね？　それに、誰が殺したか、その人間についても心当たりがあるんじゃないのかね？」

早川は、すすめられた煙草に手を出そうともせず、ぼんやりと、膝《ひざ》の上の自分の手を見つめていたが、顔を上げると、

「私は、何も知りませんよ」

と、乾いた声でいった。

「本当に知らないのかね？」

十津川は、ねばっこくきいた。

「知らないものは、知らないんです」

「しかし、君は、大竹達夫を知っているね？」

「ノーコメント。話したくありません」

「そういう態度は、君を不利にするだけだし、話してくれないと、僕が君を助けたくても、何も出来ないことになってしまうよ」

「別に、あなたに助けてもらえなくてもかまいませんよ」

「そう強がりをいいなさんな。大竹達夫が殺されたといったら、顔色を変えたじゃないか。君だって、うすうす感じているはずだ」

「何をです？」

「君自身も、太田垣忠成にとっては、邪魔ものだということを感じ始めてるんじゃないのかね？　ひょっとすると、自分も消されるかも知れないと」

「そんなことはない！」

思わず、早川が大きな声を出した。

「そうかねえ」

と、十津川は、わざと、首をかしげて早川を見た。

「そうですよ」

早川は、また大きな声でいった。十津川にいうというより、自分自身にいい聞かせている感じだった。

十津川は、そんな早川の様子に、心の動揺を見てとった。秋月弁護士が、ときどきやって来ては、彼をはげましているが、留置されていると、やはり、疑心暗鬼が生まれてくるのだろう。

「いいかね。君」と、十津川は、早川に向かって、ゆっくりと話しかけた。

「君は、太田垣社長から頼まれて、五人の女に会った。太田垣と、きれいに手を切らせるためだ。額面五百万円の小切手を五枚持ってだよ。ところが、どの女も、別れますとはいわない。そりゃあ当然だろう。太田垣は、戸籍上独身だから、うまくいけば、城西製薬社長夫人、厚生大臣夫人の地位につけるかも知れないからね。その権利を、たった五百万円で手放す馬鹿はいない。君は、当然、困ったはずだ。社長が大臣に就任するまでに、五人の女を完全に整理しておかなければならないのに、一人も、うんといわないのだからね」

「…………」

「ここまでは、僕にも想像がつくし、この想像に間違いはないと思っている。問題は、このあとだ。困った君は、五人の女をつぎつぎに始末していったのか――？」

「私は、誰も殺していない」

「じゃあ、いったい誰が、つぎつぎに殺していったのかね？」

「そんなこと、私は知りませんよ。とにかく、私じゃないんだ。それに、小池麻里と、高沢弘子は、殺されたんじゃない。どちらも無理心中ですよ」

「いや、違うね。僕は、無理心中に見せかけて、殺されたんだと思っている」

十津川は、確信を持っていった。

早川は、黙ってしまった。眼を伏せ、しきりに何かを考えている様子だった。

そんな早川に、追い打ちをかけるように、十津川は、

「この一連の事件には、強い一つの意志が働いているんだ。それは、太田垣の五人の女の口を、永久に封じてしまおうという犯人の意志だよ。その邪魔になる人間も、容赦なく殺

されている。和田英明も、昨日の大竹達夫もだ。いや、彼らだけじゃない。小池麻里と無理心中した形の原口竹二郎という二十九歳の男、高沢弘子とレズ同士として同性心中した形の山口多恵子の二人も、殺されたんだと、僕は思っている。合計九人の人間が殺されているんだ」

「私じゃない」

「そんなことを、なんべん繰り返したところで、君は助かりゃせんよ。君は、おそらく、最初から、連続殺人の犯人に仕立てられるために、人形のように動かされていただけなのだ」

「私は、ただ――」

「ただ、何だね？」

「いいですよ――」

「よくはない。君は、ただ、社長の太田垣の命令で動いただけだといいたいのだろう？　だがね、君は、最初から、犯人に仕立てあげられる運命だったんだ」

「そんなはずはない！」

「果たして、そういい切れるかね？　冷静によく考えてみたまえ。君が動くところで、人が死んでいるじゃないか。君が伊東へ行くと、そこで、浅井美代子が殺された。君が、野々村ふみ代を訪ねたあと、彼女も殺された。和田英明も同様だ。他の女たちも、同じじゃないのかね？　君が犯人でないのなら、何者かが、君を犯人に仕立てるために、罠《わな》をかけたとしか考えられない。君は、まんまと、その罠にはまったんだ」

「そんなはずはない。私は、社長を信じている」

「太田垣忠成という男は、それほど信用のおける人物かね？」

「私は信頼している」

「ところで、君に恋人はいないのかね？」

十津川が、急に話題を変えると、早川は、とまどったように、眼をしばたたいてから、

「そんなことが、事件と、どんな関係があるんですか？」

「君は結婚していなかったね？」

「ええ」

「だが、恋人はいるんだろう？」

「そんなものいませんよ」

ぶっきらぼうに、早川はいった。

「そんなことはないはずだ。恋人への伝言があれば、僕が伝えてあげるが」

「いりませんよ。私には、そんなものはありません」

早川は、かたくなだった。

「そういえば、面会に来るのは、弁護士だけだな」

十津川がいうと、早川の顔がゆがんだ。

早川は、順子の顔を思い出し、ソープランドの君子の白い身体を思い出した。あの二人

は、なぜ、面会や、差し入れに来てくれないのだろうか。

順子のことは、自分の方から裏切っておきながら、こんなことになると、早川は、彼女が顔を見せないことが、腹立たしかった。

君子についても同じだった。貯金が目当てで、結婚したいといったくせに、やはり、来てくれないことに、腹が立った。

「どうしたんだね？」

と、十津川にきかれて、早川は、あわてて首を横にふった。

「なんでもありませんよ。疲れたから、訊問《じんもん》は、これくらいにしてくれませんか」

「いいだろう。一休みしよう」

十津川は、うなずいて立ち上がった。

早川は、留置場にもどされた。

十津川が、部屋にもどると、大橋捜査一課長が、待ちかまえたように、

「何かわかったかね？」

と、きいた。

「わかったのは、ますます、犯人が早川らしくないということだけです。彼は、誰かにはめられたんです」

と、十津川はいった。

「それは、君の想像だろう？　何か根拠でもあるのかね？」

「残念ながら、今のところは、私の想像だけです。もう少し時間をくだされば、証拠を見つけ出してみせます」

「上からも、犯人を逮捕しておきながら、何をもたもたしているのだと、うるさくいわれてねえ」

大橋は、困ったというように、頭に手をやった。

「もう少しです」

「あと二十四時間。それ以上は待てないよ。それだけの時間調べても、早川が無実だという証拠が見つからなかったら、殺人と、死体遺棄で、起訴にふみ切るんだな。あとは、検事さんにまかせたらいい」

「わかりました」

「どこへ行くんだ？」

「早川の恋人に会って来ます」

「彼に恋人がいたのかね？」

「早川自身は、いなかったといっていますがね。そんなはずはないと思います。独身で、やり手で、社長秘書ですからね。いないのが、おかしいですよ」

と、十津川はいった。

十津川は、早川の住んでいたマンションに行ってみた。

まず、管理人に会って、早川のところへ、女が訪ねて来なかったかを聞いてみた。

中年の管理人は、メガネをずりあげながら、

「若くて、きれいな娘さんが、よく来てましたよ」

「名前はわからないかな？」

「さあ。名前を呼ぶところを聞いてませんからねえ」

「特徴は？」

「Sという歌手がいるでしょう。あの娘に似てましたよ。身長は一六〇センチくらいですかねえ。ほっそりした、スタイルのいい女の人ですよ」

やはり、恋人はいたのだ。

十津川は、次に、早川の部屋に入ると、手紙類を、片っ端から調べてみた。

だが、女名前の手紙は、一枚もなかった。

(これは、どういうことだろう？)

十津川は、まゆを寄せた。が、すぐ、明るい顔になって、部屋を出た。

手紙がないということは、手紙のやりとりをしなくてもすむほど、早川の身近にいる女だということだろう。用があれば、電話ですむ間なのだ。

と、すれば、まず考えられるのが、会社の社員ということだった。

十津川は、城西製薬に着くと、秘書課に行き、その部屋で、古手に見える三十五、六歳

の女性秘書に、早川のことをきいてみた。

女性秘書は、警戒する眼で、十津川を見て、

「早川さんは、秘書と申しましても、社長の個人秘書でしたから、早川さんの仕事のことはこちらでは、わかりかねますけれど」

「いや、彼の仕事のことではなく、彼の恋人が、ここにいると思いましてね。誰だったか、知りませんか？」

「それなら、望月順子さんだと思いますけど」

「どの人です？」

十津川は、広い秘書室を見まわした。男が二人、それに女が五人いる。

「望月さんは、やめました」

「やめた？　いつです？」

「一週間前ですわ」

「なぜ、やめたんです？」

「なんでも、結婚するんだと、いってましたけど」

「結婚というと、早川とですか？」

「さあ、どうかしら――」

女秘書が、首をかしげたとき、そばで、書類整理をしていた男の社員が、

「違いますよ」

と、十津川にいった。

「じゃあ、誰です？」

「なんでも、相手はカメラマンだっていってましたよ。ああ、日下というカメラマンです。結婚式に出てくれっていわれてるんです」

「日下ですって？」

確か日下秀俊という名前だった。

新進カメラマンで、彼が、浅井美代子を殺した犯人じゃないかと早川が指摘した男である。

あの時、十津川は、いちおう、日下秀俊のことを調べてみた。

だが、会った感じでは、浅井美代子を殺す動機を持っているようには見えなかったし、間もなく結婚するという若い娘が、彼のアリバイを証言したので、容疑者の範囲から除外したのである。

あの娘が、早川の恋人だったとは。

（これは、単なる偶然なのだろうか？　それとも、何か意味があるのだろうか？）

刑事としての十津川は、いかなる時でも、単なる偶然などは認めない。特に、それが殺人事件である場合は、なおさらだった。

十津川は、もう一度、日下秀俊に会う必要を感じた。それに、望月順子という女性にもである。

十津川は、前に出向いたことのある渋谷道玄坂の「PCスタジオ」を、もう一度、訪ねてみることにした。

相変わらず、真っ黒くぬられた奇妙な建物である。

応対に出て来た長髪の男が、十津川の警察手帳を見て、当惑した顔になった。十津川は、笑って、

「今日は、別に、風俗取り締まりに来たわけじゃないよ。ここで働いていた日下秀俊というカメラマンに会いに来たんだ」

「彼なら、もういませんよ」

「いない？」

「ええ。独立して、自分のスタジオを持ったんです。頭の切れる奴でしたけど、いつの間に資金を作ってたのかな」

若者は、長髪をガリガリとかきあげ、ひどくうらやましそうな顔をした。

「そのスタジオは、どこにあるのかね？」

「四谷《よつや》三丁目に、富士レジデンスという大きな新築のマンションがあります。そこの五階ですよ。南向きの二十畳ぐらいのリビングルームを、スタジオに改造して使っているんです。全部で、三、四千万円はしたんじゃないですかねえ、あのマンションは」

若者は、またうらやましげな顔をした。

「スポンサーでもついたんじゃないのかね？」

十津川がきいたが、若者は、首をひねって、

「さあ。そんな話は、聞いてなかったなあ」

「結婚式は、もうあげたのかね？　ええと、望月順子という女性と」

「式はあげないけど、もう同棲《どうせい》はしてるみたいですよ」

「なるほどね」

十津川は、うなずき、その足で、四谷三丁目にまわってみた。

富士レジデンスは、信濃町《しなのまち》駅寄りにあった。

十階建ての豪華なマンションである。

十津川は、五階に上がって、ベルを押した。


しゃれた飾りのついたドアには、「日下スタジオ」の看板が下がっていた。

その文字に眼をやりながら、十津川は、もう一度、ベルを鳴らした。

やっと、内側で人の気配がして、ドアに取りつけた小さな窓から、男の眼がのぞいた。

「誰です？」

と、面倒くさそうにきく。十津川は、その眼の前に、警察手帳をかざして見せた。

ドアが開いた。

日下秀俊が、素肌の上に、ガウンを羽織った格好で、十津川を迎えた。

「たしか、十津川警部さんでしたね？」

と、日下は、微笑した。

「そうです。入らせてもらっていいかな？」

「どうぞ」

日下に案内されて、十津川は、中に入った。

南に面して、スタジオがあった。

濃紺のじゅうたんを敷き詰めた広い部屋に、照明器具や、コードや、三脚やらが、雑然と置かれてあった。

そして、革張りのソファに、二十三、四の若い女が、これも、素肌の上に、チャイナドレス風のガウンを羽織って腰を下ろしていた。

太ももの付近まで割れたガウンが、なかなかエロチックだった。

大きな製薬会社のOLらしくなかったが、十津川は、彼女が、望月順子に違いないと思った。

「望月順子さんですね？」

と、十津川が、あいている椅子に腰を下ろしてきくと、日下が、

「一昨日、籍を入れましたから、今は、日下順子ですよ」

と、脇からいった。

「そうなんです」

順子も、マニキュアした指で、テーブルの上の煙草を取りながら、うなずいた。

十津川は、そんな若い二人の顔を等分に見比べながら、

「今日、僕がここへ来たのは――」

「わかっています」と、日下が、十津川の言葉を途中でさえぎるようにしていった。

「早川さんのことでしょう？」

「まあ、そうです。望月順子さん、いや、今は、日下順子さんでしたね。あなたは、昔、早川の恋人だったと聞いたんですが、本当ですか？」

「つき合っていたことは事実ですわ」と、順子は、あっさりとうなずいた。

「でも、結婚を約束したことはありませんでした」

「日下さんとは、どんなことから知り合ったんです？」

「それは、僕が話しましょう」

日下は、順子の横に腰を下ろすと、彼女の肩に手をまわした。

それは、十津川から、彼女を守ってやるといっているようにも見える姿勢だった。

「僕が、ある雑誌の依頼で、〈各職場の花〉という仕事をやったことがあるんです。有名会社を代表するような、職場のミスの写真を載せるという企画ですよ」

日下は、順子の肩を抱くようにしながら話した。

順子の方は、眼を閉じて、身体を日下にもたせかけている。

「その時、城西製薬に入社したばかりの彼女を撮ったんです。それ以来の知り合いです」

「ところで、浅井美代子さんとの交際は、いぜんとして否定されますか？　先日は、よく

知らない人だといわれましたがね」

十津川がきくと、日下は、当惑した顔で、しばらく黙っていたが、

「本当のことをいいましょう。実は、浅井美代子とのつき合いもあったんです」

「それを、なぜ先日は、否定されたんですか？」

「実は、生前の彼女と、ある約束をしていたんです。それで――」

「どんな約束ですか？」

「浅井美代子は、妊娠していました。僕は、お腹の子は、僕の子に違いないと信じていました。ところが、彼女は、違うというのです」

「それで、いい争っていたというのは、事実だったんですね？」

「そうです」

「それで？」

「浅井美代子が死ぬ一週間くらい前でした。急に会いたいと電話でいって来たんです。そのころは、僕は、もう、彼女のことも、お腹の中の子も、どうでもよくなっていたんですが、銀座のレストランに会いに行きました」

「なんという店です？」

「ええと、たしか、『プチ・モンド』という店でした。その二階です」

「そこで、どんな話があったんですか？」

「浅井美代子が、こんなことをいうんです。お腹の中の子と、僕とが、無関係だという誓

約書を書いてくれれば、千五百万円払うというんです」

「大金ですね」

「ええ。僕もびっくりしましたよ。しかし、彼女は、ひどく、真剣でした。どうしても、誓約書を書いてくれというんです。それで、僕も、彼女のいう通り、誓約書を書きました。正直にいえば、僕は、順子と一緒になるについて、自分のスタジオをほしくて、お金が要ることがあったもんですから」

「なるほど。それで、誓約書を書き、千五百万円を受け取った？」

「ええ」

「しかし、殺された浅井美代子の所持品の中に、そんな誓約書はなかったんですがね？」

「じゃあ、きっと、銀行の貸し金庫でしょう。彼女は、よく、銀行の貸し金庫を利用していましたからね」

「調べてみましょう。それで、千五百万円は、その場で受け取ったんですか？」

「いえ、翌日、現金でもらいました。そのお金も、このスタジオを作るのに使わせてもらいましたよ。何か、複雑な気分でしたがね。そうだ、その時、浅井美代子に、書いてもらったものがあります」

「なんです？」

「彼女から、無理矢理大金を奪ったと見られるのがいやだったからです」

日下は、ソファから立ち上がると、奥の部屋へ入って行ったが、二、三分して、一枚の紙片を持って、もどって来た。

白い便箋《びんせん》に書かれたものだった。

〈日下秀俊様
この千五百万円は、あなたのご配慮に対して、喜んで差し上げるものです。
――月――日　浅井美代子〉

奇妙といえば、奇妙な書類だった。

「これを、お借りしていってかまいませんか？」

十津川が、きくと、日下は、「どうぞ」と笑顔でいった。

「筆跡鑑定でもなんでもなさってください」

「え？」

「どうせ、お調べになるわけでしょう」

日下は、ニヤッと笑った。

十津川が、帰ってしまうと、日下は、順子の顔に、軽くキスしてから、

「つまらない邪魔が入ったけど、また、始めようか」

と、声をかけた。

順子は、黙ってうなずくと、ガウンを脱ぎ、まっ裸になって、じゅうたんの上に、あお向けに横たわった。

日下は、奥の部屋から、四角い木の箱を持って来た。

その中に入っているのは、刺青《いれずみ》の道具だった。

順子の右の乳房には、バラの花の刺青が、半分ほど、咲きかけていた。

「暴れるといけないから、両手を縛って」

と、順子がいった。

最初の針を入れた時、そのあまりの痛さに、順子は、思わず、針を持っている日下の腕に爪を立ててしまったのだ。

日下は、順子の両手を広げる形に縛ってから、彼女の身体に馬乗りになった。

口に手ぬぐいをくわえさせる。

「これは、僕たちの愛の証拠なんだからね」

と、日下は、いい、朱墨を含ませた針の束を、順子の乳房に近づけた。

順子は、しっかりと眼を閉じていたが、針が刺さると、

「ううッ」

と、思わず、手ぬぐいをかんで、うめき声をあげた。

たちまち、顔に、べっとりと汗が浮かんでくる。それは、痛みであると同時に奇妙な快感でもあった。

日下も、汗まみれになっていた。

順子の眉《まゆ》が吊《つ》りあがり、針が刺さるたびに、縛られた両手が、小刻みにふるえた。

乳房からは、うっすらと血が流れてきた。

日下は、針を止めて、その血をなめた。

「ああッ」

と、順子は、明らかに苦痛ではなく、甘い声を出した。かみしめたくちびるから、一筋、よだれが流れ落ちた。

また、針が入れられる。

日下の膝《ひざ》で押さえつけられている太ももが、ぶるぶるとふるえた。

いつの間にか、陽が落ちて、部屋が薄暗くなっていた。

「終わったよ」

と、いってから、日下は、ふらふらと立ち上がって、明かりをつけた。

順子は、ぐったりとして、身動き一つしない。ただ、右の乳房に、一輪、美しいバラの花が咲いていた。

日下は、疲れ切った身体で、のろのろと、縛りつけてあった順子の両腕をほどいてやる。

手首が、赤くはれあがっている。

「きれいなバラだよ」

と、日下は、順子の耳元でささやき、軽く、彼女のくちびるにキスした。

順子が、ぽっかりと眼をあけた。

「出来たの？」

と、かすれた声できいた。

「ああ。とてもきれいなバラの花だよ」

「見たいわ」

順子は、立ち上がった。足が、ふらついたが、裸のまま、スタジオの壁に取りつけてある大鏡の前まで歩いて行った。

じっと、鏡の中の、自分の裸身をのぞき込む。

色白な裸身の、右の乳房に、赤いバラの花が浮きあがり、順子が呼吸するたびに、その花も、同じように息づいている。

順子は、しばらくの間、うっとりと、自分の肌に刻まれた人工の花に見とれていた。

(愛の確証)

と、思う。

肌に刺青をしたことに、順子は、後悔していなかった。

この花が、日下との間の愛の確証だからだ。しかし、肌を傷つけなければ、愛の確証が得られないのは、逆に考えれば、二人の愛の弱さといえないこともなかった。

二人の間には、暗く、恐ろしい不安が横たわっている。

日下が、そっと、うしろから、順子を抱きしめた。

日下も、ガウンを脱ぎ、全裸になっていた。

その右の太ももにも、バラの刺青があった。日下自身が、順子への愛をこめて、刺青したものだった。

唇が重なった。

第十七章　真犯人を追う

十津川は、持ち帰った奇妙な書類の筆跡を確かめるために、科研に送った。

そのあと、浅井美代子が取り引きしていた原宿のM銀行支店に行き、彼女が、貸し金庫を使っていたら見せてくれるように頼んだ。

美代子は、年間二千円を払って、貸し金庫を使っていた。

銀行の地下で、その貸し金庫を見せてもらった。

マンションの権利書や、宝石類、それに、預金通帳。預金通帳には、一千万円近い預金があった。

それらの中に混じって日下のいった誓約書も出て来た。

誓約書
今後、貴女が生む子供について、貴女を傷つけるような虚言を弄《ろう》さないことを、ここに誓います。
——月——日

日下秀俊

浅井美代子様

奇妙な誓約書である。

だが、大臣夫人、社長夫人を眼の前にした浅井美代子としたら、どんなことでもしたろうと思われる。

たとえ、千五百万円払ってでも、日下を黙らせようと考えたとしても、それほどおかしくはない。

大臣夫人、社長夫人の椅子にすわることが出来れば、千五百万円くらい高くはあるまい。

問題は、こうした書類が、連続殺人事件と、どう関係してくるかということだった。

日下秀俊は、早川のかつての恋人と結婚したことで、がぜん、容疑者の一人として浮かび上がって来た。少なくとも、十津川は、そう感じている。

日下という青年が、望月順子を通して、城西製薬とつながることも考えられるからである。

しかし、日下が、千五百万円もらって、浅井美代子と和解していたとなると、彼女を殺す動機は、うすれてくる。

十津川は、貸し金庫に入っていた預金通帳を、念入りに調べてみた。

一年定期には、百万円ずつ五口入っている。普通預金の方は、出し入れが激しいが、千五百万円を一時におろした記載はなかった。

すると、日下に支払った千五百万円は、これからおろしたのではないのだ。

株券でも整理したのだろうか？

それとも、宝石類を処分したのだろうか？　これは、部下の刑事たちに調べてもらうより仕方があるまい。

その日のうちに、筆跡鑑定の結果が、報告されて来た。

浅井美代子の書いた奇妙な書類は、彼女の筆跡に間違いないというものだった。

十津川の顔が、難しくなった。

これで、日下と浅井美代子の間は、生前、すでに和解していたように見える。

（だが――）

と、十津川は思った。

あまりにも出来すぎていないだろうか。

それに、日下は、最初、浅井美代子との関係を頭から否定したはずである。

それなのに、急に認めたのは、どういうわけなのだろうか？

これ以上、隠しておけないと、観念したのだろうか？

新しいスタジオを買った金の出所をきかれると困ると考え、浅井美代子から千五百万円受け取ったことを話したのだろうか？

（どうも、おかしい――）

と、十津川は、首をかしげた。

日下が、浅井美代子との関係を告白したとき、そばに新婚早々の順子がいたことも、十津川を当惑させていた。

普通の男は、新妻の前で、過去に関係のあった女のことを、話さないものである。今度の場合も、十津川を、廊下に連れ出すなり、他の部屋へ連れて行って、話せばよかったのだ。

それなのに、日下は、順子の前で話し、妙な書類まで見せた。あれは、どういう気なのだろう。

しかも、順子は、それを聞きながら、顔色一つ変えなかった。

新妻としては、異常といっていい。

考えられることはいくつかある。

その一つは、順子が、すでに、浅井美代子と日下との関係を知っていたと考えることだが、それにしても、あの平静さは異常である。

愛する夫の昔の女の話である。しかも、子供までからんでいる話なのだ。顔をしかめるのが、自然ではあるまいか。

(ひょっとすると、日下と浅井美代子とは、何の関係もなかったのかも知れない)

そのことを、順子も知っていたのではないだろうか。だからこそ、順子は、あんな平然とした顔をしていたのではないのか。

（すると――）

十津川の推理は、先へ進んでいく。

それなら、日下は、なぜ、そんな嘘をついたのだろうか。

浅井美代子は、妊娠していて、お腹の中の子供は、太田垣忠成の子供だと主張した。大臣に就任したばかりの太田垣にとっては、困ったスキャンダルだ。

そこで、日下が、お腹の中の子は、自分の子だと名乗り出る。いわば、太田垣にとって防波堤になったのだ。

日下が、全く個人的に、太田垣のために嘘をついたとは、とうてい思えない。

誰かのために動いたと考えるのが自然だろう。

（太田垣のために動いたのか？）

とすると、早川はどうなるのだろう？

十津川は、その日のうちに、もう一度、勾留《こうりゅう》中の早川に会った。

早川は、明らかに不機嫌だった。

「話すことは、もう何もありませんよ。私は何も知らないんです」

と、早川は、横を向いていった。

十津川は、そんな早川の顔を、のぞき込むように見ながら、

「君のほうにはなくても、こちらにはあるんだ。望月順子という女性を知っているね？」

「知っていたら、どうだというんです？」

「君の恋人だったはずだ」

「彼女は、今度の事件とは関係ありませんよ」

「ところが、彼女も関係がありそうなんだよ」

「そんな馬鹿な。彼女が、なぜ、事件に関係があるんです？　彼女のことを持ち出して、からめ手から攻めたって無駄ですよ」

「そんな気はない。望月順子は、日下秀俊と結婚したんだ。君が、浅井美代子を殺した犯人だと指摘した日下秀俊とだよ」

「そんな馬鹿な。でたらめはよしてください」

早川は、笑った。が、十津川が黙っていると、早川の顔に、急速に疑惑が広がっていった。そして、その疑惑が、当惑に変わっていくのがわかった。

「まさか――」

と、早川は、十津川の顔色をうかがいながら、小さくつぶやいた。

「まさか、そんなことが――」

「本当だよ。今日、二人に会って来た。二人は、四谷三丁目の真新しいマンションで同棲《どうせい》しているよ」

「しかし、なぜ、彼女が――」

「日下は、こういっていた。〈各職場の花〉という企画で、望月順子の写真を撮った。その時以来の仲だとね」

「しかし、順子は私と――」

「君と寝た女かね？　男は、一度寝れば、その女は、永遠に自分のものになったと錯覚してしまう。だが、それは間違いなんだ。男が放っておけば、女は、さっさと、より深く自分を愛してくれる男を見つけ出して、そっちへ行ってしまうものさ」

「しかし、なんだって、よりによって日下と？　本当なんですか？　まさか私を騙《だま》すんじゃないでしょうね？」

「君を騙しても仕方がないだろう。これは、二人の婚姻届の写しだ」

十津川は、新宿区役所でもらって来た望月順子と、日下秀俊の婚姻届の写しを、早川の前に置いた。

早川は、まだ半信半疑の顔で、それを、じっと見つめていたが、しばらくして、青ざめた顔をあげた。

「どうだね？」

と、十津川は、早川の顔を見つめた。

「もし、日下が真犯人なら、君は、日下と望月順子の二人にはめられたんだ」

「わからない」

早川は、当惑した顔で、首をふった。

「君は」と、十津川は、子供にいうように、早川にいった。

「この世の中は、君を中心に回転しているように考えているのかも知れない。野心家ほど、そう考えたがるものだがね。冷静な第三者から見ると、その人間もまた、誰かに利用されているいくつかの駒の一つでしかないことが多いものなんだ」

「私が、いったい誰に利用されているというんです？」

「誰か、それがわかればいいんだがね。だが、君の恋人、望月順子が、君を裏切っていたことだけは事実だと思う」

「他の男のものになったからですか？　しかし、私だって、いろんな女と寝ているんだから、文句はいえない」

「おや、おや。妙に物わかりがいいじゃないか」

と、十津川は、笑って、

「君が、軽く考えたい気持ちはわかるが、これは、重大なことだと思うね。君は、日下秀俊が真犯人だといったのだ。忘れたのかね？　その男と、望月順子は結婚しているんだ。彼女が、君の動きを知っていて、日下に教えていたとしたら、日下は、君の先回りをして、罠《わな》をかけられたはずだよ」

「……………」

早川は、黙ってしまった。

早川の頭の中が、順子のことで一杯になった。自分に抱かれて、あられもなく嬌声《きようせい》をあげた順子。彼が命じれば、どんな恥かしい格好もした。そんな時、この女は、完全に自分のものだと感じたのだが、あれは、男の勝手な錯覚だったのだろうか。

「よく考えるんだ」

と、十津川が、いった。

「太田垣は、個人秘書の君に、五人の女の整理を命じた。一人あて五百万円の小切手を渡してだ。だが、君はもたついた。だから、太田垣は、秘書室勤務の望月順子を通じて知った日下秀俊に、五人を消してしまうことを命じたんじゃないだろうか。もちろん、何千万円という金を払ってだ。いや、太田垣は、最初から君を信用してなかったのかも知れん。君も、あの五人の女性と同じように、太田垣にとって、煙たい存在だったんじゃないのかね。秘書というもの、特に、個人秘書ともなれば、社長のプライバシーにくわしい。君にすれば、それは太田垣と親しいあかしであっても、太田垣の方から見れば、困った問題だったろう」

「…………」

「だから、太田垣は、すべてを一挙に解決しようと考えた。五人の女を始末し、その犯人に君を仕立てあげるのだ。それを、日下秀俊が、望月順子と二人で請け負ったとしたらどうかね？　すべてが、うまく説明がつくんじゃないかね？」

十津川は、もう一度、早川を見た。

早川は、黙っていた。

だが、彼の心の中では、太田垣に対する信頼が、音を立ててくずれ、それに代わって、どす黒い疑惑が、夏の雲のように、むくむくとわきあがってきていた。

「太田垣が、最初から君を信用していなくて、恋人の望月順子が裏切っていたと考えれば、君の行く先々で、殺人が行われ、いかにも、君が犯人のように見えた理由が、納得できるんじゃないかね？」

十津川が、とどめを刺すようにいった。

「弁護士の秋月さんを呼んでくれませんか」

早川は、かすれた声でいった。

十津川は、首を横にふって、

「無駄だよ。あの弁護士は、太田垣の忠実な代弁者だ。君には、社長のために沈黙を守れというように決まっている。君が沈黙を守れば、太田垣は安泰だからね。そして、君がすべてを引っかぶって、刑務所行きというわけだ。君は、目下、三人の男女を殺したかどで、起訴されようとしているんだよ。このまま、起訴されて、法廷に持ち込まれれば、間違いなく、死刑か無期だ。それでも、太田垣に忠義立てをするつもりかね？」

「秋月さんは、有能な弁護士だ。私の弁護に、全力をつくしてくれると約束した――」

「あの弁護士は、確かに古狸だよ。だが、君の場合は、あの古狸だって、助けるのは無理だな。有罪判決は動かないよ。彼に出来ることといえば、せいぜい、死刑を無期にすることくらいのものだ。君は、男盛りを、刑務所で過ごしたいのかね？」

「………」

「一度、有罪判決がくだってしまえば、それから君が、いくら真実を話しても、誰も取り合ってはくれないよ。もっとも、そうなれば、太田垣にとって、予定通りだろうがね」

「どうしたらいいんです？」

早川は、とうとう、哀願する調子で、十津川にきいた。

十津川は、早川の肩を軽くたたいてから、

「すべてを話してくれればいいんだ。何もかもだ。嘘はいけない。事実を話してくれれば、君を助けられるかも知れない」

「本当に、私を助けてくれますか？」

「その気がなければ、とうに君を、検察に送っているよ」

「わかりました。話すから聞いてください」

早川は、覚悟を決めて話しだした。太田垣に呼びつけられて、五人の女を整理しろと命令され、五百万円ずつの小切手を渡されたこと、五人の女は、いずれも、社長夫人、大臣夫人の地位をねらって、別れることを承知しなかったこと、そこで、さまざまな方法を考えてアタックしてみたが、なぜか、五人の女が、次から次へと死んだり、殺されたりしていったこと――。

十津川は、眼を閉じて、黙って、早川の話を聞いていた。

早川は話し続けた。

聞き終わった時、十津川は、満足した顔になっていた。

早川の話した内容が、十津川の想像していた通りのものだったからである。

「やはり君は、太田垣に利用されていたんだよ。彼が整理したかったのは、五人の女だけでなく、五人の女と君なんだ」

「しかし、私は、社長のために、ずいぶん、尽くして来たつもりなんですが――」

早川は、まだ、太田垣を、心のどこかで信じたい気持ちが残っていた。太田垣に眼をかけられているという自負は、そう簡単に消えるものではなかった。その確信があったからこそ、太田垣にいわれるままに、動きまわったのだ。

「多分、君の野心が、太田垣には、うとましかったんだろう」

と、十津川はいった。

「野心といったって、社長にバックアップしてもらって、政界に出て行きたいと考えていただけのことですよ」

「君は、ただそれだけだと思っても、向こうは、そうは思っていなかったのかも知れない。ワンマン的な人物にありがちなことだが、ちょっとでも野心を持った人間を、危険視するんだ。太田垣が君の敵にまわっていたとすれば、すべてつじつまが合うだろう？　君は、いちいち、彼に報告しながら行動していたわけだから。相手からすれば、君を罠にはめるのは、実にたやすいことだったと思うね」

「どうしたらいいんです？」

「今、君が話したことがすべて本当なら、僕がなんとしてでも真犯人を見つけ出して、君を助けてやる」

「嘘はいっていません。ここまで来て、嘘をついたって始まらないでしょう」

「それならいい」

十津川は、早川を励ますように微笑して見せてから、彼を留置場に帰した。

十津川は、部下の亀井《かめい》刑事に、太田垣に会える時間と場所を問い合わせてくれと頼んだ。

太田垣は、昨夜、マニラから帰国している筈《はず》だった。

その返事が来たのは、二時間ほどしてからだった。その間、太田垣がつかまえられなかったのだ。

「箱根の別荘へおいで願いたいということです」

と、亀井刑事が、十津川にいった。

十津川は、苦笑したが、相手が大臣では、指定された場所へ出向くより仕方がない。

「やれやれ、別荘か」

「カメさん」

と、十津川は、亀井刑事を呼んで、

「君は、鈴木《すずき》刑事と、日下秀俊、望月順子の二人を見張っていてくれ。どこかへ逃げ出すようだったら、なんとか理由をつけて、押さえてほしい」

「逃げますか？」

「ネズミは、船が沈みかけると、いち早く逃げ出すそうだからね」

と、十津川はいった。

いる。

十津川が、太田垣の箱根の別荘を訪ねたのは、午後八時に近かった。

芦《あし》ノ湖《こ》を見下ろす山の中腹に建てられたしゃれた別荘である。小さいがプールもついている。

玄関に立ち、ベルを押すと、背の高いやせた男が出て来た。中の明かりが、男の背中に当たっているので、最初は、相手の顔がわからなかったが、

「大臣がお待ちです」

と、いわれて、その声で、秋月弁護士だとわかった。

秋月に、奥の居間に案内されながら、十津川は、

「あなたも大変ですな」

と、初老の弁護士にいった。

「何がです？」

「大臣のお守りがですよ。太田垣さんは、僕が来るというんで、あなたを呼んだんじゃありませんか」

「さあ。私は、たまたま、他の用件があってお邪魔しているだけです」

秋月は、落ち着いた声でいった。

広い居間の窓から、芦ノ湖の湖面を見下ろすことが出来た。

ぜいたくな借景の造りである。

暖炉には、火が焚《た》かれていた。

太田垣は、ソファに腰を下ろしたまま、十津川を迎えた。

「まあ、掛けたまえ」

と、彼は、ものうくいった。少し疲れているようだった。

十津川は、近くにあった椅子に腰を下ろしながら、甘い香水の香りをかいだ。女がいたらしい。太田垣が結婚するといわれている三笠重工の令嬢でも来ているのか。

「私は失礼しますよ」

と、十津川を案内して来た秋月が、太田垣にいった。

「いいじゃないか」

太田垣が、引き止めるのへ、秋月は笑って、

「警部さんは、あなたと秘密の話があるようだから」

と、いい、太田垣に、何か小声で耳打ちしてから部屋を出て行った。多分、へたなことはしゃべらないようにと、クギをさしたのだろう。

「何か飲むかね？」

太田垣は、パイプをくわえて、火をつけてから、十津川にきいた。

「結構です。仕事中ですので」

「うん。それで、何の用かね？」

「今日うかがったのは、あなたの個人秘書だった早川という男のことで、お聞きしたいこ

とがあったからです」

「あの男には、驚いたよ。まさか、人殺しをするとは思っていなかった」

「彼は、誰も殺していません」

と、十津川はいった。

太田垣の眼が、細くなった。細い眼で、十津川の顔色をうかがうように見ながら、

「君のいう意味がわからんが」

「早川は、誰一人殺していません」

「じゃあ、なぜ、彼を逮捕したのかね？」

「間違いだったのです。彼は、真犯人によって、罠《わな》にはめられたのです」

「ふーむ」

太田垣は、気持ちをまぎらわせるように、ふいに立ち上がると、窓のところへ歩いて行き、芦ノ湖の夜景に視線を走らせた。しかし、彼の眼に、外の景色が映っているかどうかはわからなかった。

「それで」と、太田垣は、十津川に背を向けたままいった。

「真犯人は、いったい誰なのかね？」

「直接手をくだしたものはわかっていますが、正直にいって、問題なのは、金を与えて、殺しを命じた人間の方なのです」

「殺しのスポンサーというわけかね？」

「そうです。直接手はくだしていませんが、その人間が、今度の事件では、一番憎むべき存在です」

「まさか、君は、それが私だというんじゃあるまいね？」

太田垣は、相変わらず、芦ノ湖の黒く広がる湖面に眼を向けたまま、きいた。

十津川は、小さく咳払いした。

「私だというのかね？」

太田垣が、また、きいた。

「あなたには、動機があります」

と、十津川は、まっすぐ、太田垣の幅広い背中を見つめた。

その背中が、ぴくりと動いた。

「どんな動機かね？」

「あなたは、大臣就任に際して、五人の女を整理する必要に迫られた」

「ああ。それは別に否定はしない。総理に、身辺をきれいにしておくようにいわれたので、早川に頼んだのだ。だが、殺せなどといった覚えはない。何を血迷ったか、あの馬鹿者が、勝手に殺してしまったので、私は、大いに迷惑しているのだ」

「早川は、無実です」

「じゃあ、誰が殺したのだ？」

「日下秀俊というカメラマンを知っていますか？」

「日下？　何者だね？」

「売れないカメラマンです。それに、もう一人。望月順子。城西製薬の秘書課のＯＬです」

「その娘なら知っているよ。たしか、私も、入社の時、面接に立ち会ったからな」

「それだけですか？」

「君は何をいいたいのかね？」

「真犯人は、日下秀俊です。売れないカメラマンの日下は、金でやとわれて、つぎつぎに殺人を犯したのです。そして、早川が、その犯人にされたわけです」

と、十津川はいった。


その夜おそく、四谷三丁目のマンションでは、日下秀俊が、ベッドの上で、順子を抱き寄せていた。

「まだ痛むかい？」

日下は、バラの刺青《いれずみ》をほどこした順子の乳房を、そっと、さするようにしながら、彼女の顔をのぞき込んだ。

刺青された部分は、まだ、赤くはれている。

「少しね」と、順子は、媚《こ》びるような眼を、日下に向けた。

「でも、刺青してから、感覚が鋭くなったみたい。ちょっと触られても、すごく感じるの」

それは嘘ではなかった。

刺青は、二人の愛情を確認するために、むしろ順子の方から頼んで、針を入れてもらったものだった。だが、バラの刺青をした乳房は、前よりも、敏感になり、日下の指先が、乳首に触れただけで、かたく緊張してしまうのだ。

乳房を愛撫《あいぶ》されただけで、呼吸が荒くなってしまう。

「早川のことを考えることがあるかい？」

日下は、背後から、裸の順子を抱きしめ、首筋にキスしながらきいた。

「馬鹿ね」

と、順子は、笑った。

「彼のことなんか、もう忘れたわ」

首をねじ向けて、唇を合わせた。

かつては、早川を愛したこともあった。だが、あまりにも、自己中心的な彼の生き方に、愛想をつかしてしまったのだ。

日下には、早川になかったデリケートさがある。そこが好きだ。日下が、たとえ、人殺しでも構わないではないか。

殺された連中は、生きていても仕方のない女や男だし、このことは、順子も承知だったのだ。

その代わりに、今、二人は、大金をつかんだ。

誰がなんといおうと、今の日本は、大金をつかんだ者が幸福になれるのだ。

順子は、自分が、意外に、度胸がすわっているのに驚いていた。

自分の身体を愛撫する日下の手は、何人もの男女を殺したのだ、そう思っても、おぞましいという気は、起きて来ない。

むしろ、スリルを覚え、ぞくぞくしてくる。自分だけが、こうなのだろうか。それとも、女は、みんな、こうなのだろうか。

日下の若くしなやかな身体が、順子の身体を押し開く。明日も知れぬという思いが、若い二人を、いっそう、激しく燃えたたせた。

二人は、汗みどろになって、ベッドの上でからみ合う。若いオスとメスだった。

終わったとき、二人は、疲れ切って、しばらくの間、ぼんやりと天井をながめていた。

日下が、のろのろとベッドから起き上がったとき、誰かが、玄関のベルを鳴らした。


亀井刑事は、腕時計に眼をやった。

すでに、午前三時に近い。

(おかしいな)

と、思ったのは、いつまでたっても、日下の部屋の明かりが消えなかったからである。

(日下たちは、眠らないのか。それとも、明かりをつけたまま眠るのか？)

亀井刑事は、それでも、なお、一時間近く、寒い路上に立って、眼の前にそびえるマンションを見張っていた。

午前四時。

まだ、明かりがついたままだ。

「スズさん」

と、亀井刑事は、トランシーバーに呼びかけた。

「そちら異状ないかね？」

「異状なしだ。日下も、順子も、まだ部屋にいるはずだよ」

と、裏口を見張っている鈴木刑事の声が聞こえた。

「だが、どうも気になるんだ」と、亀井刑事はいった。

「部屋の明かりがついたままなんでね」

「おれもさ」

と、鈴木刑事もいった。

「様子を見に行ってみよう」

と、亀井刑事が、決断した。

二人の刑事は、エレベーターのところで一緒になり、五階に上がって行った。

「日下スタジオ」という看板のさがっているドアの前に立った。

耳をドアに押し当ててみたが、中からは、何も聞こえて来なかった。

ベルを押してみたが、返事はなかった。

亀井刑事が、ノブをつかんだ。まわして引っ張ると、ドアが開いた。

二人の刑事は、顔を見合わせた。

「入ってみよう」

と、カメさんこと、亀井刑事が、小声でいった。

亀井刑事が先に立って、中に入った。

スタジオに改装した居間にも、誰もいなかった。

だが、隣りの寝室に入ったとき、思わず、二人の刑事は、低い叫び声をあげてしまった。

ナイトガウン姿の日下秀俊と望月順子が、折り重なるようにして、倒れていたからである。

順子の上におおいかぶさる形で倒れている日下を、亀井刑事が抱き起こしたが、すでにコト切れていた。

順子も同じだった。

そして、かすかに鼻を打つアーモンドのにおい。

「青酸カリだな」

と、亀井刑事がいった。

「遺書があるぞ」

と、鈴木刑事が、テーブルを指さした。

確かに、そこに、便箋《びんせん》一枚に書かれた遺書がのっていた。

第十八章　終局へ

遺書は、簡潔だった。


世間をさわがせるようなことをしでかして申しわけありません。

亡くなった方がたに対して、死んでお詫《わ》び致します。

日下　秀俊
　　　順子

簡潔というよりも、味もそっけもない遺書といった方がいいだろう。

遺書には、二通りある。

当人だけにわかって、他の者には、まるっきりわからないやつと、思いのたけを、洗いざらいぶちまけた、えんえんと長いやつの二通りだ。

だが、日下の遺書は、そのどちらでもなかった。短く、要領よく、事務的だ。一見、よく出来ているようで、実際には、遺書として不自然なのだ。

十津川も、ひと目みて、不自然さを感じた。死を覚悟した人間が、こんなに要領のいい遺書を書けるものではないからである。

しかしそれを持ちかえって、筆跡鑑定した結果は、日下秀俊が書いたものに間違いないというものだった。

それに、筆の運びに乱れもない。一字一字しっかりと書いてある。

「日下と順子が、追い詰められて自殺したということでしょうか？」

と、亀井刑事が、半信半疑の表情で、十津川にきいた。

「表面上は、そう見えるな。覚悟の自殺と見えないこともない。妙な遺書だが、遺書は遺書だ。筆跡が乱れていないところから見て、誰かに脅迫されて書いたものでもあるまい」

「すると、これで、今度の事件は、終わったことになるんですか？」

亀井刑事は、不満気だった。

十津川の顔に、複雑な笑いが浮かんだ。が、答える代わりに、

「なぜ、そう思うんだね？」

と、きき返した。

「われわれは、早川が利用され、犯人に仕立てあげられたと考えていました。真犯人は、太田垣忠成に金でやとわれたカメラマンの日下とにらんだ。彼に望月順子が協力していることもです。遺書を書いて二人が死んでくれたおかげで、われわれの推理が正しかったことが証明されたわけです。ただ、遺書に太田垣の名前が、全く書いてありませんから、日下

たちが死んでしまった現在、太田垣とのつながりを証明することは不可能です」

「だから、これで終わりというのかね？」

「残念ですが、ここで行き止まりじゃありませんか。この遺書のおかげで、早川の無実は証明されたわけですが、肝心の太田垣を逮捕することは不可能です。ですから——」

「カメさん」

と、十津川は、笑って、

「まだ、事件は終わっちゃいないよ」

亀井刑事は、首をかしげた。

「しかし、肝心の日下秀俊と、望月順子が死んでしまっては、太田垣をどうすることも出来ないでしょう？」

「まあ、そうだが、この二人が、なぜ死んだか、考えてみようじゃないか」

と、十津川は、いった。

「遺書に妙な感じはありますが、脅迫された気配がないところをみると、追い詰められて自殺したと見ていいんじゃないでしょうか。二人で折り重なって死んでいたところは、心中といってもいいかも知れませんな」

「なぜ、追い詰められての自殺と思うんだね？」

十津川は、多少、意地悪くきいた。

亀井刑事は、眼をしばたたいてから、

「われわれが、眼をつけたのを知ったからでしょう」

「たしかに、われわれは、日下と望月順子に眼をつけたよ。だが、それは、あくまでも、推測にすぎなかったんだ。令状も取れなかったんだからね。だから、日下たちは、まだ安全だったし、自殺しないで、高飛びして逃げる余裕は、十分にあったはずだ。金だって持っていたろうしね」

「じゃあ、警部は、自殺じゃないと、いわれるんですか？」

「そうだ。僕は、太田垣に会いに箱根の別荘へ出かけた。会って、早川は犯人じゃないこと、日下秀俊が真犯人で、金のために殺しを引き受けたこと、そして、スポンサーは、太田垣ではないかと、面と向かっていってやった。日下と順子は追い詰められてはいなかったが、スポンサーの方が、危機感を持った。そして、二人の口を封じたのじゃないかと思うのだ」

「じゃあ、太田垣が、この二人を自殺に見せかけて殺したということですか？」

「いや」

と、十津川は、首を横に振って、

「太田垣は、ずっと僕と一緒に別荘にいたし、どこかに電話したこともなかったよ」

「しかし、警部。日下が、なんの抵抗もせず、おとなしく遺書を書いたとすると、相手は、スポンサーの太田垣以外考えられませんが」

「太田垣は、一歩も箱根の別荘を離れなかったし、誰かに、二人を消せと指令した気配もなかったよ」

「じゃあ、いったい誰が、日下たちに遺書を書かせ、自殺に見せかけて毒殺したんでしょう？　日下たちに、よほど信頼されている人物でなければ、こんな真似は出来ないと思いますが」

「その通りさ」

十津川は、うなずき、腕を組んで、しばらく考え込んでいたが、急に、ニッコリと笑った。

「一人いたよ」

「誰ですか？　そいつは」

「秋月弁護士だ」

と、十津川がいった。

「僕が、別荘に着いたとき、秋月弁護士もそこにいた。ところが、僕が太田垣と話し出すと、急に、姿を消してしまったのだ。顧問弁護士としては、妙な態度とは思わないかね？」

十津川にきかれて、亀井刑事は、

「そうですね。殺人事件が起きている時なんですから、顧問弁護士としたら、当然、話に立ち会うべきでしょう」

「その通りさ」

「太田垣が命令して、秋月弁護士に、二人を消しにやらせたんじゃありませんか？」

「違うね。太田垣は、むしろ、秋月弁護士を引き止めようとしたよ。それを振り切って、別荘を出て行ったように僕には見えた」

「すると、秋月弁護士が、勝手に、二人を消したということになるんですか？」

「われわれは、どうやら、考え違いをしていたのさ」

十津川は、むずかしい顔で、考えながら話した。

「太田垣が、日下と望月順子を金でやとい、五人の女と、関係している人間を殺させ、その犯人に、秘書の早川を仕立てあげたと、われわれは考えて来た。だが、違っていたんだ」

「太田垣は、何もしなかったということですか？」

「太田垣は、一人あて五百万円の小切手を切り、それを早川に渡して、五人の女と話をつけろと命令しただけなんだ。早川は、もたついたが、だからといって、五人の女を殺すだけの勇気は、太田垣にはなかったんだと思う。それを、秋月弁護士が、代わりに実行したんだ」

「しかし、なぜ、秋月弁護士が、そこまでやったんでしょうか？」

「それは、本人に会って聞いてみようじゃないか」

と、十津川は、いった。

十津川たちは、捜査本部にもどると、すぐ、秋月弁護士の逮捕状を請求し、それが取れると、亀井刑事を連れて、銀座にある秋月の法律事務所を訪ねた。

ビルの三階全部を占領している大きな事務所で、若い弁護士が、数人、忙しげに働いていた。

十津川は、まっすぐに、一番奥の秋月の部屋に足を運んだ。

秋月は、どこかに電話を掛けているところだったが、十津川を見て受話器を置いた。

「今日はどんなご用ですか？」

「おわかりのはずですよ」

と、十津川は、じっと、相手の眼を見つめた。

老練な弁護士の顔色が変わって、眼を伏せてしまった。

「あなたを逮捕します。殺人および、殺人教唆の罪でね」

十津川が、逮捕状を示すと、秋月は、

「私が否認したら？」

と、反撃してきた。

十津川は、予想していたように、微笑した。

「日下秀俊と望月順子に大金を与え、何人もの人間を殺させたのは、あなたか、太田垣氏のどちらかしか考えられない。あなたでないとしたら太田垣氏ということになる。太田垣氏の逮捕状を請求しなければならなくなりますな」

「あなたは、厚生大臣を逮捕するつもりなんですか？」

秋月弁護士がきく。

十津川は、冷たく相手の視線をはね返して、

「殺人事件ですからね。大臣でも逮捕せざるを得ませんね」

「やめてください」

秋月は、急に甲高い声を出した。

「それは、あなた次第ですよ」

と、十津川は、あくまで冷静にいった。

秋月は、ハンカチを取り出すと、汗が出ているわけでもないのに、額を何度もふいた。

「太田垣さんは、今度の件には関係ない。すべて、私がやったんだ」

「そうだと思っていましたよ」

「私が、日下秀俊と望月順子に大金をやって、社長の邪魔になる女たちを殺させたんだ」

「でしょうね。だが、どうしてもわからないことがあります」

「どんなことです？」

「あなたは、太田垣氏の顧問弁護士だ。しかし、だからといって、殺人事件を引き起こしてまで、太田垣氏に尽くす必要はないと思うんですが――？」

「そのことですか」

秋月は、小さくため息をつき、急に疲労に襲われたように、深ぶかとソファに初老の身体を埋めた。

「私はね、昔、太田垣さんに命を助けられたことがあるのですよ」

と、秋月は、低い声で話し始めた。

「戦争中のことです。私は学生時代に左翼運動を少しですがやりましてね。そのおかげで、軍ににらまれて、懲罰の意味で、もっとも危険な最前線にやられたんです」

「…………」

十津川は、黙って、秋月の話を聞いていた。戦時中を子供で送った十津川だが、さまざまな兵士の話は、本で読んだり、話として聞いていた。思想問題で、最前線にやられて戦死したインテリの話も。

「私は死を覚悟しました。戦死するまで、最前線から帰してもらえないと思ったからです。そこで会ったのが、当時、中隊長だった太田垣さんでした。なぜか、太田垣さんは、私に眼をかけてくれましてね。上層部からにらまれている私を、陰になり日なたになって、かばってくれたんです。そのおかげで、私は、どうやら死なずに、日本へ帰ってくることが出来ました」

秋月は、お茶に手を伸ばした。

「その時の恩を返したいということですか？」

十津川がきくと、秋月はうなずいた。

「戦後、私は、法律の勉強をし直して、弁護士になりました。その時、太田垣さんの役に立ちたいと考えたのですよ。太田垣さんの方も、私が弁護士資格を得ると、自分の会社の顧問弁護士にしてくれました」

「なるほど」

「太田垣さんの望みは、大臣になることでした。私は、恩返しに、どうしても、太田垣さんに大臣になってもらいたかった。その願いが、やっと、今度かなったんです。ところが、あの五人の女たちが、その邪魔をした。太田垣さんは、個人秘書の早川に、五人の整理を頼んだが、私は、最初から、早川という男は虫が好かなかったし、そんなことの出来る男とは思えなかった。案の定、太田垣さんの大臣就任が近づくというのに、もたついていた」

「それで、見かねて、あなたが乗り出したというわけですか？」

「そうです。私は、どうしても、太田垣さんに大臣になってもらいたかった。だから、その邪魔をする人間は、誰であろうと許せなかったんです」

「あなたは、日下や望月順子と、どうやって知り合ったんです？」

十津川が、一番知りたかったのは、そのことだった。

秋月の顔に、微笑が浮かんだ。

「最初に私が知ったのは、望月順子の方ですよ。彼女は、今どきの若い娘らしく、早川という恋人がいながら、金のために、身体をまかすようなところがありましてね。最初は、太田垣さんが食指を動かしたんだが、私が、間に入ったのです。太田垣さんのためにですよ。望月順子の方は、金さえもらえれば、太田垣さんでも、私でも良かったのです」

「そして、彼女を通じて、日下秀俊を知ったのですね？」

「ええ。あの若い二人は、大金を手に入れるために、なんでもして見せると割り切っていましたから、私にとって、都合のいい手足になったわけです。また、太田垣さんは、何事も、顧問弁護士の私に話してくれていました。早川のこともです。ですから、私は、適切な指示を日下に与えることが出来たし、早川を罠《わな》にはめることも出来たわけです」

「日下と望月順子を殺したのも、あなたですね？」

「ええ。あなたが、箱根へ来たとき、もう、あの二人を消さなければいけないと思ったんです」

「しかし、どうやって、二人に遺書を書かせたんです」

「簡単でしたよ」

秋月は、覚悟を決めた顔で、落ち着いた声でいった。

「二人を安心させるために、まず、パスポートと、航空券を渡してやりました」

秋月は、テーブルの上に、二枚のパスポートと、南米ブラジルまでの航空券を並べて見せた。

パスポートは、日下秀俊、望月順子の二人と同じ年齢だが、別人の名前になっていた。

「これを渡して、私は、あの二人に、こういってやったのです。警察は、君たちに眼をつけたから、ブラジルへ逃げなさい。ただし、本名で逃げては、空港で逮捕されてしまう。ニセのパスポートを用意したから、君たちは、自殺したことにした方がいいとね。私が弁護士だということで、二人は、簡単に信用して、日下は、進んで遺書を書いてくれましたよ。そのあと、お別れの乾杯をしたわけです。青酸カリ入りのワインでね」

「後悔はしていないのですか？」

十津川がきくと、秋月は「え？」と、きき返した。

「後悔？　なんのことです？」

「太田垣社長のために、殺人まで犯したことについてですよ」

「いや、なんの後悔もしていませんよ。私は、戦争で死なずに助かったとき、太田垣さんのためには、どんなことでもして恩を返そうと心に誓った。ただ、それを実行に移しただけのことですからね」

「あなたのやったことを、太田垣社長は知っているんですか？」

十津川がきく。秋月は、強く、首を横に振った。

「太田垣さんは、何も知りませんよ。すべて、私が独断でやったことです。太田垣さんは、なんの関係もありません」

「ひとりで罪をかぶる気ですか？」

「本当に、太田垣さんは関係がないのです。それは、信じていただきたい。それに、早川にも悪いことをしたと思っています」

「では、一緒に来ていただきましょうか」

と、十津川は、秋月にいった。

「ええ」

と、秋月は、うなずき、ソファから立ち上がり、十津川に背を向けて、えもんかけから上衣《うわぎ》を取った。

それを着たが、なかなか、こちらを振り向かない。

ふと、十津川は、いやな予感に襲われて、

「秋月さん」と、声をかけた。

そのとたんである。秋月の痩身《そうしん》が、ふいに、ぐらっとゆれたと思う間に、床にくずれ折れた。

十津川は、あわててかけ寄り、抱き起こした。

秋月の顔が、苦悶《くもん》にゆがんでいる。歯をくいしばって、苦痛に耐えている顔だ。身体全体が、ぶるぶるふるえている。

(毒を飲んだな)

と、直感した。日下と望月順子の二人を殺した青酸カリの残りを飲んだのだろう。

「カメさん、救急車だ！」

と、十津川は、叫んだ。

亀井刑事が、すぐ一一九番したが、救急車がかけつけた時、秋月は、すでにこと切れていた。

十津川が、のどに指を突っ込んで、飲んだ毒をはき出させようとしたが、秋月は、歯をくいしばって、十津川の指を入れさせなかった。

あまりにも、強く歯をくいしばったために、下くちびるが破れて、血が吹き出した。それほど、すさまじい自殺だった。

弁護士の身で、殺人犯として逮捕されることに耐えられないということもあったろう。が、それ以上に、太田垣を、今度の事件に引き込みたくないという気持ちが、自殺を選ばせたに違いなかった。

そうした秋月の希望は、果たされたといっていい。

五人の女も死に、日下秀俊と望月順子も死んだ。そして、すべてを知っていた秋月弁護士が自殺してしまった今となっては、太田垣が事件に関係していたという証拠は、どこを捜しても見つけられないからである。

だが、太田垣の女性関係も、新聞によって明らかになってしまった。しかも、顧問弁護士が、その女たちを殺したこともである。

太田垣は、厚生大臣を辞職した。これは、やむを得なかったろう。

秋月が自殺して一週間後に、太田垣の辞職が発表された。

同じ日。

早川が、釈放された。

彼には、死体遺棄という罪があったのだが、すべて、主犯の秋月弁護士によって仕組まれ、それに、はめられたということになって、不起訴処分で釈放されたのだった。

十津川は、この男のことが心配で、

「これから、どうする気だね？」

と、きいてみた。

早川は、まぶしげに空を見上げてから、

「今さら、太田垣さんの秘書をやる気も起きないし、向こうだっていやでしょう。とにかく、これから、風呂《ふろ》にでも入って、さっぱりしてからのことです」

「風呂？」

「浅草に、『チェリー』という行きつけのソープランドがありましてね。そこの君子って娘が、なかなかの美人なんですよ」

早川は、ニヤッと笑った。

十津川は、妙な話になったので、ただ、「それで？」とだけいった。

早川は、楽しそうに、

「彼女は、一億円は貯金してます。一億円ですよ。うまく口説いて一緒になれば、それを資本に、何か商売でもやりますよ。宮仕えはこりごりしましたからね」

それだけいうと、さっと手をあげ、タクシーを止めて、乗り込んだ。

十津川は、あっけにとられて、走り去るタクシーを、ながめていた。

本書は、一九八三年一月、集英社文庫より刊行された作品に加筆修正し、文庫化したものです。

本作品は一九七九年に発表された作品です。現在の事実関係と異なる部分や、用語表現として不適切な箇所もありますが、当時の時代背景を考慮し、作品の雰囲気やリズムを損なわないよう、発表時の表現にほぼ従いました。（編集部）

真夜中《まよなか》の構図《こうず》

西村京太郎《にしむらきょうたろう》

平成22年 5月25日 初版発行
令和6年 3月5日 4版発行

発行者●山下直久

発行●株式会社KADOKAWA
〒102-8177 東京都千代田区富士見2-13-3
電話 0570-002-301(ナビダイヤル)

角川文庫 16276

印刷所●株式会社KADOKAWA
製本所●株式会社KADOKAWA

表紙画●和田三造

●お問い合わせ
https://www.kadokawa.co.jp/（「お問い合わせ」へお進みください）
※内容によっては、お答えできない場合があります。
※サポートは日本国内のみとさせていただきます。
※Japanese text only

ISBN978-4-04-152782-5 C0193

角川文庫発刊に際して

角川源義

第二次世界大戦の敗北は、軍事力の敗北であった以上に、私たちの若い文化力の敗退であった。私たちの文化が戦争に対して如何に無力であり、単なるあだ花に過ぎなかったかを、私たちは身を以て体験し痛感した。西洋近代文化の摂取にとって、明治以後八十年の歳月は決して短かすぎたとは言えない。にもかかわらず、近代文化の伝統を確立し、自由な批判と柔軟な良識に富む文化層として自らを形成することに私たちは失敗して来た。そしてこれは、各層への文化の普及滲透を任務とする出版人の責任でもあった。

一九四五年以来、私たちは再び振出しに戻り、第一歩から踏み出すことを余儀なくされた。これは大きな不幸ではあるが、反面、これまでの混沌・未熟・歪曲の中にあった我が国の文化に秩序と確たる基礎を齎らすためには絶好の機会でもある。角川書店は、このような祖国の文化的危機にあたり、微力をも顧みず再建の礎石たるべき抱負と決意とをもって出発したが、ここに創立以来の念願を果すべく角川文庫を発刊する。これまで刊行されたあらゆる全集叢書文庫類の長所と短所とを検討し、古今東西の不朽の典籍を、良心的編集のもとに、廉価に、そして書架にふさわしい美本として、多くのひとびとに提供しようとする。しかし私たちは徒らに百科全書的な知識のジレッタントを作ることを目的とせず、あくまで祖国の文化に秩序と再建への道を示し、この文庫を角川書店の栄ある事業として、今後永久に継続発展せしめ、学芸と教養との殿堂として大成せんことを期したい。多くの読書子の愛情ある忠言と支持とによって、この希望と抱負とを完遂せしめられんことを願う。

一九四九年五月三日